*M*it *K*ant-Zitaten
zum *O*rgasmus

Moritz Netenjakob

Mit Kant-Zitaten zum Orgasmus

Kiepenheuer & Witsch

Verlag Kiepenheuer & Witsch, FSC® N001512

1. Auflage 2014

© 2014, Verlag Kiepenheuer & Witsch, Köln
Alle Rechte vorbehalten. Kein Teil des Werkes darf in
irgendeiner Form (durch Fotografie, Mikrofilm oder ein
anderes Verfahren) ohne schriftliche Genehmigung des
Verlages reproduziert oder unter Verwendung elektronischer
Systeme verarbeitet, vervielfältigt oder verbreitet werden.
Umschlaggestaltung: Rudolf Linn, Köln
Umschlagillustration: © Leo Leowald, Köln
Autorenfoto: © Britta Schüßling
Gesetzt aus der ITC Legacy
Satz: Buch-Werkstatt GmbH, Bad Aibling
Druck und Bindearbeiten: CPI books GmbH, Leck

ISBN 978-3-462-04706-6

Inhalt

• • • • • • • • • • • • • • •

Vorwort 9

ERSTER TEIL 11

1 Fußball 13
  Deutschland gegen Armenien 14
2 Deutsche vs. Gefühle 18
  Independence Day 20
3 Germanische Erotik 32
  Das Rollenspiel 33
4 Unterdrückte Aggressionen 41
  Kampfeinsatz 44
5 Deutschland und seine Märchen (1) 49
  Antonias Lieblingsmärchen 50
6 Die deutsche Bürokratie 58
  NSA – Zweigstelle Köln 60
7 Die totale Verkopfung 68
  Daniels Jugendjahre (1):
  Nachhilfe für Gaby Haas 71

ZWEITER TEIL 87

8 Der Deutsche und die Ordnung (1) 89
  DIN-Normen für Südländer 96
9 Entertainment made in Germany (1) 107
  Titanic in Deutschland 109

10 Proll-Kultur	120
Hey baby	121
11 Die totale Emanzipation	126
Shades of Geschichtsunterricht	129
12 Deutschland und die Klassenfrage	137
Friede den Hütten, Krieg den Palästen	139
13 Entertainment made in Germany (2)	142
Begegnung mit dem Zuschauer	144
14 Altersweisheit	149
Großtante Emines Lebensberatung	151
15 Die deutsche Disziplin	155
Emotionale Gefühle	158
16 Pubertät vs. Feminismus	163
Daniels Jugendjahre (2): Karneval	166

DRITTER TEIL 183

17 Glaube vs. Fakten	185
Die Welt in sieben Tagen	188
18 Die Liebe zu Zahlen	196
Lottokugeln	197
19 Episches Theater	201
Romeo und Julia	203
20 Der Deutsche und die Ordnung (2)	213
Aufreizende Reizwäsche	214
21 Entertainment made in Germany (3)	222
Die Antifa-Show auf RTL	224
22 Deutschland und seine Märchen (2)	234
Daniels Jugendjahre (3) – Schlafen gehen	235
23 Der deutsche Ehrgeiz	243
Tagebuch eines Eichhörnchens	244
24 Historische Komplexe	252
Kultur in Flammen	254
25 Heimatliebe	263
Urlaub in Antalya	264

ANHANG 281

Rana – Tempelhure, Kriegsheldin, Mutter 283
Die krakachochstanische Nationalhymne
in der Übersetzung von Prof. Heiner Spratz 285
20 Zentimeter – ein Meilenstein der Pimmellyrik 288
Songtext – Betroffenheit auf Kos 291
Dank 293

Vorwort

● ● ● ● ● ● ● ● ● ● ● ● ● ● ● ●

Liebe Leserinnen und Leser,

früher dachte ich, wir Deutschen unterscheiden uns nicht so sehr von anderen Nationen. Okay, wir achten vielleicht ein klein wenig mehr auf Pünktlichkeit als afrikanische Naturvölker und tanzen einen Hauch weniger elegant als die Brasilianer – aber sonst?

Inzwischen weiß ich, dass wir viel eigenartiger sind, als wir glauben. Woher ich das weiß? Ganz einfach: Ich habe eine Türkin geheiratet. Und durch die Augen einer anderen Kultur sieht plötzlich alles anders aus. Als mein Schwager zum ersten Mal nach Köln kam, fand er den Dom faszinierend. *Noch* faszinierender fand er es allerdings, als ein Auto freiwillig am Zebrastreifen anhielt.

Vielleicht ist ja vieles, was wir für normal halten, in Wirklichkeit typisch deutsch?[*] Nicht nur, dass Worte wie »Fremdrasen« und »Fahrstuhlmitbenutzungspauschale« kaum in andere Sprachen zu übersetzen sind. Es ist vor allem unser Umgang mit Gefühlen. Dank meiner türkischen Familie weiß ich: Es gibt auch andere Möglichkeiten des emotionalen Ausdrucks als Leserbriefe an die *FAZ*.

Wie man Gefühle zeigt, habe ich von meinen türkischen Verwandten gelernt. Ob es bei einer defekten Waschmaschine die bessere Lösung ist, hysterisch zu werden und die Firma Miele mit orientalischen Flüchen zu belegen anstatt durch sachliche Analyse

---

[*] Zum Beispiel diese völlig überflüssige Fußnote.

festzustellen, dass der Stecker nicht in der Dose ist, bleibt dahingestellt.

Aber in diesem Buch geht es nicht um Türken, sondern um uns Deutsche: einen Filmproduzenten, der nicht will, dass die Titanic sinkt, einen Fußballreporter, der seiner Tochter »Hänsel und Gretel« erzählt, und Intellektuelle, die das Werk von DJ Ötzi kulturhistorisch einordnen.

Und so hoffe ich, dass dieses Buch nicht nur annähernd die Gagdichte der Deutschen Steuergesetze erreicht, sondern auch, dass sich bei der Lektüre eine neue Art der Heimatliebe entwickelt. Denn seien wir ehrlich: Früher marschierten wir im Stechschritt, heute besuchen wir Bauchtanzkurse – das ist doch eine erfreuliche Entwicklung.

ERSTER TEIL

Kapitel 1

• • • • • • • • • • • • • • • • •

Fußball

Beim Fußball zeigt sich die deutsche Seele besonders deutlich: In derselben Zeit, die ein südamerikanischer Reporter braucht, um »Goooooooooooooooooooooooool« zu schreien, hat Marcel Reif bereits vier Abwehrfehler analysiert und dabei Begriffe wie »Totalaussetzer«, »Arbeitsverweigerung« und »Frechheit« verwendet. Nur wenn der Ball in einem Rekordgeschwindigkeits-Tiki-Taka durch die gegnerischen Reihen fliegt und dann per Fallrückzieher oder einer ähnlich spektakulären Aktion unhaltbar im Winkel versenkt wird, lässt er ein gönnerhaftes »Tja. So einfach kann Fußball sein« hören.

Den Rest der Zeit seziert er Fehler und weist taktische Schwächen nach. Er erkennt das Nichtumsetzen spieltechnischer Vorgaben und das Nichtvorhandensein von Struktur. Ihm fallen die Abwesenheit von Mut, Konsequenz und Willenskraft auf. Genau deshalb gilt er vielen als der beste Fußballreporter unseres Landes – was mehr über unser Land aussagt als über Marcel Reif. Mit Marcel Reif als Kommentator haben Fußballspiele den Wohlfühlfaktor einer mündlichen Lateinprüfung. Und genau so wollen wir's haben.

Reif ist natürlich kein Einzelfall. Da schießt Mario Gomez bei der EM 2012 das entscheidende 1:0 im Eröffnungsspiel – von jeder anderen Nation wäre er doch danach auf Händen durch die Stadt getragen worden. Man hätte Kinder und Plätze nach ihm benannt ... Was passiert bei uns? Mehmet Scholl steht mit einem Morgen-beginnt-der-dritte-Weltkrieg-Gesicht neben Gerhard Delling und sagt: »Irgendwie haben mir seine Laufwege nicht gefallen.« Und anstatt ihm dafür eine in die Fresse zu hauen, nickt Delling betroffen, und am nächsten Tag diskutiert die gesamte Nation über den »Problemfall Gomez«. Sind wir denn total bescheuert? Lassen Sie mich diese Frage einmal so beantworten: Ja.

Es macht die Sache allerdings auch nicht besser, wenn eine Frau versucht, die negative Grundeinstellung ihres Mannes durch einen Perspektivwechsel zu korrigieren – wie unser folgender Ausflug zu Hartmut und Lisbeth Breuer zeigen wird, einem sympathischen älteren Ehepaar in der Eifel ...

●●●●●●●● Deutschland gegen Armenien ●●●●●●●●

Hartmut Breuer sitzt angespannt in seinem Kunstledersessel und starrt auf den Fernseher. Bei jedem Ballkontakt eines deutschen Spielers zuckt er mit dem rechten Fuß. Eine Angewohnheit, über die seine Frau Lisbeth seit Jahrzehnten den Kopf schüttelt. Bei der WM 2006 hat sich Hartmut im Eröffnungsspiel einen Muskelfaserriss geholt. Vor dem Fernseher. Gut, dass Lisbeths Lachanfall in dem Gemisch aus Torjubel und Schmerzensschreien unterging.

Aber jetzt ist die Stimmung angespannt. Null zu null gegen Armenien – und das in der 85. Minute. Was für eine Blamage! Als Podolski gerade aus zwanzig Metern abzieht, tritt Hartmut mit voller Wucht gegen den Fuß des Wohnzimmertisches, und die Salzletten fallen auf den Perserteppich, den er vor einigen Jahren einem Dönerbudenbesitzer in Prüm abgekauft hat. Dass Lisbeth jetzt vor seinen Füßen die Salzletten zusammenkehrt, nimmt er nicht wahr. Erst als sie den Tischstaubsauger einschaltet, wird er ungehalten:

»Lisbeth, jetzt lass dat. Wie soll man sisch denn da konzentrieren?«

Lisbeth schaltet den Tischstaubsauger aus.

»Ja, wieso, isch denk, dat Spiel is' in Hannover. Dat hören die doch gar nit.«

»Verdammt, jetzt mach mal!!!«

»Ja, wat denn? Isch denk, isch soll ausschalten?!«

»Ja, doch nit du. Der Özil. Der soll endlich mal zaubern.«

Vor dreißig Jahren, als er noch für die Eisbachtaler Sportfreunde auf Torjagd ging, hätte Hartmut nicht lange gefackelt. Da hätte er schon mindestens zwei Dinger reingemacht. Lisbeth setzt sich aufs Sofa und nippt an ihrem Irish Coffee:

»Hartmut, jetzt gönn dat doch den Armeniern! Dat is' für die doch mal wat ganz Besonderes.«

»Lisbeth, isch sage dir seit 85 Minuten: Es is nit lustig, gegen Deutschland zu sein. Bei Länderspielen sind wir immer für uns!«

»Ja, wenn dat jetzt die Eifel wär, aber von den Nationalspielern kommt ja nit einer aus der Eifel. Zum Beispiel.«

»Jetzt schieß!«

In Hannover trifft Müller das Außennetz. In der Eifel trifft Hartmut erneut das Tischbein. Diesmal müssen die Erdnüsse dran glauben.

»Den hat er aber schön gehalten, Hartmut. Toll, dat die in so 'nem kleinen Land so 'nen tollen Torwart haben. Dat is' doch toll, Hartmut!«

»Nein, es is' nit toll! Fußball is' kein Spaß. Fußball is' ein Spiel, dat seine Freude gerade aus der Parteilichkeit gewinnt.«

Hartmut atmet tief durch. Spätestens in diesem Moment bereut er, dass er das Spiel nicht mit seinem besten Freund Josef Lommersberg im *Goldenen Hirsch* gucken kann. Aber der *Goldene Hirsch* heißt seit drei Wochen *Green Palace* und bietet vegetarische Speisen an. Tofu steht für Hartmut auf einer Stufe mit Giftgas – wobei ihm Terroristen grundsätzlich sympathischer sind als Vegetarier.

»Ja, Hartmut, isch bin doch parteilich. Isch bin halt heute mal für Armenien.«

»Dat is' doch Mist. Parteilich heißt immer: für Deutschland. Dat kann man sich nit aussuchen. Dat is' genauso wie mit der Haarfarbe. Die kann man sich auch nit aussuchen.«

»Wieso, isch kann mir die Haare doch färben!«

»Aber es sieht scheiße aus! Dat sind Deutsche und da haben wir gefälligst Respekt vor zu haben ... jetzt spiel ab, du Arschloch!«

»Aber die armen Armenier, die sind doch von den Türken quasi ausradiert worden – und trotzdem spielen sie heute noch Fußball. Dat is' doch toll.«

Hartmut sieht seine Frau fassungslos an, die diesen Moment der Aufmerksamkeit genießt und ihre Arme in die Höhe reckt:

»Armenien! Armenien!«

Hartmut muss sich einen Moment sammeln. Dann schaut er Lisbeth tief in die Augen.

»Schatz, wir sind jetzt seit vierzig Jahren verheiratet. Und in diesem Moment riskierst du alles, was wir uns aufgebaut haben ...«

Die nun folgende drückende Stille wird von einem Schiedsrichterpfiff unterbrochen.

»Dat war nie im Leben abseits, du Blindschleiche!«

»Hartmut, isch weiß gar nit, wat du dich so aufregst. Dat is' doch nur ein Spiel!«

»Nur ein Spiel? Nur ein Spiel??? Jetzt sag isch dir mal eins ... Äh ... okay, dat is' zwar nur ein Spiel, aber ein ganz wichtiges!«

»Und wat is' daran so wichtig?«

»Na, wenn wir hier ausscheiden, dann sind wir raus!«

»Die Armenier sind doch bestimmt auch traurig, wenn sie raus sind. Wat haben die denn sonst? Ein paar Berge und Bäume.«

»Lisbeth, im Fußball darfst du dich niemals von deinen Gefühlen leiten lassen. Verstehst du ...«

Hartmut steht auf und schwelgt pathetisch in seinen Erinnerungen:

»... nach dem Krieg, da lag eine Nation am Boden. Und aus diesen Trümmern hat uns ein Mann herausgeschossen: Helmut Rahn mit seinem Linksschuss zum drei zu zwei gegen Ungarn.

Seitdem trägt eine ganze Nation dieses Spiel in ihrem Herzen. Diesem Spiel haben wir alles zu verdanken: dat Wirtschaftswunder, die Wiedervereinigung, die Landstraße nach Manderscheid – alles! Und jetzt sitzt du hier und willst unser ganzes Volk verraten, nur um ein paar herumlungernde Bauern in irgendwelchen Bergen glücklich zu machen!«

Hartmut schaut seine Frau mit funkelnden Augen an und atmet schwer. Erst die Stimme von Marcel Reif holt ihn zurück in die Gegenwart:

»Und Tor für Armenien in der letzten Minute – ein Totalaussetzer von Per Mertesacker, und das Verhalten von Bastian Schweinsteiger grenzt an Arbeitsverweigerung ... das ist eine absolute Frechheit!«

Hartmut sinkt zurück aufs Sofa und sieht verzweifelt mit an, wie eine Traube armenischer Spieler den Torschützen jubelnd unter sich begräbt. Lisbeth setzt an, etwas zu sagen, aber Hartmut kommt ihr zuvor:

»Lisbeth, wenn dir unsere Ehe irgendwat bedeutet: sag ... jetzt ... nichts.«

Kapitel 2

•••••••••••••••••

Deutsche vs. Gefühle

Wenn meine türkischen Familienmitglieder traurig sind, würden sie am liebsten mit dem Megafon das gesamte Viertel davon in Kenntnis setzen. Wir Deutschen ziehen es vor, verkrampft zu lächeln und zu behaupten, es gehe uns gut.

Wir misstrauen Gefühlen. Sie sind für uns ein lästiges evolutionäres Überbleibsel – aus Epochen, in denen es noch keine *Süddeutsche Zeitung* gab.

Und in der Öffentlichkeit funktioniert es gar nicht. Früher stand auf Plakaten für Unterhaltungsveranstaltungen immer: »Es darf gelacht werden« – wir sind wohl das einzige Volk der Welt, das zum Lachen eine Erlaubnis braucht. Und seit ich selbst auftrete, weiß ich: Es gibt immer ein paar Leute im Publikum, die halten sich die Hand vor den Mund und unterdrücken panisch den Lachreflex, nach dem Motto: »Ich merke mir lieber die Gags und lache dann zu Hause.«

Preisverleihungen in Deutschland gehen auch immer in die Hose – verkrampfte Schauspieler stammeln wirres Zeug in die Kamera oder lesen peinliche Witze vom Blatt ab – und es zählt noch zu den besseren Momenten, wenn Martin Semmelrogge den Filmpreis in die Kamera hält und mit schiefem Grinsen anmerkt: »Ja, wurde auch Zeit, dass ick die Scheiße mal bekomme!«

Deshalb verleihen wir so gerne Preise an Amerikaner. Die können's halt. Selbst irgendeine kalifornische Trine, die in den Achtzigern mal eine Nebenrolle im *Denver-Clan* hatte und inzwischen, nach fünfzig Liftings und mit drei Kilo Botox in den Lippen, aussieht wie eine aufblasbare Sexpuppe, der man Knackwürste auf den Mund geklebt hat – selbst diese schlechte Parodie eines Stars schafft innerhalb von einer Minute das, wofür sich deutsche A-Promis zuvor zwei Stunden vergeblich abgemüht haben: das Publikum emotional zu berühren.

Bei der Bambi-Verleihung wurde zu diesem Zweck bis zum bitteren Ende jedes Jahr wieder der arme Jopi Heesters von der Bettpfanne runtergezerrt ... Aber wir Deutschen können uns einfach nicht richtig freuen. Da kriegt Udo Lindenberg den Preis fürs Lebenswerk – normalerweise ja der Moment, wo man vor Rührung heulend am Boden liegt – und nuschelt: »Ja, bin hier voll gänsehauttechnisch unterwegs und freue mich auch panikmäßig über dieses ... goldene Insekt ... und ich bedanke mich bei ... äh ... egal, ciao!«

Freude ist einfach nicht so unser Ding. Auch als vor einiger Zeit Google Street View eingeführt wurde, gab es in keinem Land Probleme. Die Franzosen haben sich entspannt einen Merlot eingegossen: »Oooh, ssüpperr, jetzt 'abe isch die gonze Schön'eit von Pariii in meine Läpptöpp ...«

Auch die Italiener haben sich gefreut: »Aaah, das isse geniale, wenn isse bin inne Ausland, iss kanne trotzdem gehe spaziere durche die Strasse vonne Roma in meine Lappatoppa!«

Und wie haben wir Deutschen reagiert? Wir haben das getan, was wir am besten können. Wir haben uns empört: »Ja, aber jetzt kann man ja mein Haus sehen!« Ich weiß nicht, wem das schon aufgefallen ist – aber im wirklichen Leben kann man auch unsere Häuser sehen ... Sogar in 3-D.

Wir können uns einfach nicht richtig freuen. Selbst wenn wir drei Millionen Euro im Lotto gewinnen, beschweren wir uns fünf Minuten später, dass man keinem Anlageberater trauen kann – und Freunden oder Verwandten ab sofort auch nicht mehr.

Ich bin sicher: Wenn wir Deutschen auf dem Mond gelandet wären, hätte der erste Satz nicht gelautet: »Ein kleiner Schritt für einen Menschen, ein großer Schritt für die Menschheit«, sondern: »Alles grau – keine Atmosphäre – da hätte ich auch gleich in Bitterfeld bleiben können.«

Angeblich zeigt sich der wahre Charakter eines Menschen ja erst in der Krise. Schauen wir uns doch einmal an, wie einige unserer Mitbürger auf den Angriff eines riesigen Ufos reagieren würden ...

############ Independence Day ############

Mittwoch, irgendein 7. August in der Zukunft:

Das Hoch »Wilma« beschert der Nation einen wunderbaren Sommertag:

Vierzig Kilometer Stau auf der A3; in einem Kindergarten für Industriellen-Sprösslinge liest Peer Steinbrück für 30 000 Euro aus dem Struwwelpeter vor; Dieter Bohlen schreibt ein Musical über seinen Penisbruch – kurz gesagt: In Deutschland ist alles in Ordnung.

Berlin Kanzleramt, 8 Uhr 15:
Für Angela Merkel beginnt ein neuer Tag.

Hamburg, Hotel Atlantic, 8 Uhr 47:
Für Udo Lindenberg endet ein alter Tag.

Manderscheid in der Eifel, Schwalbenweg 12, 8 Uhr 50:
Hartmut und Lisbeth Breuer haben es sich mit Filterkaffee und aufgebackenen Brötchen auf den Plastikmöbeln ihrer Gartenterasse gemütlich gemacht. Während Lisbeth gerade ein Sudoku der Apotheken-Umschau löst, stellt Hartmut zum 47. Mal fest, dass immer noch ein Ast der nachbarlichen Tanne auf sein Grundstück ragt. Da geschieht das Unglaubliche: Der Himmel verdunkelt sich – ein Ufo mit gigantischen Ausmaßen schwebt über Deutschland. Hartmut ist empört:
»So et reicht mir jetzt, Lisbeth! Dat is' doch nit mehr normal! Da kommt nit ein einziger Sonnenstrahl in den Garten. Such die Nummer von der ARAG raus – isch zeig den Schmitz jetzt an, dat Arschloch!«
»Du hör mal, Hartmut, könnte dat nicht sein, dat der Schatten gar nit von der Tanne is', sondern von dem Ufo da oben?«
Hartmut schaut nach oben und sieht nichts als Stahl und blinkende Lichter:
»Dat gibbet doch gar nit ... Dat is' ja ...«
Hartmut legt die Hände an den Mund und brüllt nach oben:
»HEY!!! Nimmst du vielleicht mal dat Ufo da weg, du Tünnes?!«
Lisbeth trägt eine Sieben in ihr Sudoku ein und schüttelt den Kopf.
»Hartmut, jetzt lass die doch in Ruhe. Die suchen bestimmt nach 'nem Parkplatz.«
»Hast du gesehen, wie groß dat Ufo is'? Da is' Manderscheid gar nit drauf ausgerichtet.«
»Aber der Fremdenverkehrsverein hat neulich erst eine neue Broschüre rausgegeben: ›Manderscheid ist immer eine Reise wert.‹ Vielleicht haben die dat ja gelesen?«
»Warum sollten Außerirdische die Broschüre von unserem Fremdenverkehrsverein lesen – die haben doch im All genug Probleme: explodierende Sonnen, schwarze Löcher ...«
»Ja, ein Grund mehr, nach Manderscheid zu kommen. Seit wir hier wohnen, is' noch nie eine Sonne explodiert.«
»Gut, wir haben natürlich auch ausgezeichnete Wanderwege. Dat könnte schon sein, dat sich dat im All 'rumgesprochen hat ...«

Berlin, 9 Uhr 06:
Das Ufo pulverisiert den Potsdamer Platz. Zweieinhalb Stunden später tritt unsere Retterin Angela Merkel vor die Fernsehkameras und zeigt einmal mehr politische Führungsstärke:

»Liebe Mitbürgerinnen und Mitbürger, wie einige vielleicht schon mitbekommen haben, schwebt ein Ufo von mehreren Hundert Kilometern Durchmessern über unserem Land und hat Berlin angegriffen. Zunächst einmal kann ich Sie beruhigen: Das Holocaust-Mahnmal wurde nicht beschädigt.

Ansonsten darf ich Ihnen versichern, dass ich mit den Aliens Klartext sprechen werde. Sollten die Aliens unserer Sprache allerdings nicht mächtig sein, werden wir uns bemühen, eine Kommunikationsform zu finden, in der wir Klartext reden können – vorausgesetzt natürlich, dass Klartext in dieser Kommunikationsform überhaupt möglich ist. Sollten die Aliens nonverbal über Gehirnströme kommunizieren, werde ich versuchen, Klartext zu denken ... beziehungsweise, wenn sie sich über Symbole verständigen, Bilder zu finden, die dem Klartext auf einer visuellen Ebene entsprechen. Ich danke Ihnen.«

Zur gleichen Zeit am Potsdamer Platz:
Ein SAT1-Kamerateam findet in den Trümmern das Bekennerschreiben einer libanesischen Terrorgruppe, die zu weiteren Massakern mit Toten aufruft. Wenig später stellt sich heraus: Es handelt sich doch nicht um eine libanesische Terrorgruppe, die zu Massakern mit Toten aufruft, sondern um ein libanesisches Restaurant, das Mussaka mit Bohnen anbietet.

Zu diesem Zeitpunkt läuft auf RTL bereits eine Sondersendung, in der die führenden Intellektuellen des Landes Wege aus der Krise aufzeigen: Henry Maske, Daniela Katzenberger und Bernd, das Brot.

Immerhin hat Frau Katzenberger einen konkreten Ratschlag: Sie ist davon überzeugt, dass im Falle eines Laser-Angriffs tätowierte Augenbrauen besser halten als echte.

Manderscheid, 15 Uhr 31:
Als Hartmut nach seinem Mittagsschlaf auf die Terrasse tritt, wird er sauer und ruft in Richtung Raumschiff:
»So, dat reicht mir jetzt. Wenn Sie nit umgehend meinen Blick auf den Himmel frei machen, rufe isch die Polizei!«
Nichts passiert.
»Na gut. Ich zähle bis drei. Eins ... zwei ... Hallo?!«
Nichts passiert.
»Bitte, Sie haben et so gewollt.«
Hartmut stapft wütend ins Wohnzimmer, wo Lisbeth gerade an einem Irish Coffee nippt, während sie im Fernsehen die aktuellen Berichte verfolgt:
»Hartmut, die sagen, dat Ufo wär' größer als ganz Deutschland. So einen großen Parkplatz haben wir in Manderscheid doch gar nit.«
Hartmut hat schon zum Telefonhörer gegriffen.
»Polizei Manderscheid, guten Tag.«
Hartmut bemüht sich in Gesprächen mit der Polizei stets um korrektes Amtsdeutsch:
»Guten Tag. Hier spricht Hartmut Breuer am Apparat befindlich. Isch wollte zwecks der Meldung eines Falschparkers, äh ... eine Meldung ... äh ... melden.«
»Verstanden. Wo steht das Fahrzeug denn aktuell?«
»In der Luft.«
»In ... der ... Luft ... Ist notiert. Hausnummer?«
»Nein, dat is' keine Straße. In der Luft.«
»Ach, Sie meinen das Ufo?«
»Genau. Dat is' Ihnen also auch schon aufgefallen?«
»Ja.«
Hartmut nickt kurz anerkennend, dann sammelt er sich:
»Gut. Trotz mehrfacher Aufforderung hat sich dat Ufo bislang geweigert, den Platz zu räumen. Isch würde also von der Vorgehensweise her vorschlagen, Sie rufen den Abschleppdienst.«
»Es tut mir leid, Herr Breuer, aber ...«
»Leider konnte isch dat Nummernschild auch mit Fernglas bisher nit einsehen.«

»Wie gesagt: Es tut mir leid, Herr Breuer, aber ...«

»Nun hat mir meine Frau, Lisbeth Breuer, soeben mitgeteilt, dat dat Ufo von der Abmessung her eine größere Ausdehnung aufweist als wie Deutschland ... so dat sich dat Nummernschild eventuell im Ausland befindlich zu sein ... äh ... tut.«

»Herr Breuer, darf ich jetzt auch etwas sagen?«

»Selbstverständlich, Herr äh ... ja.«

»Gut. Also: Der Tatbestand des Falschparkens trifft nicht zu.«

»Wat soll dat heißen – dat Ufo parkt nit falsch?«

»Nun, mangels Bodenkontaktes liegt hier in Manderscheid keinerlei Verkehrsbeeinträchtigung vor.«

»Dat parkt mir die Sonne zu. Dat kann doch nit erlaubt sein.«

»Tut mir leid, das Zuparken der Sonne ist nicht Gegenstand der Straßenverkehrsordnung.«

»Na toll.«

»Aber ich verspreche Ihnen, sollte sich aus dem großen Ufo ein kleineres Ufo lösen und in Manderscheid parken, ohne von außen leserlich eine Parkscheibe angebracht zu haben, dann ist das eine Ordnungswidrigkeit, die die Aliens bezahlen müssen. Auf Wiederhören.«

»Wiederhören.«

Hartmut knallt wütend den Hörer auf die Gabel des Wählscheibentelefons, das sie vor über vierzig Jahren zur Hochzeit geschenkt bekamen.

»Typisch Polizei. Isch kriege neulich ein Knöllchen, nur weil isch kurz zum Orthopäden musste. Aber so ein Ufo kommt natürlich ungeschoren davon.«

München, 19 Uhr 20:
Horst Seehofer hat aufgrund der Schwere der Ereignisse eine wichtige Pressekonferenz angekündigt. Aber leider sind alle verfügbaren Journalisten schon zur Säbener Straße gefahren – denn sie interessiert nur eins: Was sagt Pep Guardiola?

»Ääääh ... Ssunäckst einmal ich mokte ssage ... ääh ... Ich bin nikt ssufrieden mit die Perfohmanz von deutsche Defens. Bei Bayer di Munche äh ... verteidige Lahm, verteidige Boateng, verteidige van di Beutel ... also wird verteidigte von die Profis. Aber Deutsse Lande wird verteidigte von der Leyen.

Un ... äh ... naturlik: Bayer di Munche chatte mehr Finans als chatt di Deutsse Lande ... äh ... Un ... äh ... naturlick – Ufo makt ssehr gute Perfohmanz, Attack kreiert viele Schansses ... imme gefälik ... Abä fu Deutsse Lande is Heime-Sspiel ... äh ... muss kreiere mehr Kontrol über die Perfohmanz. Äh .... Fu Kansse Frau Mekel iss sse sse swere ... aber äh ... is immer alles is moglik. Bei Bayer di Munche niemals sage unmoglik. Sage Becke di Bauer und Chermann Girlande ... äh ... sage immer wenn is unmoglik, muss make andere Perfohmanz, damit in die End is doch nix unmoglik.«

Hamburg, 20 Uhr 40:
Udo Lindenberg sitzt wieder an der Bar des Hotel Atlantic und hat immer noch nichts mitgekriegt. Da endlich sieht er die blinkenden Lichter des Ufos ...
»Ey, das ist ja voll der panikmäßige Hammer ... Pink Floyd ist wieder auf Tour!«

Donnerstag, 8. August:
Der Horror geht auch am zweiten Tag weiter: Millionen Ami-Touristen trauern um Schloss Neuschwanstein, das Siebengebirge wurde zum Viergebirge – nur eine positive Nachricht: Der Stuttgarter Hauptbahnhof ist endlich unter der Erde.

Die deutsche Presse reagiert unterschiedlich: Die *BILD*-Zeitung titelt: »Ufo stört Nackt-Shooting bei Germany's next Topmodel. (Bilder vom Ufo und den Models auf Seite 2–10.)«
Die *Berliner Zeitung* vermutet, dass die Aliens eigentlich friedlich landen wollten und erst dann sauer wurden, als sie merkten, dass der Hauptstadtflughafen noch nicht fertig ist.
Und die *Bunte* zieht Konsequenzen aus der aktuellen Lage. Sie beendet die Rubrik »Leute von morgen«.

Osnabrück um 6 Uhr 30:
Coppenrath und Wiese bringen das Ufo als Torte auf den Markt.

Osnabrück um 6 Uhr 31:
Das Ufo bringt Coppenrath und Wiese als Puzzle auf den Markt.

9 Uhr 15 im ARD-Vormittagsprogramm:
Entsetzte Zuschauer fürchten, dass die Aliens bereits die ARD übernommen haben. Kurz darauf die Entwarnung: Es war nur die Wiederholung des Musikantenstadls.

München, Punkt 10 Uhr:
Das bayrische Amtsgericht verkündet, dass Aliens auch mit Presseausweis nicht zum NSU-Prozess zugelassen werden.

10 Uhr 36:
Das Deutsche Raumfahrt-Zentrum empfängt vom Ufo einen Zahlencode, bei dem es sich eventuell um eine Botschaft handeln könnte. Die Uni Bayreuth verweigert den Aliens daraufhin präventiv den Doktortitel wegen Plagiats – weil im Zahlencode die letzte Gewinnziffer vom Spiel 77 entdeckt wurde.

Reichstag, 11 Uhr 05:
Die Abgeordneten schweigen für eine Minute.

Ehemaliger Reichstag, 11 Uhr 06:
Die Abgeordneten schweigen für immer.

Vier Stunden später in Hamburg:
Die Deutsche Rock-Elite trifft sich an der Bar des Hotel Atlantic, um für die Opfer der Aliens das größte Benefizkonzert der Geschichte auf die Beine zu stellen. Udo Lindenberg wird bereits seit einer Stunde von Peter Maffay wach gerüttelt. Lindenberg zieht sich den Hut vor die Augen:

»Ey, sag mal, Peter, bist du bescheuert? Es ist mitten in der Nacht!«

»Das ist nicht die Nacht, das ist der Schatten eines riesigen Ufos, das ganz Deutschland pulverisiert.«

»Mensch Peter, was hast du denn eingeworfen, ey, gib mir auch was von dem Zeug!«

13 Uhr 08 in Berlin:
Zur allgemeinen Überraschung findet Thilo Sarrazin die Besucher aus dem All gar nicht so schlimm: Im Gegensatz zu den Türken zeigten sie mehr Eigeninitiative und kassierten wenigstens keine Sozialleistungen.

13 Uhr 10 in Berlin:
Nach einer weiteren Strahlenattacke sieht Sarrazin den Menschen aus der Ost-Türkei nun verblüffend ähnlich. Offenbar besitzen die Aliens doch so etwas wie Humor.

15 Uhr 30 in Manderscheid:
Lisbeth Breuer sitzt wieder mit einem Irish Coffee vor dem Fernseher, während Hartmut kopfschüttelnd aus dem Garten kommt:

»Also, mal ehrlich, für mich als Mensch is' dat ohne Sonne ja einfach nur unpraktisch, aber unsere Geranien kriegen doch Probleme mit der Fotosynthese. Da machen sich diese Außerirdischen keine Gedanken drüber.«

»Vielleicht gibt et bei denen im All ja gar keine Geranien.«

»Dat is' mir egal. Eins schwöre isch dir: Wenn auch nur eine Geranie eingeht, dann schick isch denen die Rechnung vom Obi Gartencenter ...«

»Ja, aber du hast doch gar nit die Adresse von denen.«

»Die krieg isch schon raus. Und wenn die im Pferdekopfnebel wohnen. Die kriegen ein Schreiben von unserem Rechtsanwalt.«

»Isch dachte, der wohnt jetzt auf Mallorca.«

»Nein, dat war unser Notar.«

»Ach nee.«

In diesem Moment schauen beide mit offenem Mund auf Live-Bilder im WDR, die zeigen, wie der Kölner Dom in drei Sekunden dem Erdboden gleichgemacht wird.

»Jetzt guck dir dat an, Hartmut – der schöne Dom!«
Hartmut seufzt tief:
»Letzte Woche scheißt der Dackel von Frau Kleinmann vor unsere Einfahrt – heute wird der Kölner Dom pulverisiert. In wat für einer Welt leben wir eigentlich?«

16 Uhr 10 im Hotel Atlantic:
Udo Lindenberg ist endlich aufgestanden und sitzt jetzt mit Peter Maffay, Herbert Grönemeyer und Jan Delay an der Bar, um das Benefizkonzert zu besprechen. Während Jan Delay einige unverständliche Laute vor sich hin nuschelt, tunkt Udo Lindenberg sein Croissant zum Frühstück in eine Schale Nordhäuser Doppelkorn:
»Du, sorry, Jan, ich hab panikmäßig kein Wort verstanden, aber ich glaube, du hast recht.«
Peter Maffay schaut mit einem pathetischen Über-sieben-Brücken-musst-du-geh'n-Blick in die Ferne:
»Träume zerbrechen wie eine Träne in der Wüste, aber es ist noch nicht zu spät – wenn wir das Ufo mit einer Atomrakete zerstören.«
Udo Lindenberg runzelt die Stirn, sodass sein Hut fünf Zentimeter nach oben wandert:
»Hey, Peter, alter Pygmäen-Tenor, nix für ungut, aber Gewalt gegen Fremde – das find' ich irgendwie nich' so dufte.«
»Aber Udo, die wollen uns alle umbringen.«
»Schon klar, aber da muss man auch mal 'n bisschen Verständnis haben ... Das ist ja irgendwie auch 'ne ganz andere Kultur.«
Peter Maffay korrigiert leicht irritiert den Sitz seines Feinripp-Unterhemds unter der Lederjacke und wendet sich Grönemeyer zu:
»Herbert, was meinst du denn zu der ganzen Tragödie?«
Grönemeyer war mit einer In-meiner-Buchstabensuppe-schwimmt-bedeutende-Lyrik-Miene in sich versunken, und beginnt nun vor sich hin zu brabbeln:
»Ooh tutsoweh kannichmehr Gefühle sind verwirrt. Aber ich leeebe noch oho ich leeeeeebe noch – koste jede Sekunde die mir noch bleibt. Habe Angst geh noch nicht weg oooooooh bleibe

hier, oooooh ich leeeeeebe noch. Ich leeeeeeeeeeeeeeeeeeeeeeeeeeeeeeeeeeeebe noch.«

Udo Lindenberg zieht zum ersten Mal seine Sonnenbrille aus und schaut Grönemeyer tief in die Augen:
»Hey, mach mal locker, Herbert ... Trink einfach mal 'n Eierlikörchen.«

Zur gleichen Zeit in Berlin:
Der Grüne Hans-Christian Ströbele hat als einziger Bundestagsabgeordneter die Zerstörung des Reichstags überlebt, weil er auf dem Weg zur Debatte mit seinem Fahrrad in einem Gullideckel stecken geblieben war.
Er wird daraufhin kommissarisch zum Bundeskanzler ernannt.

23 Uhr in der ARD:
Richard David Precht, Peter Sloterdijk und Ralph Giordano sitzen bei Sandra Maischberger und würden wahrscheinlich intelligente Dinge von sich geben – wenn Reiner Calmund sie nur zu Wort kommen ließe ...
»Ja, so ein Angriff aus dem All, da kriegt jede Abwehr der Welt Probleme, dat is völlisch klar, da hab isch mit dem Ruddi Völler schon drübber jesprochen, da müssen wir überhaupt nit drübber diskutieren, isch meine, dieses Ufo, dat is von einem anderen Stern, dat is jenau wie Messi, Ronaldo und Ibrahimovic, die spielen auch Fußball von einem anderen Stern, dat is völlisch klar, da müssen wir überhaupt nit drübber diskutieren ... Isch meine: Wenn man pulverisiert wird, dat is natürlisch unanjenehm, da hab' isch mit dem Ruddi Völler drübber jesprochen, dat is völlisch klar, da müssen wir überhaupt nit drübber diskutieren ...«

23 Uhr 10 in Hamburg:
Unsere Rockstars im Hotel Atlantic versuchen inzwischen, sich auf eine gemeinsame Alien-Hymne zu einigen. Jan Delay spricht wie üblich, als wären seine Stimmbänder an eine Kirmes-Tröte gekoppelt:
»So, ich hab da mal was komponiert, so cool mit Groove und

so, irgendwie zum Chillen, aber auch zum Abfeiern und natürlich auch betroffen irgendwo, also ich sing das jetzt mal vor:
Ayayayayayayaaaaaaaaa – Ufooooooooooooo
Ayayayayayayaaaaaaaaa – Ufooooooooooooo
Ayayayayayayaaaaaaaaa – Ufooooooooooooo«

Lindenberg, Maffay und Grönemeyer sehen ihn ratlos an. Lindenberg lässt seinen Hut ein paarmal auf- und abwandern, und nach einer etwa zwanzigsekündigen Abfolge nasaler Grunzlaute kommen doch noch Worte aus seinem Mund:

»Ja ... nee. Pass auf, ich mein, das muss vielleicht mehr so'n bisschen locker-vom-Hocker-technisch und el-schnello-mäßig aus der Hüfte geschossen kommen, irgendwie so:
Dübndüdüüüüü ...
Ihr habt uns pulverisiert,
das hat mich inspiriert.
Aus welchem Kosmos kommt ihr her?
Scheißegal, wir trinken erst mal Likör ...«

Während Grönemeyer frustriert in sich zusammensackt, wirkt Maffay genervt:

»Ja, Udo, das hatte schon sehr viel Schönes – ich weiß nur noch nicht genau wo. Ich meine, die Traurigkeit und Wut müssen sich in einem poetischen Trio mit einer Message vereinen. Pass auf:
Wenn ihr uns pulverisiert
Dann ist alles egalisiert
Freunde Feinde Weisse und Schwarze
Die Religionen und meine Warze.«

Udo Lindenberg zündet sich eine Zigarre an:
»Ja, herzlichen Glückwunsch, Peter. Das ist die größte Scheiße, die ich je gehört habe.«

Jetzt erwacht Grönemeyer aus seiner Lethargie und gibt für eine Weile Laute in der Art von »hssss ffftttt kssss hhhhööööö« von sich, bis er schließlich zur Melodie von *Bochum* singt:
»Ufo, wo kommst du her?
Ufo, ich kannichmehr.
Oho flieg weeeeeeeeheheg ... Ufo.«

Fünf Minuten später:
Nicht das Ufo fliegt weg, sondern das Hotel Atlantic.

Freitag, 9. August:
Deutschland ist zu über fünfzig Prozent zerstört. Da geschieht um 11 Uhr 03 das Unfassbare: Das Ufo beschädigt eine Burger-King-Filiale in Bottrop-Kirchhellen. Diese schlimme Attacke auf Amerika lässt Obama nicht ungesühnt und schickt einen Jet mit Bruce Willis nach Deutschland, der das Ufo zerstört. Wir sind gerettet!

Kurz darauf in Manderscheid:
Hartmut und Lisbeth Breuer sitzen plötzlich wieder in der Sonne und nicken sich zufrieden zu, als Hartmut beobachtet, wie ein Wrackteil des Ufos mit großem Getöse auf den Marktplatz stürzt. Sofort eilt er nach innen und wählt die 110.
»Polizei Manderscheid, guten Tag.«
»Guten Tag. Isch möchte einen Falschparker melden.«

Kapitel 3

• • • • • • • • • • • • • • • • •

Germanische Erotik

Nein, wir gehören nicht zu den erotischsten Nationen der Welt. Unser Sex-Symbol ist Til Schweiger – ein Mann mit einer Stimme, mit der man in Hollywood gerade mal eine Insektenlarve in irgendeinem Animations-Kurzfilm synchronisieren darf. Und unsere sinnlichsten Frauen dürften froh sein, bei *Law and Order* eine Rolle als Leiche zu ergattern.

Wer einmal in Antalya deutsche Touristen beim Versuch beobachtet hat, Bauchtanz zu praktizieren, wünscht sich den Gedächtnislöscher aus *Men in Black* – denn diese schrecklichen Bilder kriegt man nie wieder aus dem Kopf.

Und wer das Pech hatte, mal bei *Stern TV* einen Bericht über unsere Swinger-Szene zu sehen, der weiß: Das Sinnlichste in einem deutschen Swinger-Club ist die Nespresso-Maschine in der Küche.

Was also können wir tun, wenn wir ein sexuelles Abenteuer suchen? Uns auf unsere nationalen Stärken besinnen: Wir sind Kopfmenschen, und die Erotik wird bekanntlich vom Gehirn gesteuert. Gepaart mit zwei anderen deutschen Tugenden – akribische Planung und exakte Durchführung – steht dem Gipfel der Lust dann eigentlich nichts mehr im Weg. Oder doch?

Das Rollenspiel

Jörg sitzt im schwarzen Samtanzug und silbern schimmernden Satin-Hemd an der Bar des Hotel Adlon und nippt nervös an einem Whiskey Sour. Er fühlt sich deutlich overdressed, aber das richtige Outfit ist wichtig für den optimalen Verlauf des Rollenspiels. Er wird für einen Abend lang nicht Jörg Gröning sein, der Geschichtslehrer, sondern Luigi Oliviero, ein italienischer Frauenheld auf Geschäftsreise. Und seine Frau wird für die nächsten Stunden nicht Kerstin Gröning sein, zweifache Mutter und Teilzeit-Yogalehrerin, sondern Olga – eine russische Prostituierte ohne Nachnamen, Unterhose und Tabus. Sie wird ihn zufällig an der Bar treffen, er wird ihr einen oder zwei Cocktails spendieren, und dann werden sie auf dem reservierten Zimmer eine Nacht lang all das tun, was man mit zwei schlafenden Kindern, 87 zu korrigierenden Geschichtsklausuren und der kompletten Prinzessin-Lillifee-Kollektion um sich herum eben nicht tut.

Jörg hatte sich als emanzipierter Pädagoge dafür geschämt, dass ihn die Vorstellung von Sex mit einer Prostituierten erregt. Aber sein Therapeut hat ihm dazu geraten, erotische Wünsche offen auszusprechen. Was auch hervorragend funktioniert hat – abgesehen von den drei Wochen, in denen Kerstin die Scheidung wollte, und den anschließenden acht Monaten intensiver Paartherapie.

Die Tür geht auf, und eine attraktive Frau Mitte dreißig kommt herein: schwarze Lederstiefel mit gigantischen Absätzen, Netzstrumpfhose und Leder-Minirock. Die Lippen knallrot und die langen dunkelbraunen Haare frisch geföhnt. Jörg ist nicht der einzige Mann an der Theke, dem die Kinnlade nach unten klappt. Das ist seine Frau! Beziehungsweise eben nicht. Es ist Olga.

Dass Kerstin nun selbst die Prostituierte spielt, war eine Idee der Paartherapeutin. Nach anfänglichem Widerwillen fand Kerstin sogar Spaß an der Vorstellung – und wollte im Gegenzug, dass Jörg einen italienischen Macho gibt. Was Jörg ziemlich verwunderte – schließlich ist Kerstin eine extrem emanzipierte Frau mit

Hang zur Esoterik. Wenn er ihre geheimen sexuellen Phantasien hätte raten müssen, wären ihm eher Dinge in den Sinn gekommen wie durch eine tibetanische Flöte in den Bauchnabel pusten oder irgendeinen geheimen Lustpunkt am Ohrläppchen akkupunktieren oder nebeneinandersitzen und sich bewusst zum Orgasmus atmen. Aber ein italienischer Macho? Tja, philosophische Einstellung und erotische Präferenz passen selten zusammen.

Kerstins Weg zur Bar gibt Abzüge in der B-Note, denn Zwölf-Zentimeter-Stilettos verlangen ein anderes Körpergefühl als ihre Birkenstock-Latschen. Auf dem Weg vom Taxi zum Hotel ist sie mit dem Absatz in einer Ritze stecken geblieben und war erstaunt, wie viele Männer ihr plötzlich helfen wollten. Sie setzt sich direkt neben Jörg.

»'allo ...«

»Hallo. Darf ich mich vorstellen? Ich bin Luigi Oliviero. Und Sie?«

»Isch bin Olga. Meine 'eimat ist Rüssland.«

»Aha. Das erstaunt mich aber, denn Sie sprechen mit einem französischen Akzent.«

»Was?«

»Eine Russin würde das *r* rollen und könnte das *h* aussprechen.«

»Du kritisierst meine Aussprache? Das glaub ich jetzt nicht, Jörg.«

»Tut mir leid, ich ... Egal. Du siehst toll aus, ich bin absolut ... erregt.«

Kerstin lächelt, zieht ihre Jacke aus und gibt so den Blick auf ein durchsichtiges Netz-Oberteil frei, das den schwarzen BH mehr betont als verdeckt.

»Wow, du bist ... wow.«

»Danke ... Isch bin auch 'ingerissen von deine schöne Klei dung ...«

»Das freut mich ... sehr sogar ... Aber es ist trotzdem ein französischer Akzent.«

»Na und? Du hast gar keinen Akzent.«

»Viele Italiener haben keinen Akzent. Das ist doch nur ein Klischee mit dem ›isse kanne nure spresse, wenn isse hänge eine *e* an jedese Worte ...«

»Aber ich finde es nun mal erotisch, wenn einer so redet.«

Jörg seufzt.

»Okay. Bitte ... Also, isse habe misse nur gefragte, warume eine Fraue ausse Russelande sprisste mite eine französische Akzente ...«

Kerstin seufzt:

»Ich korrigiere mich. Ich finde es erotisch, wenn ein *Italiener* so redet.«

»Siehst du, ich wusste das. Ich hab' mir das nämlich reiflich überlegt. Und ein Italiener, der Hochdeutsch spricht, ist absolut plausibel, wenn er hier geboren wurde. Aber eine Russin mit französischem Akzent – das macht das ganze Bild kaputt!«

Kerstin seufzt und überlegt eine Sekunde lang, ob sie sich einfach umdrehen und den nächstbesten Typen anbaggern soll. Dann atmet sie dreimal tief durch, so wie es ihr Meditations-Coach empfohlen hat, und setzt ein verführerisches Lächeln auf.

»Weißt dü, meine Mütter ist aus Fronkraisch und 'at meine Vater in Moskau kennengelernt. Isch bin Rüssin, aber mein Mütter 'at immer Fronzösisch mit mir gesprochen.«

»Oh perfekt. Sehr gut. Eine ausgezeichnete Erklärung.«

»Jörg, würdest du es bitte unterlassen, alles zu bewerten.«

»Natürlich, tut mir leid. Also, Olga ... Was machen Sie hier in Berlin?«

Kerstins Augen werden feucht.

»Isch 'abe eine fürschtbare Schicksalsschlag erlebt, und jetzt ... verdiene isch mein Geld ... indem isch die Wünsche von Männer erfülle ...«

»Mein Gott, du hast richtig geweint. Du spielst ja brillant!«

»Jörg, du bist dabei, es zu versauen.«

»Tschuldigung, ich ... Okay, und was war das für ein Schicksalsschlag?«

»Meine Eltern sind mit dem Flügzeug abgestürzt, und dann bin isch 'ier nach Dötschlond gekommen, weil isch dachte, isch 'abe die große Liebe gefünden ... Aber mein Frönd 'at misch einfach auf die Strisch geschickt ...«

»Was? Das gibt's doch gar nicht! Warum haben Sie sich das gefallen lassen?«

»Egal. Räden wir nischt von mir. Räden wir von dir ...«

»Wissen Sie, es gibt hier in Deutschland Frauenhäuser, da können Sie sofort hingehen. Also wenn Sie wollen, kann ich eine Adresse für Sie ...«

»Jörg, du machst es kaputt.«

»Entschuldigung, aber ich habe gedacht, du bist eine glückliche Prostituierte – eine Frau, die quasi ihr Hobby zum Beruf gemacht hat.«

»Jörg, ...«

»Ich kann doch nicht mit einer Frau schlafen, die zur Prostitution gezwungen wird, das ist doch furchtbar.«

»Jörg, dass du keinen Akzent hast, okay. Aber du bist ein italienischer Macho und willst mich ins Bett kriegen und nicht ins Frauenhaus, okay?«

»Natürlich. Stimmt. Mein Fehler. Ich mache es einfach so wie Richard Gere bei Julia Roberts in *Pretty Woman*. Ihre Vergangenheit ist traurig, aber er holt sie ja da raus.«

»Aber Richard Gere ist kein Italiener.«

»Schon klar. Stell dir einfach vor, er wäre einer. Beziehungsweise, denk gar nicht an Richard Gere, denk einfach an ... denk an nichts.«

Jörg sammelt sich kurz und schaut sie dann mit seinem besten Flirtblick an:

»Okay, Olga. Vergangenheit ist Vergangenheit. Für mich zählt nur die Gegenwart.«

Kerstin lächelt beeindruckt:

»A'a.«

»AA?!«

»Ich wollte ›aha‹ sagen, aber ich kann ja kein h sprechen, Brummselbärchen.«

»Ach so, verstehe. Aber vielleicht solltest du mich heute Abend nicht Brummselbärchen nennen. Das ist irgendwie ...«

»Natürlich, du hast recht, Brummsel... Jörg ... Luigi.«

»Also, Olga: Für mich zählt nur die Gegenwart. Und in dieser

Gegenwart spüre ich nur eins: das brennende Verlangen, meine Gurke in deine Aubergine zu schieben ...«

Kerstin schaut Jörg leicht angewidert an.

»... beziehungsweise meine Steckrübe in deinen Blumenkohl ... Äh, also ... die Gemüsemetaphern tun mir leid – ich weiß nicht, was ein italienischer Macho sagt, wenn er mit einer Frau ins Bett will.«

Kerstin seufzt.

»Jörg, ein echter Italiener würde etwas Romantisches sagen. Darüber, dass ich wunderschöne Augen habe.«

»Wunderschöne Augen? Och komm, du meinst jetzt nicht solche Klischeesprüche wie: Wenn iss ine deine Auge sehe, dann mösste iss einfach hineinspringe wie in eine See und stundenlang bade. Denn deine Augen sinde die schönste, die iss je habe gesehen in meine ganze Lebe.«

Jörg lacht verächtlich und bekommt nicht mit, dass seine Frau vor Erregung kaum atmen kann.

»Oh Luigi ...«

»Entschuldigung, aber solche Klischeesprüche sind nicht romantisch, sondern albern. Dagegen kommen mir Gemüsemetaphern ja noch regelrecht literarisch vor.«

»Oh ja, sag mir noch mehr alberne Klischeesprüche. Bitte!«

Zum ersten Mal an diesem Abend schaut Kerstin ihn leidenschaftlich an, und das verwirrt Jörg.

»Du, äh, du, das ... Du meinst das ernst, Kerstin, äh, Olga?!«

»Ja, isch meine es ernst, Luigi. Isch meine es sogar sähr sähr ernst.«

Sie streichelt ihm sanft über den Oberschenkel und schaut ihn mit laszivem Blick an, so wie sie ihn schon lange nicht mehr angesehen hat. Das macht ihn nervös.

»Also, Olga ... Iss äh ... mösste springe in deine Pupillen ... Aber nisst nur da rein ... auch in andere Körperteile ... äh ... tut mir leid, eben wollte ich's nicht, da hat's funktioniert. Aber jetzt ...«

»Ganz ruhig, Luigi, du kannst das ...«

»Okay, iss ... äh ... deine Blicke sinde so heisse, dasse iss habe Angste, iss verbrenne ...«

»Oh ja, Luigi, isch bin auch schon ganz 'eis.«

»Eis?«
»Heiß.«
»Ah. Gut. Und äh ... deine Lippe sinde so vollkommene, dass ... äh ... dass ... sinde einfach vollkommene wie nix isse so vollkommene.«
»Komm, Luigi, wir gehen aufs Zimmer. Isch möschte dir präsentieren noch andere vollkommene Dinge ...«
Drei Minuten später haben sie das Bitte-nicht-stören-Schild an die Tür gehängt, und Kerstin bzw. Olga räkelt sich lasziv auf dem Bett. Abgesehen davon, dass ihr Stiefelabsatz das Bettlaken durchstoßen hat und kurzzeitig in der Matratze festhing, läuft das Rollenspiel perfekt. Jörg bzw. Luigi steht wollüstig vor dem Bett und will sich auf sie stürzen, da hält er inne.
»Oh, eine Dinge habene wir noch gar niss geklärte, Olga ... wie sind denn so deine Preise?«
»Einfachär Geschlechtsverkähr fünfzisch Öro, Fronzösisch hündert Öro.«
»Hast du das recherchiert?«
»Was?«
»Die Preise. Es kommt mir seltsam vor, dass Oralverkehr doppelt so teuer sein soll als ... Also, ich habe natürlich keine Ahnung, wie die Preise sind, aber wäre es nicht angemessener ...«
»Jörg, bitte.«
»Entschuldigung, ist wirklich egal, mein Fehler. Also dann ... Deine wunderssöne Auge ssinde noch viel mehr werte, Olga ... Vorkasse?«
»Ist mir egal, Luigi.«
»Aber wir machen's realistisch.«
»Okay, also Vorkasse. Fünfzisch Öro.«
Jörg lächelt verschwörerisch, holt dann sein Portemonnaie heraus und stutzt.
»Das gibt's doch gar nicht! Ich hab vergessen, Geld abzuheben. Jetzt habe ich nur dreißig Euro.«
»Ist doch egal, Brummsel... Jörg ... Luigi.«
Jörg kramt hektisch im Münzfach des Portemonnaies.
»32 Euro ... und 62 ... nein 64 Cent.«

»Es ist wirklich egal.«
»Wie konnte mir das nur passieren? An alles hab' ich gedacht. Und dann so ein Fehler ...«
»Jörg ...«
»Ich fasse es nicht. Mist, verdammter!«
»Ach komm, gib's mir einfach morgen.«
»Morgen? Welche Prostituierte macht denn so was? Das ist doch total unrealistisch.«
»Es ist wirklich nicht wichtig, Jörg.«
»Nicht wichtig? Oh Mann! Weißt du eigentlich, was offene Bordellrechnungen bedeuten? Dein Zuhälter schneidet mir glatt einen Finger ab!«

Kerstin atmet tief durch und schafft es mit etwas Mühe, ihre Gereiztheit zu unterdrücken:

»Okay, Luigi, isch 'abe gerade spontan meine Preise redüziert ... Einfachär Geschlechtsverkähr kostet nür noch 32 Öro 64.«
»Ich bitte dich, Olga! Das glaubst du dir doch selbst nicht.«
»Luigi, entspann disch ... Komm zü mir ...«
»Passe auf, Olga, isse gehe nure ganze snelle zum EC-Automaten.«
»Das ist jetzt nicht dein Ernst.«
»Bleib einfache ganze entspannte liegene – iss binne gleiss wieder da.«

Obwohl Jörg spürt, dass der Fehler, jetzt zum EC-Automaten zu gehen, ungleich größer ist als der, nicht genug Geld dabeizuhaben, ist der innere Zwang stärker. Aber Jörg ist ein Kämpfer:

»Und, isse werde nure denke an deine wunderssöne Auge unde Lippe, während isse sstehe vor die EC-Automate.«

Als Jörg ihr beim Schließen der Tür zuzwinkern will und dabei beide Augen schließt, schaut Kerstin ihn fast mitleidig an.

Ein Unglück kommt selten allein. Und so ist es kein Wunder, dass der EC-Automat vor dem Hotel defekt ist und Jörg fünf Blocks weiter gehen muss. Aber für sein Liebesleben nimmt Jörg sogar in Kauf, ausnahmsweise Geld von einer Fremdbank zu beziehen und dafür eine Gebühr von 4 Euro 99 zu zahlen. Kerstin wird das Opfer zu schätzen wissen.

Als Jörg ins Zimmer zurückkommt, liegen Stiefel und Lederrock vor dem Bett – und Kerstin schlummert friedlich unter der Decke. Jörg nickt betroffen, seufzt und gibt Kerstin einen Gutenachtkuss auf die Stirn. Es ist Viertel vor zehn. Wenn er den Fernseher auf lautlos stellt, kann er im ZDF noch die zweite Halbzeit Dortmund gegen Real Madrid gucken.

Und beim nächsten Mal wird er besser vorbereitet sein: Wäre doch gelacht, wenn ein VHS-Grundkurs »Italienisch« und die Lektüre von Groschenromanen nicht einen waschechten Südländer aus Brummselbärchen machen würden.

Kapitel 4

● ● ● ● ● ● ● ● ● ● ● ● ● ● ● ● ●

Unterdrückte Aggressionen

Im ersten Kapitel ging es darum, dass deutsche Fußballreporter ihr Möglichstes dazu beitragen, den Spaß am Sport zu minimieren. Gänzlich unerträglich sind jedoch die Journalisten am Spielfeldrand.

Dass es grundsätzlich keinen Sinn ergibt, Fußballer nach einem Spiel zu interviewen, sollte jedem einleuchten – ähnlich absurd wäre es, einen Rhetorikprofessor nach der Vorlesung um einen Fallrückzieher zu bitten. Deshalb ärgere ich mich auch nie über Sätze à la »ich hatte vom Feeling her ein gutes Gefühl« oder »das ist Schnee von morgen«. Was mich aufregt, ist die unfassbare Arroganz, mit der einige Reporter den Spielern begegnen. Die zu Dialogen führt wie:

»Wie konnte dieser Fehler denn passieren?«
　»Ja, ist halt passiert.«
　»Aber was war denn da mit Ihnen los?«
　»Ja, weiß auch nicht.«
　»Aber so was darf eigentlich nicht passieren.«
　»Nein.«
　»Aber das war schon ein kapitaler Bock von Ihnen.«
　»Ja.«
　»Damit haben Sie Ihrer Mannschaft einen Bärendienst erwiesen.«

»Ja.«
»Damit haben Sie sich selbst um den Sieg gebracht.«
»Ja.«
»Das war so ein Fehler, wie er eigentlich nicht passieren darf.«
»Ja.«
»Möchte man in dem Moment nicht einfach vor Scham im Boden versinken?«
»Kann sein.«
»Also, das war wirklich ein richtig schlimmer Schnitzer.«
»Ja.«
»Das kann man schon nicht mehr als einfaches Missgeschick bezeichnen.«
»Nein.«
»Das war ein echt katastrophaler Totalaussetzer.«
»Ja.«
»Also sind wir uns einig, dass so etwas eigentlich nicht passieren darf?!«
»Ja.«
»Aber warum ist es denn dann passiert?«

In einem solchen Moment wünsche ich mir, dass ein Spieler mal seine gute Kinderstube und das Interview-Coaching vergisst und so etwas sagt wie:

»Jetzt halt endlich das Maul, du verdammter Medienfuzzi! Deine Eier sind so dick, als hättest du dreimal die Champions League gewonnen, dabei würdest du nicht mal in der Kreisliga C als Torpfosten aufgestellt! Selbst wenn man mir beide Beine amputiert, spiele ich noch besser Fußball als du! Deine einzigen körperlichen Herausforderungen bestehen darin, ein Mikrofon zu halten und nicht in Ohnmacht zu fallen – und dein Fußballverstand reicht gerade mal aus, um Vereinswappen an die richtige Stelle in der Kicker-Stecktabelle zu schieben. Wenn ich so schlecht schießen würde, wie du fragst, würde ich mich umbringen. Weißt du was? Am liebsten würde ich die Pyrotechnik aus sämtlichen Fanblocks einsammeln und dir in den arroganten Arsch stecken, um dich in einen fußballfreien Teil des Universums zu schießen. Aber stattdessen hau ich dir jetzt einfach mal in die Fresse.«

Und dann ein saftiger Kinnhaken, der den Reporter zu Boden streckt ... Hach, das wäre schön! Und wer auch immer dieser Spieler wäre, er wäre mein persönlicher Fußballer des Jahres.

Aber mit Aggressionen tun wir uns nun einmal schwer in diesem Land. Wut ist uns suspekt. Wut ist gefährlich. Und wer kann sich das nicht vorstellen: Ein Spieler schlägt einen Reporter k. o., Sekunden später wird Deutschland von einer Welle der Gewalt überflutet, und am nächsten Morgen überfallen wir Polen – so schnell geht das.

Nein, im Ernst: Ich finde es sympathisch, dass wir so ein vorsichtiges Volk geworden sind. Ich bin der festen Überzeugung, dass von deutschem Boden nie wieder ein Krieg ausgehen wird – es sei denn, ein anderes Land fordert von Deutschland ein generelles Tempolimit.

Die Bundeswehr kämpft heute sowohl mit dem Makel unserer Geschichte als auch mit der Unübersichtlichkeit der neuen Weltordnung. Die folgende Szene, die in der Dauer-Krisenrepublik Krakachochstan* spielt, zeigt, wie schwer es für unsere Soldaten geworden ist, eine klare Rolle zu finden ...

---

* Wer sich für Krakachochstan interessiert, findet im Anhang auf Seite 285 ff. eine Übersetzung der krakachochstanischen Nationalhymne.

Kampfeinsatz

»Guten Morgen, Offizier Klotz. Wie geht es Ihnen?«

General Schmelzer hat seinen Luftwaffenoffizier Rolf Klotz ins Besprechungszimmer zitiert und weist ihn mit zackiger Geste an, sich auf den Stuhl vor dem Schreibtisch zu setzen.

»Mir geht es gut. Danke. Und Ihnen?«

»Danke der Nachfrage ...«

General Schmelzer hasst Smalltalk, ist aber der Ansicht, dass persönlicher Kontakt die Bundeswehr menschlicher machen würde.

»... Aber kommen wir zum Thema: die Lage in Krakachochstan.«

»Ist etwas passiert?«

»In der Tat. Wie Sie wissen, gibt es einen Machtkampf zwischen dem von den Amerikanern eingesetzten sympathischen, integren und demokratischen Übergangspräsidenten Kriniwopliwo und dem bösen, unsympathischen, demokratiefeindlichen ultra-extremistisch-faschistisch-religiös-fundamentalistischen Tyrannen-Arschloch Krakkch.«

»Natürlich.«

»Unsere Strategie war bisher einfach: Wir haben Kriniwopliwo unterstützt ...«

»... und Krakkch bekämpft.«

»Exakt. Nun, aber heute Nacht kam es zu einer dramatischen Wendung ...«

»Oh nein! Hat das böse, unsympathische, demokratiefeindliche, ultra-extremistisch-faschistisch-religiös-fundamentalistische Tyrannen-Arschloch Krakkch die Macht übernommen?«

»Nein. Krakkch und Kriniwopliwo haben sich versöhnt.«

»Verstehe.«

»Die beiden haben sich auf einen Nachfolger geeinigt. Jonawai Jonoskropjew.«

»Verstehe.«

»Leider haben wir keine verdammte Ahnung, wer dieser Jonoskropjew überhaupt ist und was er will. Andererseits planen die Amerikaner heute Nachmittag einen militärischen Eingriff, bei dem sie unsere Unterstützung fordern. Also rufen Sie Ihre Piloten zusammen!«

»Jawohl, Herr General.«

»In der Zwischenzeit finden wir mehr über Jonoskropjew heraus.«

Nur fünf Minuten später lässt Offizier Rolf Klotz seine zehn besten Bomberpiloten antreten und brüllt mit einer kernigen Stimme, mit der er problemlos für Motorsägen werben oder einen Tyrannosaurus Rex synchronisieren könnte:

»Jagdbombergeschwader 33, hier kommt Ihr Einsatzbefehl: Wir werden heute entweder nach Krakachochstan fliegen und strategische Ziele bombardieren oder nicht, haben Sie das verstanden?«

»Jawohl, Herr Offizier!«

»Unsere taktische Marschroute für heute lautet also: Unentschlossenheit. Und wenn ich selbst unentschlossen vorangehe, dann erwarte ich, dass Sie mir mit der gleichen Unentschlossenheit folgen! Habe ich mich klar ausgedrückt?«

»Jawohl, Herr Offizier.«

Die Jagdbomber stehen stramm. Offizier Rolf Klotz schreitet seine Männer einzeln ab, bleibt vor einem Zwei-Meter-Hünen mit stahlblauen Augen und blondem Haar stehen, seufzt kurz und brüllt dann urplötzlich los:

»Reiners, wenn ich sage, dass wir unentschlossen sind, dann gilt das auch für Sie!«

»Jawohl, Herr Offizier.«

»Und warum zum Teufel sehe ich dann Klarheit, Mut und Courage in Ihren Augen?«

»Ich weiß nicht, ich ...«

Der Offizier fügt seiner ohnehin schon trommelfellgefährdenden Stimme weitere zwanzig Dezibel hinzu:

»Verdammte Scheiße! Wenn hier nicht in einer Sekunde alle Augen von Zögern und Zaudern erfüllt sind, dann werde ich Sie so intensiv mit Zweifeln konfrontieren, dass das Thema Entschlossenheit hier ein für alle Mal erledigt ist!«

»Jawohl, Herr Offizier.«

Währenddessen hat General Schmelzer seinen wichtigsten Berater Ewald Müller ins Büro zitiert und versucht, mehr über den neuen krakachochstanischen Präsidenten Jonoskropjew zu erfahren.

»Also, Müller, was haben Sie herausgefunden?«

»Jonoskropjew gehörte als Rebellenführer zu einer religiösen Sekte mit Namen ›Schjrosk‹. Diese Sekte glaubt zwar genauso an den Gott ›Klokksch‹ wie 99,98 % der Bürger Krakachochstans, legt aber irgendwelche Gebote irgendwie anders aus.«

»Also ein religiöser Fundamentalist.«

»Schwer zu sagen. 2011 trat er aus der Sekte aus und schloss sich den ›Utzblekaniern‹ an.«

»Den Utzblekaniern.«

»So ist es.«

»Und wer sind die Utzblekanier?«

»Das, äh ... also, es ist so: Wir wissen es nicht.«

»Verdammt!«

General Schmelzer steht auf und tigert nervös im Zimmer umher.

»Gerüchten zufolge gibt es ein Gebot des Gottes ›Klokksch‹, das ein Feuer speiendes Sagenwesen namens ›Utzble‹ in einen Felsen nahe der Hauptstadt Trikpf gebrannt hat. Insofern könnte es sein, dass die Utzblekanier eine religiöse Gruppe sind, die sich diesem Gebot verschrieben hat.«

»Aha. Und wie lautet dieses Gebot?«

Ewald Müller windet sich:

»Nun, es ist so, also ... tja, um es mal auf den Punkt zu bringen: Wir haben keine Ahnung.«

General Schmelzer explodiert:

»Es muss doch möglich sein, ein verdammtes Gebot zu ermitteln, das irgendein verfluchtes Sagenwesen in irgendeinen beschissenen Felsen gebrannt hat.«

»Tja, also, es gibt eine Übersetzung, allerdings habe ich mich nicht getraut, sie zu erwähnen, weil ...«

General Schmelzer haut mit der Faust so fest auf den Schreibtisch, dass ein Glas und mehrere Papierstapel zu Boden fallen:

»Jetzt spucken Sie's schon aus, Herrgott!«

Ewald Müllers Stimme wird plötzlich sehr leise:
»›Wer pupst, hat verloren.‹«
»Was???«
»›Wer pupst, hat verloren.‹ Ich bin sicher, es handelt sich um einen Übersetzungsfehler. In dieser Region Krakachochstans wird ein Dialekt gesprochen, den die meisten Dolmetscher nicht ...«

Ewald Müller traut sich nicht weiterzusprechen, weil General Schmelzers Blick in Millisekunden zwischen Wut und Wahnsinn wechselt, bis er sich schließlich seufzend zurück in den Sessel fallen lässt.

Kurz darauf ist Ewald Müller aus dem Büro verschwunden, und Offizier Rolf Klotz steht stramm vor dem Schreibtisch seines Generals, um die nächsten Anweisungen entgegenzunehmen.

»Also, Offizier Klotz ... Nach eingehendem Studium der Sachlage bin ich zu dem Schluss gekommen, dass ich total ... absolut ... ratlos bin.«

Wenig später ist das Jagdbombergeschwader 33 erneut zum Appell angetreten:

»Männer, was von uns jetzt verlangt wird, ist keine normale Ratlosigkeit. Es ist eine totale absolute Ratlosigkeit. Habe ich mich klar ausgedrückt?«

»Jawohl, Herr Offizier.«

»Also, Reiners, haben Sie eine Idee?«

»Nein, Herr Offizier.«

»Und warum haben Sie keine Idee?«

»Weil ich ratlos bin, Herr Offizier.«

»Nein, weil Sie absolut total ratlos sind.«

»Jawohl, weil ich absolut total ratlos bin ... und unentschlossen.«

Urplötzlich explodiert Offizier Rolf Klotz und brüllt:

»Nein, Sie sind nicht mehr unentschlossen, zum Donnerwetter! Die Lage hat sich geändert, Sie Einfaltspinsel! Sie sind viel zu ratlos, um noch unentschlossen zu sein, ist das klar???«

»Jawohl, Herr Offizier.«

»Wenn ich hier noch irgendetwas anderes als Ratlosigkeit erblicke, dann ...«

General Schmelzer betritt plötzlich den Raum. Offizier Rolf Klotz steht auf der Stelle stramm:

»General Schmelzer? Bereit für Ihre Befehle!«

»Offizier Klotz, es gibt neue Erkenntnisse aus Krakachochstan.«

»Aha, und welche?«

General Schmelzer runzelt nachdenklich die Stirn.

»Nun, offensichtlich sind die Utzblekanier keine Sekte, sondern ein Fußballverein. Der neue krakachochstanische Präsident Jonoskropjew übernahm dort wohl vor Kurzem den Vorsitz. Dafür wurde jetzt bekannt, dass er zwar ein menschenverachtender Tyrann und Faschist ist, aber jede Menge Öl besitzt und eine jüdische Großtante hat.«

»Verstehe ... Wie wollen wir weiter vorgehen?«

»Wir runzeln nachdenklich die Stirn. Und zwar auf der Stelle. Geben Sie das an alle Einheiten weiter. Ich will, dass diese Instruktion unverzüglich flächendeckend umgesetzt wird.«

»Zu Befehl! Und, wenn ich das sagen darf: eine hervorragende militärische Maßnahme, Herr General.«

Kapitel 5

• • • • • • • • • • • • • • • • • •

Deutschland und seine Märchen (1)

Eigentlich erstaunlich, dass die beiden berühmtesten Märchenerzähler der Welt Deutsche sind, denn die Hinterlassenschaft der Brüder Grimm widerspricht allem, was uns Deutschen heilig ist: Fakten, Fakten, Fakten.

- Die Erkenntnisse der Wolfsforschung zeigen eindeutig, dass Wölfe ihre Beute im Rudel einkreisen und sich nicht die Kleidungsstücke einer alten Frau anziehen, um dann im Bett liegend deren Enkeltochter irrezuführen.
- Selbst wenn man akzeptieren würde, dass eine alte Ziegenmutter in der Lage ist, einem Wolf den Bauch aufzuschlitzen, ihre sieben Geißlein rauszuholen, Steine hineinzufüllen und den Bauch wieder zuzunähen ... Ein schlafender Wolf würde irgendwann in dieser Zeit *aufwachen!*
- Wer sich an einer Rose sticht, kann bei unzureichendem Impfschutz an Tetanus erkranken, fällt aber auf gar keinen Fall in einen hundertjährigen Schlaf. Und selbst wenn der Wundstarrkrampf in ein Koma münden sollte, wäre die angewiesene Therapie nicht ein Kuss der wahren Liebe, sondern Antibiotika.
- Ein Haus aus Pfefferkuchen würde beim ersten stärkeren Regen zusammenbrechen.

- Abgesehen davon, dass Frösche quaken und nicht sprechen, sind sie anatomisch nicht in der Lage, goldene Kugeln aus Brunnen hochzuholen.

Diese Liste ließe sich endlos fortsetzen. Nach einer eingehenden Prüfung würde keines der Grimm'schen Märchen modernen wissenschaftlichen Erkenntnissen standhalten. Und doch werden diese Märchen auch im 21. Jahrhundert noch erzählt. Vielleicht, weil die Deutschen ein widersprüchliches Volk sind: Wir haben große Romantiker wie Caspar David Friedrich, Joseph von Eichendorff und Helene Fischer – aber auch große Aufklärer wie Immanuel Kant, Dr. Sommer und Marcel Reif.

Wie werden Märchen heute in Deutschland eigentlich erzählt? Das hängt hauptsächlich davon ab, welchen Beruf der Erzähler hat ...

········· Antonias Lieblingsmärchen ·········

Wir befinden uns in einem Kinderzimmer in München-Schwabing. Marcel Rubendelling kommt gerade aus der Allianz-Arena zurück, wo er für Sky das Champions-League-Spiel Bayern gegen Arsenal kommentiert hat. Seine Frau Petra schläft schon, seine achtjährige Tochter Antonia sitzt mit dem iPad im Bett. Marcel drückt ihr einen Kuss auf die Stirn:

»So, meine Süße, jetzt ist aber Feierabend. Du musst morgen in die Schule!«

»Aber meine letzte Statusmeldung hat jetzt schon zwanzig Kommentare. Darauf muss ich noch antworten.«

»Was denn für eine Statusmeldung?«

»Ich habe geschrieben: ›Liege im Bett und langweile mich. Wer will mit mir spielen?‹«

Marcel nimmt das iPad an sich – und erstarrt:

»Du benutzt Mamas Profil!«

»Klar. Wenn ich meins benutze, können alle Lehrer sehen, dass ich online bin. Ich bin doch nicht blöd.«

»Na toll, Antonia, jetzt schreiben die hier ... Oh mein Gott – hast du das gelesen???«

»Ja. Ralf schreibt, er will's mir besorgen. Aber er schreibt gar nicht, *was*.«

Hastig tippt Marcel eine neue Statusmeldung im Namen seiner Frau:

»Mein Mann ist gekommen. Er ist der beste Liebhaber der Welt. Alle anderen sind mir egal.«

Er drückt auf »teilen« und schaltet das iPad aus.

»So, darüber müssen wir morgen noch mal reden. Aber jetzt wird geschlafen.«

»Nur, wenn du mir noch ein Märchen erzählst!«

»Antonia, du weißt doch, dass Mama mir verboten hat, Märchen zu erzählen.«

»Aber alle Väter erzählen ihren Töchtern Märchen. Biiitteeeee! Nur noch einmal Hänsel und Gretel!«

»Okay, du hast gewonnen ... Also ...«

Marcel atmet einmal tief durch. Dann wird seine Stimme plötzlich doppelt so laut und nimmt den typischen Reportertonfall an:

»Ja, hereinspaziert! Trotz ungünstigster Witterungsbedingungen im Märchenwald – es ist finster und bitterkalt – sind die Betten hier in der Brüder-Grimm-Arena bis auf den letzten Platz gefüllt.

Und die böse Stiefmutter gibt das Märchen frei:

Hänsel und Gretel laufen durch den Wald, das Ganze wirkt im Moment noch ein wenig planlos ... ja, sie müssen erst einmal zu ihrem Weg finden – jetzt kommen sie an eine Kreuzung, und ... verlaufen!!! Uuuuh – das hätte nicht passieren dürfen, so früh im Märchen! Ein Totalaussetzer von Hänsel ...

Aber jetzt forcieren sie wieder das Tempo, es sind noch gut 25, 30 Meter bis zum gegnerischen Pfefferkuchenhaus, jetzt vielleicht die Möglichkeit uuuuuunnnnd ... Hänsel knabbert am Pfosten!!!

Das war ganz knapp, und Glück für die Hexe, dass hier nicht mehr passiert ist.

Aber vielleicht rüttelt sie das endlich wach, jawohl, sie startet nun zum Gegenangriff – uuuh mit einer phantastischen Finte sperrt sie Hänsel in den Stall, da stellt sie ihre ganze Routine unter Beweis.

Und jetzt Powerplay der Hexe! Absolut konsequent behält sie ihre taktische Marschrichtung bei – ich weiß nicht, wie lange Hänsel diesem Druck noch standhalten kann.

Doch da – anstelle seines Fingers gibt er ihr einen Knochen!!! Uuuuuuh! Das war jetzt schon der vierte Knochen in dieser Saison, und die Hexe muss langsam aufpassen, wenn sie im nächsten Märchen noch dabei sein will.

Jetzt Gretel mit einem Entlastungsangriff, hat die Hexe in der Nähe des Ofens, die Hexe unkonzentriert – vernachlässigt ihre Deckung, jetzt die Gelegenheit für Gretel zum Schubs, Gretel schubst, die Hexe landet im Ofen und ist ... tot!!! Tot!!! Tooooooooooooooooooooooooooooooooot!!!«

Marcels Stimme überschlägt sich. Ehefrau Petra steht ebenso wütend wie schlaftrunken in der Tür des Kinderzimmmers.

»Sag mal, hast du sie noch alle? Es ist nach Mitternacht.«

»Pssssst, Mama! Papa ist gleich fertig.«

Aber Marcel ist viel zu sehr in seinem Element, als dass er irgendetwas um sich herum mitbekommen würde:

»Ein phantastischer Tod, meine Damen und Herren! Da kommt Gretel – bis dahin in diesem Märchen eine einzige Enttäuschung – mit einem absoluten Sonntagsschubs!!!

Und aus, aus, auuuussssss!!! Das Märchen ist aus!!! Sieg für Hänsel und Gretel – nicht unverdient, aber aufgrund der optischen Überlegenheit der Hexe letztendlich doch glücklich.

Trotzdem: Wenn die Geschwister auf dem Schwung dieser letzten Minuten aufbauen, dann haben sie die allerbesten Chancen. Dann leben sie noch heute.

Das war's aus dem Märchenwald. Zurück ins Kinderzimmer.«

Antonia hüpft wild auf dem Bett herum, kreischt vor Vergnügen und singt:

»Du bist die Hexe – asoziale Hexe,
du schläfst unter Brücken
oder in der Bahnhofsmission.«

»Marcel, wir müssen reden!«
Als er seine Frau erblickt, schaut Marcel schuldbewusst zu Boden. Er weiß, dass bei seiner Tochter in den folgenden drei Stunden an Schlaf nicht zu denken ist. Und obwohl er ahnt, dass die folgenden Sätze seine Lage weiter verschlechtern werden, kann er sie einfach nicht unterdrücken:
»Und jetzt habe ich eine sensationelle Interviewpartnerin am Mikrofon, meine Damen und Herren: Dornröschen! Dornröschen, Sie sind gerade aufgewacht – wie kam es zu dieser spektakulären Wende?!«

Der folgende Ehekrach endet damit, dass Petra ihrem Fußballreporter die rote Karte zeigt: Trennung. Am nächsten Tag verlässt Papa Marcel mit ungewöhnlich vielen Koffern die Wohnung – angeblich, um in den Urlaub zu fahren. Antonia schluckt diese Erklärung zunächst und erzählt ihrer Mutter beim Frühstück, was sie in ihrem Namen auf Facebook gepostet hat. Sie will wissen, was dieser Mann namens Ralf ihr besorgen will ... Und warum Mama jetzt rot wird.

Petra seufzt. Sie hat Ralf Reusch in der VIP-Lounge der Allianz-Arena kennengelernt, während ihr Mann mit Franz Beckenbauer Bruderschaft trank. Ralf Reusch machte ihr schöne Augen – doch anschließend haben sie sich aus denselben verloren. Der Gedanke, dass Ralf es ihr besorgen will, verursacht ein breites Grinsen auf ihrem Gesicht. Dann setzt sie eine Unschuldsmiene auf und fragt ihre Tochter:

»Was hältst du davon, wenn ich Ralf mal einlade? Er ist Flugkapitän. Bestimmt zeigt er dir mal seine Uniform ...«

Schon als Kind ist Petra von Flugkapitänen fasziniert gewesen, und die Vorstellung von Ralf Reusch in seiner Arbeitskleidung verursacht einen Stöhnlaut, den sie schnell in ein Räuspern übergehen lässt, als sie den fragenden Blick ihrer Tochter sieht.

Einige Wochen später sind Petra und Ralf Reusch auch offiziell ein Paar, und dank diverser Lustschreie aus Mamas Schlafzimmer erfährt Antonia endlich, *was* Ralf seiner Mutter besorgen wollte.

Um die Liebesgeräusche zu übertönen, fährt Antonia Autorennen auf dem Nintendo 3DS – bis schließlich ihr neuer Stiefvater, Flugkapitän Ralf Reusch, ins Zimmer kommt:

»So, Antonia, deine Mama will, dass ich dir jetzt ein Märchen erzähle.«

Antonia stöhnt genervt auf:

»Oh nee ... Nicht schon wieder ...«

»Wieso denn nicht? Magst du keine Märchen?«

»Doch, aber du erzählst die so langweilig.«

»Pass auf: Wenn du mir jetzt zuhörst, darfst du nächste Woche mit nach London fliegen.«

»Versprochen?«

»Versprochen.«

»Also gut.«

Antonia schaltet den Nintendo ab, legt sich hin und schaut ihren Stiefvater in spe an. Ralfs Blick schweift in die Ferne. Dann greift er zu einem imaginären Bordmikrofon und spricht hinein:

»Guten Tag, hier spricht Ihr Märchenerzähler ...

Mein Name ist Stiefpapa ...«

Ralf lässt lange Pausen zwischen den einzelnen Sätzen und atmet entspannt in sein imaginäres Mikrofon.

»... Ich hoffe, Sie fühlen sich wohl im Bett ...

Hänsel und Gretel sind jetzt circa drei Kilometer von ihrem Zuhause entfernt ... und werden sich in Kürze im Wald verlaufen ...«

Antonias Augen werden schwer. Ralf redet unbeirrt langsam weiter:

»Auf der rechten Seite jetzt das Pfefferkuchenhaus ... Dort herrschen angenehme 19 Grad ...

Im vorderen Teil des Knusperhäuschens werden sie von der Hexe betreut, die ihnen nun eine warme Mahlzeit servieren wird ... Der Passagier der ersten Klasse wird zudem gemästet.«

Antonia ist bereits eingeschlafen, was Ralf aber nicht mitbekommt.

»So, das Märchen kommt jetzt in eine Zone mit leichten Turbulenzen. Hänsel bleibt aus Sicherheitsgründen so lange eingesperrt ...«

Ralf schläft jetzt selbst fast ein. Sein Mund und seine Stimmbänder arbeiten auf Autopilot weiter.

»Wir müssen die Hexe nun bitten, sich in den Ofen zu begeben und das Leben einzustellen ... So, das war's – ich hoffe, Sie hatten eine angenehme Geschichte und wählen auch beim nächsten Mal wieder die Brüder Grimm.

Bitte bleiben Sie noch so lange wach, bis das Märchenbuch seine endgültige Schrankposition erreicht hat. Auf Wiedersehen ...

Ladies and gentlemen, this is your storyteller speaking ... my name is stepfather ...«

Noch während er das Märchen auf Englisch wiederholt, schlummert auch Ralf sanft ein. Kurz darauf erscheint Petra in der Tür und lächelt zufrieden: Ein Pilot hat nicht nur die schönere Arbeitskleidung – er kann auch viel besser Märchen erzählen.

Ein gutes Jahr später kommt Hans-Jürgen in Antonias Zimmer, ihr neuer Stiefvater. Leider hatte sich recht bald herausgestellt, dass Ralf auf Dauer nicht nur Antonia in den Schlaf langweilte, sondern auch ihre Mutter.

So meldete sich Antonia unter dem Namen ihrer Mutter bei einer Internet-Partnervermittlung an und verabredete sich mit einem Hirnchirurgen. Antonia war nicht ihre Mutter, und der Hirnchirurg war ein Marktschreier – insofern waren beide ein wenig enttäuscht. Da Antonia den Marktschreier aber lieber mochte als den Piloten, stellte sie ihn ihrer Mutter vor. Petra entdeckte spontan ihre Liebe zum Proletariat, und so kam Antonia zu ihrem mittlerweile dritten Märchenerzähler.

»Hans-Jürgen, erzählst du mir noch mal das Märchen von Hänsel und Gretel? Bittebittebitteeeeeee?«

Antonia kann es kaum abwarten. Hans-Jürgen stellt sich vor ihr

Bett und lächelt. Dann brüllt er in einer Lautstärke, die selbst Tote aufwecken würde:

»So, pass auf: Hänsel und Gretel verirren sich im Wald. Es ist finster, es ist bitterkalt. Nicht wahr, das Problem kennen wir alle, passiert jeden Tag, und immer steht man da und denkt: Kacke, keine Kondome dabei!

Haha, kleiner Spaß. Nix für ungut. Nein, man steht da und denkt: Mein Gott, jetzt sitz' ich aber verdammt tief in der Scheiße!

So, und jetzt pass auf:

Da ist nicht ein Pfefferkuchen, da sind nicht zwei Pfefferkuchen, da sind nicht drei Pfefferkuchen – nein, da ist ein ganzes Pfefferkuchen*haus!!!*

Und das ist immer noch nicht alles: Da ist eine Hexe drin – und das ist nicht irgendeine Billig-Hexe, nein, das ist eine original böse Kinderfresser-Hexe!

So, und jetzt pass auf:

Jetzt sagt die Hexe zum Hänsel: ›Na, Kleiner, für hundert Piepen mach ich's dir auch ohne Gummi ...‹ Haha, kleiner Spaß. Nix für ungut. Nein, die Alte sagt natürlich: ›Knusper knusper knäuschen!‹

Also, wenn das kein Top-Spruch ist, weiß ich's auch nicht mehr!!!

Aber das ist immer noch nicht alles – jetzt lädt die Hexe die beiden auch noch in ihr Häuschen ein.

Und was sagst du da als Hänsel???

Da sagst du: Ja!!!

Und warum sagst du da Ja?

Weil du bei dem Top-Angebot gar nicht Nein sagen *kannst*.

So, und jetzt pass auf:

Die Hexe mästet dich nicht einen Tag, nicht zwei Tage, nicht eine Woche, nein, vier ganze Wochen Vollpension – und das ohne Aufpreis, ohne Mitgliedschaft, ohne Ratenzahlung, nein, dafür will sie nichts anderes – so, und jetzt spitzt die Ohren Leute, denn das ist so unglaublich, dass ihr das gar nicht glauben könnt – dafür will sie dich einfach nur auffressen!!!

Aber das ist immer noch nicht alles!

Wenn euch selbst das noch zu viel ist, dann lassen wir das mit dem Auffressen auch noch sein, dann schubst die Gretel die Hexe einfach in den Ofen, und wenn sie nicht gestorben sind, dann leben sie nicht bis 1950, nicht bist 1990, nein, aber das ist wirklich mein allerletztes Angebot – dann leben sie noch heute. So, und jetzt seid *ihr* dran!«

Es ist ein Uhr nachts. Antonia kreischt und hüpft auf dem Bett. Zum wiederholten Mal klingelt die Polizei wegen Lärmbelästigung. Und für Mutter Petra steht fest: Sie will ihren Mann zurück. Er hat beim Sex wenigstens nur gerufen: »Jaaaaaaa, er ist drin!«

Und nicht: »Wer hat noch nicht, wer will noch mal?«

Kapitel 6

••••••••••••••••••

Die deutsche Bürokratie

Die deutsche Bürokratie ist legendär. Kein anderes Land hat so komplexe Steuergesetze, dass sich selbst Steuerberater beraten lassen müssen.

Wo in anderen Ländern der Satz »Passen Sie bitte auf, dass nichts kaputtgeht« ausreicht, verfassen wir Verträge mit fünfzig Seiten und zweihundert Paragraphen.

Für nahezu alles gibt es umfangreiche Regelwerke: Hausordnung, Büroordnung, Garagenordnung, Kellerordnung, Schrebergartenordnung, Straßenverkehrsordnung, Dienstvorschriften, Nutzungsvereinbarungen, Gewährleistungsausschlussformulare, Fahrstuhlmitbenutzungsregelung und so weiter und so fort.

Es gibt wahrscheinlich sogar Menschen, die im Ehevertrag ihr Liebesleben regeln wollen: »Der Geschlechtsverkehr findet bis auf Weiteres dreimal wöchentlich statt. Er verzichtet auf die Hündchenstellung, dafür ist sie zweimal monatlich bereit, Hasenohren und Puschelschwänzchen zu tragen.«

Warum tun wir uns diesen Regulierungswahnsinn überhaupt an? Weil er uns das Gefühl gibt, das Leben unter Kontrolle zu haben. Und wenn doch mal etwas Unvorhergesehenes passiert, wenn zum Beispiel ein Blitz in unseren Apfelbaum einschlägt, dann wissen wir wenigstens, dass der liebe Gott damit gegen die Schrebergartenordnung verstoßen hat. Wenn wir beim Hawaiiurlaub von einem Hai attackiert werden, können wir immerhin die TUI verklagen. Und wenn wir auf einem Zebrastreifen überfahren werden, sterben wir in dem beruhigenden Gefühl, dass der BMW-Fahrer dafür Punkte in Flensburg bekommt.

Wir vertrauen stets darauf, dass alles geregelt ist. Genau da liegt unser Problem mit dem Terrorismus. Normalerweise würde jeder deutsche Oberbürgermeister denken: »Wenn ich ein Schild ›Terroranschläge verboten‹ am Ortseingang aufhänge, reicht das doch.« Nach unserer Vorstellung müssten Terroristen eigentlich der deutschen Bürokratie unterworfen sein:

»Guten Tag, willkommen beim VDT – Verein Deutscher Terrorfreunde e. V. – was kann ich für Sie tun? Ach, Sie planen einen Anschlag auf die amerikanische Botschaft in Berlin, tolle Idee! Da sind Sie bei uns genau richtig. Sind wir gerne mit dabei ... Ach so ... richtig in Schutt und Asche ... Nein, ich dachte eher so an ... Klingelmäuschen. Ach, ist Ihnen zu harmlos. Hmmm ... Senf unter die Türklinke, so die Richtung?! Verstehe, Sie meinten mit Dynamit ... Nein, das geht leider nicht, das ist verboten. Ja, ich bedaure das auch, aber da sind uns vom Terrorismusverband leider leider leider die Hände gebunden. Vielleicht versuchen Sie's mal in Afghanistan – da ist doch auch eine amerikanische Botschaft ... Hmmm ... Tja. Oder, Moment, vielleicht können wir bis Karneval warten – Terror am Rosenmontag, das fällt dann vielleicht unter Brauchtum ...«

Umgekehrt kann uns unsere kleinbürgerlich-bürokratische Grundeinstellung auch in die Quere kommen, wenn es darum geht, Terroristen zu bekämpfen. Stellen wir uns einmal vor, die NSA hätte eine Zweigstelle in Köln ...

NSA – Zweigstelle Köln

»Mann, Mann, Mann ... Dieser Papierverbrauch bricht uns noch mal dat Genick ...«

Karl-Heinz Schmitz, Büroleiter der Arbeitsgruppe Terrorbekämpfung im Ordnungsamt Köln-Süd, hat gerade die letzte abgefangene E-Mail ausgedruckt und auf einen der vielen Stapel gelegt, die fast bis zur Decke reichen. Er zupft an seinem üppigen Schnauzbart – eine Geste, die er alle zwanzig Sekunden wiederholt – und ruft seine Mitarbeiterin zu sich:

»Rita, kommst du mal kurz? Isch wollte dir dat neue Ablagesystem erklären.«

Rita Eschweiler, eine vollschlanke Frau um die fünfzig in einer etwas zu grellen Blümchenbluse, schleppt sich seufzend ins große Büro. Ihr Widerwille gegen jegliche Form von ungeplanter Mehrarbeit erfüllt die Teile des Raums, die noch papierstapelfrei sind. Karl-Heinz Schmitz streift seine Kölner-Dom-Krawatte glatt und bemüht sich um einen dienstmäßigen Tonfall:

»Also, pass auf, Rita: Alle SMS und E-Mails teilen wir ab sofort in drei Kategorien ein: A) Terrorwahrscheinlichkeit hoch, B) Terrorwahrscheinlichkeit jering, und C)... Nee, et sind doch nur zwei Kategorien.«

»Is' jut. Also A) hoch, B) jering. Und wat is', wenn isch mir nit sicher bin?«

Karl-Heinz Schmitz zupft sich jetzt etwas länger am Schnauzbart als gewohnt:

»Ja, dat ... äh ... Da gucken wir dann mal, wenn's so weit is' ...«

»Klingt nach 'nem vernünftigen Plan.«

Rita Eschweiler schaut eine Weile fasziniert auf die gigantischen Papierstapel:

»Mann, is' dat viel Papier ... Vielleicht hättest du doch nit alles einzeln ausdrucken sollen ...«

Karl-Heinz Schmitz reagiert ungehalten:

»Jaja – keine SMS ausdrucken, keine U-Bahn bauen – hinterher is' man immer schlauer.«

Er geht wütend in die Kaffeeküche und holt sich eine Flasche

Süffels Kölsch aus dem Kühlschrank – seine bewährte Methode der Frustbewältigung. Als er zurück ins Büro kommt, hat sich Rita bereits die erste SMS aus dem ersten Stapel vorgeknöpft und liest sie verwundert vor:

»Sie haben Potenzprobleme?«

Karl-Heinz Schmitz ist empört:

»Wat? Isch hatte noch nie Potenzprobleme!«

»Nee, dat steht hier in der Mail: Sie haben Potenzprobleme? Wir haben die Lösung.«

»Ach so ... Dat is' Werbung für Viagra.«

»Hmmm ... Also, Terroristen wollen ja wat zerstören, und Viagra will wat aufbauen. Also tu isch dat mal zu »Terrorwahrscheinlichkeit jering«.

»Perfekt, Rita. Du hast dat verstanden.«

Rita nimmt sich das zweite Blatt vom Stapel. Der Text der SMS lautet: »Hadili. Bussi.« Rita Eschweiler zögert einen Moment, dann geht sie zu ihrem Chef.

»Guck mal, Karl-Heinz. Isch glaube, isch hab' hier 'ne verdächtige SMS.«

»Wieso verdächtig? Hadili heißt doch: ›Hab dich lieb.‹«

»Echt? Biste sicher?«

»Ja. Dat weiß isch von meiner Nichte. Wieso?«

»Ich mein ja nur – et könnte natürlich auch irgendein Code unter Terroristen sein ... ›H-Bombe – Dienstag – Lieferung‹.«

Karl-Heinz Schmitz stutzt. Er will natürlich keinen Fehler machen. Seit beim U-Bahn-Bau das Kölner Stadtarchiv eingestürzt ist, lautet die Devise: Lieber zu viel Misstrauen als zu wenig. Aufgrund der Wichtigkeit der Anti-Terror-Thematik zupft Karl-Heinz Schmitz jetzt mit beiden Händen am Schnauzbart:

»Es könnte natürlich auch heißen: ›Habe die Limetten.‹«

»Welche Limetten denn?«

»Also, jetzt biste aber spitzfindig, Rita. Da kann isch doch jenauso jut fragen: Welche H-Bomben denn?«

»Aber mit Limetten kann man keine Menschen umbringen.«

»Isch hatte neulich welche in der Obstschale, die hatten schon Schimmel anjesetzt. Dat is' auch nit schön.«

»Jaja ... Aber zurück zu Hadili. Danach steht ja noch Bussi.«
»Dat is' jetzt aber klar: ›Hab dich lieb – Küsschen‹.«
»Oooooder: ›H-Bombe – Lieferung Dienstag ... im Bus‹.«
»Hmmm ... Bussi ... Diminutiv ... Dat muss ein Kleinbus sein. Wer würde denn auch eine H-Bombe einem Fahrzeug der Kölner Verkehrsbetriebe anvertrauen?«

Rita Eschweiler ist unschlüssig:

»Also, wat is' jetzt? Verdächtig oder unverdächtig?«
»Vielleicht gibt uns ja die Antwort-SMS einen Hinweis.«

Rita Eschweiler nimmt das nächste Blatt vom Stapel.

»Rischtisch. Also, da steht ... Ha-di-a-li. Bussi.«
»Hab dich *auch* lieb – Küsschen.«
»Oooooder: H-Bombe – Dienstag – mit Ali ... im Bus.«

Karl-Heinz Schmitz denkt angestrengt nach. Dann seufzt er lange.

»Also, wir müssen hier wirklich *jeglischen* Terrorverdacht ausschließen, Rita. Jetzt nehmen wir mal an, du hast recht ... Dann heißt unser Hauptverdächtiger Ali.«

»Tja, da würde ich jetzt mal spontan in der Keupstraße nachforschen ...«

Die Keupstraße in Köln-Mülheim, auch ›Little Istanbul‹ genannt, ist fest in türkischer Hand: Dönerläden, türkische Restaurants und Hochzeitsgeschäfte, türkische Bäckereien, Handy- sowie Import-Export-Läden und Männercafés – das einzig Deutsche ist ein Tempo-30-Schild (und selbst da hat jemand mit Edding die 3 zu einer 8 umgemalt). Vermutlich braucht man für diese Straße demnächst ein Visum. Karl-Heinz Schmitz nimmt das Bürotelefon:

»Herr Dogan, hier spricht Herr Schmitz. Ich brauche sämtliche E-Mail-Korrespondenz aus der Keupstraße.«
»Welcher Herr Schmitz?«
»Karl-Heinz Schmitz.«
»Der aus der ersten oder der aus der dritten Etage?«
»Der in der vierten Etage.«
»Da gibt es auch einen Karl-Heinz Schmitz?!«

Der Nachname Schmitz kommt in Köln ebenso inflationär vor

wie der Vorname Karl-Heinz, sodass man jemanden mit der entsprechenden Kombination genauso gut »Dingens« nennen kann. Zehn Minuten später rollt Herr Dogan, der im Vergleich zu Karl-Heinz Schmitz nur einen bescheidenen Schnauzbart trägt, einen großen Handwagen mit gigantischen Blätterstapeln ins Büro. Rita Eschweiler ist beeindruckt:

»Oh, dat is' ja doch eine janze Menge ...«

Herr Dogan seufzt:

»Das ist nur Hausnummer 1a.«

Karl-Heinz Schmitz nimmt sich einen Stapel Blätter vom Wagen und liest angestrengt.

»Jetzt guck sich mal einer dat an: Die beherrschen die deutsche Rechtschreibung ja nit mal ansatzweise ...«

Rita Eschweiler schaut ihm über die Schulter:

»Dat is Türkisch, Chef.«

»Ach so ... Äh, Herr Dogan, können Sie uns dat vielleicht mal dolmetschen hier?«

Er überreicht Herrn Dogan die Blätter. Dieser übersetzt nun eine E-Mail nach der anderen:

»Also, hier schreibt Ayşe an Gül: Wo hast du deinen Lipgloss gekauft?

Dann schreibt Gül: Den hat mir Hatice geschenkt.

Ayşe an Hatice: Wo hast du den Lipgloss gekauft, den du Gül geschenkt hast?

Hatice an Ayşe: Ich hab Gül keinen Lipgloss geschenkt.

Ayşe an Gül: Hatice hat dir keinen Lipgloss geschenkt.

Gül an Ayşe: Ey ist die doof oder was?

Ayşe an Hatice: Gül fragt, ob du doof bist oder was.

Hatice an Ayşe: Ey ist die doof oder was?

Ayşe an Gül: Hatice fragt, ob du doof bist oder was?

Gül an Ayşe: Ey, hast du Hatice gemailt, dass ich gemailt habe, dass sie doof ist oder was?

Ayşe an Gül: Ja und?

Gül an Ayşe: Ey bist du doof oder was?

Ayşe an Hatice: Ich kann mailen, was ich will, du blöde Kuh.

Hatice an Ayşe: Hä?

Ayşe an Hatice: Tschuldigung, die Mail war für Gül.
Ayşe an Gül: Ich kann mailen, was ich will, du blöde Kuh.
Gül an Ayşe: Ey leck mich doch.
Ayşe an Gül: Steck dir deinen Lipgloss in den Hintern, du Hure!«

Herr Dogan hat alle Zettel gelesen und schaut Karl-Heinz Schmitz und Rita Eschweiler fragend an. Die beiden denken intensiv nach – was eine ganze Weile dauert. Schließlich wagt sich Karl-Heinz als Erster an eine Interpretation:

»Tja ... Da erkenne isch jetzt so auf den ersten Blick keine allzu große Terrorjefahr.«

Rita Eschweiler hebt den Zeigefinger:

»Moment! Moooment! Sie soll sich den Lipgloss in den Hintern stecken. Dat könnte eine Aufforderung sein, eine Flüssigkeit unbemerkt in ein Flugzeug zu schmuggeln ...«

»Sehr gut, Rita. Da wär isch gar nit drauf jekommen.«

»Tja, da stellt sisch jetzt natürlich die Frage: Welche Zutaten braucht man, um aus Lipgloss einen Sprengkörper herzustellen?«

»Kein Problem, dat kann man bestimmt jujeln.«

»Jujeln?«

»Na klar. Mit Jujel.«

Herr Dogan stutzt: Dann versteht er:

»Ach, Sie meinen Google.«

»Sag' isch doch: Jujel.«

Derweil hat Herr Dogan noch weitere Blätter vom Stapel genommen:

»Oh, es geht doch noch weiter, hier: Hatice schreibt Gül: Ey, hast du geschrieben, ich bin doof oder was?

Gül an Hatice: Ja, aber das hab ich Ayşe geschrieben, die soll dir das doch nicht weiterschicken, die blöde Kuh.

Hatice an Gül: Wenn du findest, dass ich doof bin, dann schreib mir doch, dass ich doof bin.

Gül an Hatice: Okay, du bist doof.

Dann schreibt ... Ali an Gül: Ey, hast du meine Schwester beleidigt?

Gül an Ali: Halt dich da raus, du Penner.«
Rita Eschweiler horcht auf:
»Ali? Dat könnte unser Verdächtiger sein.«
Inzwischen hat Karl-Heinz Schmitz das Wort »Lipgloss« jejujelt:
»Aha. Da haben wir's doch, bei Wikipedia: Als *Lipgloss* bezeichnet man verflüssigte, mit Pflegestoffen angereicherte Make-up-Lippenfarbe mit Glanz- oder Glitzereffekt. Die Konsistenz variiert von flüssig bis klebrig.«
Rita Eschweiler wiegt den Kopf bedächtig hin und her:
»Also dat klingt für misch hochverdächtig! Steht denn da irgendwat wegen Sprengstoff?«
»Nä.«
»Da siehste wieder: Dat sind Profis – verwischen jede Spur.«
Karl-Heinz Schmitz nickt zustimmend, während Herr Dogan weitere E-Mails übersetzt:
»Dann schreibt Kenan an Gül: Jeder, der meine Schwester beleidigt, kriegt von mir eins auf die Nase.
Gül an Kenan: Was geht dich das an, ob ich deine dumme Schwester beleidige, du Zuhälter!
Hatice an Gül: Ey du hast meinen Bruder beleidigt, du Hure!«
Karl-Heinz Schmitz unterbricht seinen türkischen Kollegen:
»Ja, äh, Vorschlag, Herr Dogan: Sie lesen sich dat erst mal bis zum Ende durch und erstellen dann eine inhaltliche Zusammenfassung.«
Rita Eschweiler widerspricht ihrem Chef:
»Also, Karl-Heinz, ehrlisch jesagt: *isch* will jetzt wissen, wie dat weiterjeht ...«
Herr Dogan schaut Karl-Heinz Schmitz fragend an, und als dieser widerwillig nickt, übersetzt er weiter:
»Gül an Hatice: Selber Hure! Und dein Bruder ist der Hurensohn einer Hure.
Hatice an Gül: Hurensohn sagt schon, dass der Sohn von einer Hure ist, Hurensohn einer Hure ist Satzbau-technisch volle Hurensprache. Lern erst mal schreiben, du Hure!
Gül an Hatice: Du verstehst sowieso nur Hurensprache, du

Hure. Ich kann auch schreiben: Hurensohn von der Hure einer Hurenhure, du Hure.«

Plötzlich hat Rita Eschweiler eine Idee:

»Vielleicht is' ›Hure‹ ja auch ein Code ... H-Bombe – U-Bahn – rechtsrheinisch.«

Karl-Heinz Schmitz nickt:

»Also für misch gibbet hier nur eine mögliche Schlussfolgerung.«

»Und zwar?«

»Entweder et geht um Lipgloss oder um ein Attentat.«

»Tja, da könnte isch mir jetzt erst mal beides vorstellen.«

Herr Dogan fragt ein wenig ängstlich nach:

»Äh, und was wollen Sie jetzt unternehmen?«

Karl-Heinz Schmitz holt eine Münze aus seinem Portemonnaie:

»Also: Zahl ist Lipgloss, Adler ist Attentat.«

Er wirft die Münze. Rita Eschweiler erbleicht:

»Adler.«

»Rita, schick eine Terrorwarnung raus!«

Am nächsten Morgen wird die Weltpresse in Washington D. C. zu einer eiligen Pressekonferenz gerufen. Nach einigen Minuten gespannten Wartens tritt ein Sprecher des Weißen Hauses vor die Mikrofone:

»Ladies and gentlemen ... Der Präsident der Vereinigten Staaten.«

Barack Obama schreitet nun ans Rednerpult – mit dem triumphalen Lächeln eines Siegers, dem gerade ein großer Schlag gelungen ist:

»Guten Morgen. Meine Damen und Herren, ich habe großartige Neuigkeiten für Sie. Heute ist es Amerika ein weiteres Mal gelungen, die Welt vor dem Bösen zu beschützen: Eine Gruppe islamischer Terroristen, die sich als Schläfer in der Keupstraße in Köln versteckt hielten, plante ein feiges Bombenattentat und benutzte dabei die Terror-Codes hadili, bussi und hure. Diese Feinde der Demokratie und der gesamten westlichen Welt konnten heute

Nacht von einem dreihundertköpfigen Sondereinsatzkommando verhaftet werden. In der Wohnung der Terroristen konfiszierten wir ein gigantisches Arsenal von ...«

Obama schaut ein wenig irritiert auf sein Textblatt und liest mit Erstaunen das letzte Wort seiner Presserklärung:

»... Lipgloss.«

Kapitel 7

Die totale Verkopfung

Dass sich Teutonen mit Gefühlen schwertun, habe ich bereits thematisiert. Trotzdem gerät die Urtugend des gepflegten Rationalismus bei uns langsam ins Wanken: In den letzten Jahren hat sich der Begriff »Bauchgefühl« eingebürgert. Wenn einem die sprachlichen Mittel fehlen, eine Haltung zu begründen, sagt man einfach: »Ich hab' da so ein Bauchgefühl ...«

Das ›Bauchgefühl‹ kann in manchen Situationen praktisch sein:

»Warum wollen Sie sich denn nicht mit uns gemeinsam umbringen? Das Ufo holt uns auf jeden Fall ab!«

»Ich weiß nicht ... Ich hab da so ein komisches Bauchgefühl ...«

In anderen Fällen kann es aber auch unangenehme Konsequenzen haben:

»Und Sie sind sicher, dass die Elbphilharmonie nicht über hundert Millionen kosten wird?«

»Ja. Ich hab' da so ein Bauchgefühl.«

Logischerweise laufen sämtliche Sprachpfleger gegen diesen Begriff Sturm. Wohl vor allem, weil er ihnen ein schlechtes Bauchgefühl bereitet.

Trotz der zunehmenden Verbauchgefühlung Deutschlands ist ein Großteil der Bevölkerung immer noch verkopft (Die Zuschauer von RTL2 möchte ich hier ausdrücklich ausnehmen). In dieser Hinsicht bin ich persönlich besonders stark betroffen – meine Eltern sind nämlich Intellektuelle.

(Ich habe hier einige Leerzeilen eingefügt, um dem geneigten Leser Raum für spontane Betroffenheit zu lassen.)

Das Problem an Intellektuellen ist: Sie kommen mit dem Alltag nicht zurecht. Wenn mein Vater zum Beispiel eine Autopanne hat, bleibt er erst mal zwei Stunden sinnierend im Wagen sitzen und fragt sich: »Was hätte wohl Nietzsche jetzt getan?« (Ich bin sicher, Nietzsche hätte gesagt: »Gott ist tot – also rufe ich den ADAC.«)

Der Deutsche an sich neigt ja schon zur Verkopfung, aber mein Vater besorgt sich erst mal drei Bücher über Kräuterkunde, bevor er ein Steak würzt. Er kann nicht mal über das Wetter reden, ohne antike Philosophen zu zitieren, und wenn es ihm technisch möglich wäre, würde er ausschließlich Logarithmuskurven pinkeln.

Das Aufwachsen mit intellektuellen Eltern ist problematisch: Meine Pubertät wurde zum Beispiel dadurch erschwert, dass meine Eltern für alles Verständnis hatten, was ich tat. Sobald ich erste Anzeichen der Rebellion zeigte, war mein Vater regelrecht euphorisch:

»Mein Sohn, das ist exakt der richtige Zeitpunkt zu pubertieren – herzlichen Glückwunsch.«

Und wenn ich nicht rebelliert habe, war es ihm auch

recht – schließlich war es ja meine Entscheidung. Ein klassisches Dilemma.

Einmal ist mein Vater allerdings doch sauer geworden: Als ich seine Euroschecks verbrannt habe. Wobei – sauer war er nicht wegen der Aktion an sich, da meinte er nur:

»Interessante Performance, mein Junge. Geldverbrennen, das hat eine exemplarische Metaphorik – das hat durchaus künstlerischen Wert.«

Nein, sauer wurde er dann, weil ich das Wort »Metaphorik« nicht kannte. Wenn man so was zu Hause erlebt, ist man später auf dem Schulhof verdammt einsam. Die anderen Jungs so:

»Boah, heute hatte ich wieder Stress mit meinem Alten. Ich hab vor Wut sein ganzes Büro zertrümmert.«

»Ey, und ich hab' meinem Alten in den Mercedes gekotzt und die Karre dann vor die Wand gefahren.«

Und ich stand stolz daneben:

»Tja, aber *ich* habe meinen Vater letzte Woche so richtig fertiggemacht – ich kannte das Wort ›Metaphorik‹ nicht. Na, was sagt ihr jetzt?«

Als Intellektuellensprössling wird man überall sofort zum Außenseiter. Auch zum Beispiel beim 1.FC Köln in der Südkurve. Die anderen Fans um mich herum haben immer fröhlich ihre Schlachtrufe geschmettert:

»Musst du mal scheißen und hast kein Papier
Ja, dann nimm die Fahne von Schalke 04 ...«

Und ich wandte mich nachdenklich an meinen Nebenmann:

»Moment mal ... In dem Lied steckt doch ein Denkfehler. Das Geld für die Fahnen würde doch direkt in die Vereinskasse von Schalke 04 fließen. Wenn jetzt jeder FC-Fan nur zehn Schalke-Fahnen kauft, macht das bei hunderttausend FC-Fans mehrere Millionen Mark auf deren Konto. Wenn die sich dann davon 'nen teuren Brasilianer kaufen, der Köln anschließend in die zweite Liga schießt – nur, weil ihr zu blöd seid, rechtzeitig Klopapier zu kaufen ... Dann kommt bloß nicht heulend bei mir angekrochen.«

Ja, ich war oft sehr einsam in der Südkurve. Auch als die anderen Fans sangen:

»Schiri, wir wissen, wo dein Auto steht ...«

Da fragte mich mein Nebenmann:
»Ey, warum singst du nicht mit?«
»Ja, *ich* weiß nicht, wo sein Auto steht.«
Ich kenne wenige Menschen, die eine ähnlich seltsame Kindheit hatten wie ich. Eigentlich kenne ich nur einen: Daniel Hagenberger. Daniel hat auch intellektuelle Eltern, ist ebenfalls Fan vom 1.FC Köln, hat genau wie ich eine Türkin geheiratet und ist in seiner Jugend ähnlich spektakulär beim Versuch gescheitert, das weibliche Geschlecht zu beeindrucken ...

············ Daniels Jugendjahre (1): ············ Nachhilfe für Gaby Haas

Ich war siebzehn Jahre alt und seit drei Jahren in Gaby Haas verliebt. Wovon Gaby Haas allerdings nichts wusste. Sie war das populärste Mädchen meiner Jahrgangsstufe, und so lag die Chance, dass sie mit mir gehen würde, ungefähr bei 0,0 %. Mit meinem Garfield-Sweatshirt, dem 1.FC-Köln-Schweißband und der Bundfaltenjeans war ich in der Erotikskala auf einem Level mit den toten Fröschen, die wir im Biologieunterricht sezieren mussten.

Das war mir damals allerdings nicht klar – im Gegenteil: Ich fand meine pubertierenden Mitschüler albern, die mit ihren gegelten Haaren und den teuren Markenklamotten vor den Mädels rumgockelten. Ich dagegen gehörte einer Clique an, die jegliche Maßnahme zur Verbesserung des Aussehens kategorisch ablehnte. (Falls Psychologen unter den Lesern sind: Ja, wir hatten alle eine enge Mutterbindung.)

Dies hatte zur Folge, dass ich meinen Oberlippenflaum nicht abrasierte und meine Haare von Oma Bertha schneiden ließ – die daraus resultierende Frisur brachte mir in der Stufe den Spitznamen »Pudel« ein. Wenn mein Garfield-Sweatshirt in die Wäsche musste, trug ich einen Pullover mit aufgenähtem Katzen-Motiv, den mir meine Mutter zum 16. Geburtstag geschenkt hatte, und der inzwischen offiziell in die Liste der Verhütungsmittel aufgenommen wurde.

Im Nachhinein bewundere ich, dass meine Kumpel und ich es trotzdem geschafft haben, uns cool zu fühlen. Wenn wir zum Beispiel im Kino saßen und um uns herum alles rumknutschte, schüttelten wir nur die Köpfe und lachten uns ins Fäustchen: »Diese Idioten verpassen ja den ganzen Film, haha ...« Zusammenfassend kann man sagen: Wir hatten Fellini, die anderen hatten Fellatio.

Erst vor Kurzem, als meine Frau Aylin ein altes Schulfoto von mir fand und beim Anblick meines Nerd-Outfits einen Lachanfall bekam, wurde mir schlagartig klar: Verdammt, *die* waren die Coolen und *ich* war der Idiot.

Damals war ich allen Ernstes davon überzeugt, dass Äußerlichkeiten für siebzehnjährige Mädchen unwichtig sind. Ich war sicher, sie würden sich sofort in mich verlieben, wenn sie mich nur richtig kennenlernten. Und genau da lag mein Problem: Um mich richtig kennenzulernen, hätten die Mädels erst mal mit mir reden müssen. Oder ich mit ihnen. Und in dieser Hinsicht kam von beiden Seiten relativ wenig. In diesem Jahr war ich nur dreimal von einem attraktiven Mädchen angesprochen worden:

1. Am 14. Februar von Tanja Bröhl: »Daniel, kann ich Physik von dir abschreiben?«

2. Am 27. März von Saskia Nolden: »Daniel, kann ich Englisch von dir abschreiben?«
3. Am 8. Mai von Rike Pohlmann: »Daniel, kannst du mir fünf Mark leihen? Ich muss noch Kondome kaufen – hab 'n Date mit Jörg.«

Aber Gaby Haas war einfach unerreichbar. Sie saß in meinem Französischkurs, zwei Reihen hinter mir neben Saskia Nolden, und ich hatte mich nur einmal getraut, das Wort an sie zu richten.

Mein Plan war gewesen, das Thema der Stunde aufzugreifen: einen Text von Jean-Paul Sartre über die Sinnlosigkeit des Lebens. In meinem Kopf hatte ich mir vorher ausgemalt, wie das Gespräch verlaufen würde:

»Gaby, sag' mal, würdest du dich im Sartre'schen Sinne als Existenzialistin bezeichnen?«

»Ein interessanter Gedanke, den du da aufwirfst, Daniel ... Tja, als Existenzialistin würde ich mich zwar nicht bezeichnen, aber ich finde Sartres Gedanken schon interessant.«

»Du meinst zum Beispiel, dass man aufgrund der Abwesenheit Gottes sein Leben im Hier und Jetzt genießen sollte.«

»Ja, genau das.«

»Apropos ›sein Leben im Hier und Jetzt genießen‹: Hast du Lust, dass wir am Freitag zusammen weggehen?«

»Hey, Super-Idee. Holst du mich um acht ab?«

Ich hatte lange zwischen »ins Kino gehen« und »in die Disco gehen« geschwankt und mich dann für »weggehen« entschieden, weil das Gaby mehr Spielraum gelassen hätte. Leider war mein Plan insofern schief gegangen, als dass das Gespräch in der Realität wie folgt verlaufen war:

»Gaby, bist du eigentlich Existenzialistin?«

»Nein, ich bin katholisch.«

»Oh, find ich gut. Also, bis auf die Kreuzzüge, die Inquisition, das Kondomverbot und die patriarchiale Ausrichtung.«

»Hä?«
»Apropos Inquisition – ich hab da mal ne Frage an dich ...«
»Sorry, ich bin verabredet.«
»Oh – ja dann, äh ... Dübndüdüüüü.«

Daraufhin verschwand Gaby auf den Schulhof, um mit Thorsten Stenz zu knutschen – einem Jungen mit gegelten Haaren, Muskelshirt und Goldkette. Ich wusste zwar nicht, ob ich mich mehr für die Kirchenkritik, die Inquisitionsüberleitung oder die Udo-Lindenberg-Imitation am Ende hassen sollte. Aber eins war mir klar: Ich würde Gaby Haas nie wieder ansprechen.

Ein Jahr zuvor hatte ich ihr zurückgewinkt, obwohl sie gar nicht mich gemeint hatte, und war dann in einem Anflug von Panik mit der Stimme von Otto Waalkes weggehüpft. Ich hatte die gesamten zwölf Monate gebraucht, um mich einigermaßen von diesem Trauma zu erholen – und jetzt diese Existenzialismuskatastrophe! Ein weiteres Desaster solcher Art würde meine zarte Seele nicht überleben. Ich würde einsam und unglücklich sterben, auf einem Berg voller trauriger unveröffentlichter Liebesgedichte.

Doch nur drei Wochen später, am 26. Juni 1994, kam plötzlich und unerwartet meine große Chance: Wir hatten unsere Französischklausuren zurückbekommen, und ich hatte eine Eins minus. Nach der Stunde kam ich noch einmal ins Klassenzimmer zurück, um Herrn Bertrand zu fragen, ob der Name Cleopâtre wirklich mit Accent circonflexe über dem *a* geschrieben wird, da sah ich zu meiner Überraschung eine heulende Gaby Haas vor ihm sitzen. Herr Bertrand sah mich und lächelte:

»Ah, Daniel, gut, dass du kommst. Kannst du Gaby vielleicht Nachhilfe geben?«

Mir wurde plötzlich sehr heiß, und ich brachte nur einen diffusen Laut irgendwo zwischen *ä* und *ö* hervor. Zum Glück redete Herr Bertrand schnell weiter:

»Gaby hat nämlich leider eine Sechs geschrieben, was auf dem Zeugnis zu einer Fünf und damit zur Nichtversetzung führen würde.«

»Oh gut ... Äh, ich meine ... natürlich nicht gut. Also, ich habe ›gut‹ gesagt, weil ... äh ...«

»Ich habe mich entschlossen, Gaby eine letzte Chance zu geben. Ich werde sie nächste Woche mündlich prüfen. Du bist in Französisch der Beste, Daniel. Willst du sie vielleicht darauf vorbereiten?«

Es war unfair, einen siebzehnjährigen Jungen, der noch nie Sex hatte, in Anwesenheit des schönsten Mädchens der Stufe nacheinander mit den Worten ›mündlich‹ und ›französisch‹ zu konfrontieren. Dabei entsteht eine ungute Mischung aus Bildern im Kopf, die zu Hormonschüben führen. Ich war kurz vor der Ohnmacht. Alle Feuchtigkeit war aus meiner Kehle gewichen, sodass meine Stimmbänder irgendwie an der Speiseröhre festklebten; und obwohl mein Gehirn sehr deutlich das Wort »ja« nach unten sendete, gelangte aus meinem Körper nur ein Geräusch nach draußen, das an die Sterbelaute eines verdurstenden Gnus erinnerte.

Doch dann schaute Gaby mich mit ihren tränennassen Augen an, und mir fuhr ein Adrenalinstoß durch den Körper: Ich würde ein Held sein! Der tapfere Ritter Daniel, der Prinzessin Gaby vor den finsteren Mächten der Nichtversetzung rettet! Das Adrenalin setzte die Stimmbänder wieder frei, und obwohl ich versuchte, mein »ja« nicht zu euphorisch klingen zu lassen, schauten mich Gaby und Herr Bertrand leicht irritiert an.

Gaby schlug vor, dass ich um sechs Uhr zu ihr komme. Ich schwebte aus dem Klassenzimmer, und als ich meiner Clique begeistert erzählte, was passiert war, freute man sich nicht so sehr für mich, wie ich es erwartet hatte. Mir schlug eine Mischung aus Neid, Missgunst und Hass entgegen. Zudem zählte ich im Laufe des Vormittags insgesamt 127 sexuelle Anspielungen, die sich auf die ›mündliche Französischprüfung‹ bezogen.

Ab siebzehn Uhr führte ich zum ersten Mal in meinem Leben ein Experiment durch: Ich versuchte mich attraktiv zu kleiden. Da es für den Katzenpulli zu warm war und ich urplötzlich die Eingebung hatte, dass Gaby Haas das Garfield-Sweatshirt eventuell missfallen könnte, betrachtete ich die Alternativen:

- ein 1. FC Köln-T-Shirt
- ein Krümelmonster-T-Shirt
- ein Grobi-T-Shirt
- ein Donald-Duck-T-Shirt
- ein einfarbig gelbes Sweatshirt mit kleinem grünen Fleck (verursacht von einem Becher-Eis)
- ein blaues Sweatshirt, in das Oma Bertha mit weißem Garn das Wort »Daniel« gestickt hat
- ein schwarzes Sweatshirt mit leicht abgeblättertem weißen Falco-Konterfei
- ein Oscar-in-der-Mülltonne-T-Shirt

Ich überlegte kurz, ob ich schnell in die Innenstadt rennen und mir etwas aus der C&A-Young-Collection holen sollte, verwarf den Gedanken aber aus Zeitgründen, entschied mich für das blaue Sweatshirt von Oma Bertha und versuchte, die Peinlichkeit zu reduzieren, indem ich die weiße »Daniel«-Stickerei mit meinem Schulfüller farblich anglich.

Dann stand ich gut fünf Minuten vor dem Spiegel und überlegte, ob ich den kleinen Pickel am Kinn ausdrücken sollte oder nicht. Ich war ansonsten von Akne verschont, und der Pickel ärgerte mich genauso wie das Minus an der Eins meiner Französischklausur. In diesem Moment betrat mein Vater das Bad.

»Lass dich nicht stören – ich muss nur kurz pinkeln.«

Meine Eltern hatten infolge der 68er-Bewegung das spießige Sichzurückziehen beim Urinieren abgeschafft, und so war es für mich nichts Besonderes, dass mein Vater neben mir auf dem Klo saß, während ich mich für mein Date zurechtmachte.

»Und, Daniel – was hast du heute noch vor? Sehen wir uns Goethes *Faust* im Schauspielhaus an? Ich war zwar schon bei der Premiere, aber als ich hinterher mit Dimiter sprach, wurde mir klar, dass ich seine Regie-Einfälle offenbar falsch verstanden habe ...«

»Nein, es geht nicht, ich ...«

»... Faust erlebt nämlich das ganze Stück im Heroin-Rausch – *deshalb* liegt er vier Stunden lang nackt im Studierzimmer.«

»Ah, das ist ja ungeheuer interessant.«

Leider verstand mein Vater meine Ironie eher selten:
»Ja, nicht wahr?! Und dass Gretchen von einem Mann mit Hitler-Bart gespielt wird, hat keine homosexuelle Komponente.«
»Nein, wer käme denn darauf?«
»Genau. Es geht nämlich in Wirklichkeit um ... äh ... das fällt mir gleich wieder ein. Auf jeden Fall hat es etwas damit zu tun, dass Gott ein schizophrener jüdischer Frauenarzt ist. Tja. Äh, hattest du eben etwas gesagt?«
»Ja. Ich meinte, ich kann nicht, ich gebe einem Mädchen Nachhilfe.«
»Ist es hübsch?«
»Ja, schon irgendwie so ein bisschen ...«
In Wirklichkeit hätte ich ein zweistündiges Referat über Gabys elfengleiche Schönheit halten können. Aber man muss seinen Eltern ja auch nicht alles erzählen.
»... also, sie sieht ganz okay aus.«
»Oh. Ja dann ... äh ... das wäre doch vielleicht eine gute Möglichkeit, mal ein Mädchen zu küssen.«
»Herzlichen Glückwunsch für deine Kombinationsgabe.«
»Tja, nun, mein Sohn, also ... Dann kann ich dir aus dem reichen Schatz meiner Erfahrung sagen, äh ... Also der französische Schriftsteller Nicolas Chamfort hat einmal gesagt: ›Durch die Leidenschaften lebt der Mensch, durch die Vernunft existiert er nur.‹«
»Rigobert, äh ...«
»Und obwohl natürlich die Vernunft immer die Basis unserer Entscheidungen bleiben muss, gibt es natürlich Momente, in denen eine Person des anderen Geschlechts ... oder in Ausnahmefällen auch des eigenen ... also, wo wir Dinge empfinden, die ... zum Beispiel Goethe in den *Leiden des jungen Werther* hervorragend beschrieben hat ...«
»Rigobert, es tut mir leid ...«
»Und, äh ... Wie du ja weißt, bringt sich Werther am Ende des Buches um. Und damit es nicht so weit kommt, solltest du ... Also, ich sage das nur, falls irgendwas schiefläuft; ich will nicht dein Selbstvertrauen untergraben – wahrscheinlich habt ihr heute Abend

noch ungezügelten Sex in allen möglichen Stellungen, und ... Genau, darauf wollte ich auch noch zu sprechen kommen ...«

»Rigobert, es tut mir leid, irgendwie kann ich dich nicht ernst nehmen, wenn du mit heruntergelassener Hose auf dem Klo sitzt.«

»Was? Ach so.«

Mein Vater betätigte hastig die Spülung und zog sich die Hosenträger wieder über die Schultern, die seine grünbraune Cordhose stets knapp unterhalb des Bauchnabels hielten.

»Also, mein Sohn, um auf das Thema Sex zu sprechen zu kommen ... Schiller hat einmal gesagt ... Nein, das war Kant. Äh, komm doch mit in die Küche, dann können wir das mit Erika besprechen.«

Ich wusste, dass es ein Fehler war, meinem Vater von Gaby Haas zu erzählen. Warum hatte ich nicht gesagt, ich gehe mit meinen Freunden ins Kino oder – noch besser – treffe den Sohn eines kirgisischen Künstlers zum Schachspielen? Aber ich konnte einfach nicht lügen. Und genau deshalb saß ich zwei Minuten später in der Küche, schaute in die besorgt-aufgeregten Gesichter meiner Eltern und konnte mich zum ersten Mal in die Opfer der Spanischen Inquisition hineinfühlen.

»Also, Daniel, ich als deine Mutter möchte dich nur fragen: Bist du schon bereit dafür?«

»Wofür?«

»Für Sex.«

»Ich weiß nicht.«

»Aber wenn etwas passiert, bist du doch vorbereitet?!«

»Inwiefern?«

»Ich meine: Ist Gaby Haas noch Jungfrau, und wenn ja, weißt du, wo sich das Jungfernhäutchen befindet? Hast du Kondome? Ist dir klar, wie ein Vorspiel abläuft? Hat Gaby Haas eine Katze und wenn ja, hast du ein Antiallergikum dabei? Kennst du die erogenen Zonen? Hast du dich über Geschlechtskrankheiten informiert? Weißt du, was ein G-Punkt ist und wo er liegt? Hat sie allergikerfreundliche Bettwäsche?«

»Eigentlich geht es Gaby Haas mehr um Französisch.«

»Oh, das ist gut. Dein Vater und ich haben früher oft die 69er-

Stellung ausprobiert ... Also, nach meiner Erfahrung ist es besser, wenn du unten liegst, aber das werdet ihr schon selbst 'rausfinden. Passt aber auf, dass die Katze nicht im Zimmer ist, wenn ihr anfangt. Man weiß nie, wie so ein Tier auf Menschen beim Sex reagiert. Das könnte Aggressionen auslösen.«
»Erika, mit Französisch meinte ich die Sprache.«
»Ach so. Wie schade.«
Jetzt mischte sich mein Vater wieder ein:
»Um diese Diskussion abzuschließen, möchte ich dir nur noch eins mit auf den Weg geben: ... äh ... Verdammt, eben wusste ich's noch ...«
»Ist nicht wichtig, Rigobert.«
»... ich meine, es war ein Kant-Zitat. Oder war es von Woody Allen? Obwohl, das ist auch gut: ›Sagen Sie nichts gegen Masturbation. Das ist Sex mit jemandem, den ich liebe.‹ Aber das meinte ich nicht. Nein, ich glaube, es war doch von Kant.«
»Es ist wirklich nicht so wichtig, ich ...«
»›Aufklärung ist der Ausgang des Menschen aus seiner selbst verschuldeten Unmündigkeit.‹ Ja, ich glaube, das war's. Aber was wollte ich dir damit sagen?«
»Rigobert, ich glaube, ich gehe jetzt mal ...«
»Ich wollte irgendeinen Zusammenhang zwischen der politischen und der sexuellen Aufklärung herstellen. Es war ein toller Gedanke, er ist mir nur gerade ... So ein Mist aber auch. Na ja, aber ich will dich nicht aufhalten.«
Nachdem mir meine Mutter noch mehrfach alles Gute gewünscht und ein Glas Quittenmarmelade für Gaby Haas mit auf den Weg gegeben hatte, stand ich von 17 Uhr 48 bis 17 Uhr 57 in der Richard-Wagner-Straße, um die Ecke von Gabys Wohnung, und wartete. Ich wollte exakt um 18 Uhr 02 klingeln, um nicht uncool zu erscheinen, und malte mir genau aus, wie die Begrüßung verlaufen sollte:
»Bonjour Gaby, je m'excuse, parce que je suis un petit peu trop tard.«
»Hallo, Daniel. Schön, dass du da bist. Was hast du gesagt?«
»Ich habe mich entschuldigt, dass ich ein bisschen zu spät bin.

Aber keine Sorge – in zwei Stunden kannst du auch solche Sätze bilden.«
»Oh Daniel, du bist echt meine Rettung. Komm doch rein.«
»Wusstest du, dass sich Franzosen immer mit Wangenküsschen begrüßen?«
»Echt?«
»Ja. Und zwar immer drei. Pass auf, ich zeig's dir.«

Dann hätte ich Gaby sanft an den Oberarmen festgehalten und auf die Wangen geküsst, wobei ich beim letzten Kuss nur knapp neben ihren Lippen gelandet wäre, woraufhin sie mich an der Hand genommen, in ihr Zimmer gezerrt und abgeschlossen hätte. Weiter kam ich in meinen Gedanken nicht, weil in diesem Moment Gaby Haas mit einer Einkaufstüte auf mich zukam, sodass die Begrüßung in der Realität *so* verlief:

»Oh, Daniel – du bist ja schon da.«
»Oh, bonjour Gaby. Je m'excuse, je suis ... äh ... un peu trop tôt.«
»Hä?«
»Ich habe auf Französisch gesagt, dass ich ein bisschen zu früh ... Egal. Wusstest du, dass sich Franzosen immer mit Wangenküsschen begrüßen?«
»Ja, die spinnen einfach total.«
»Oh, das find ich aber auch. Wangenküsschen – igitt ... Äh, hier ist ein Glas Quittenmarmelade von meiner Mutter für dich.«

Zehn Minuten später hatte ich das Begrüßungsdesaster vergessen. Ich saß im Zimmer von Gaby Haas – dem Heiligtum aller Heiligtümer, dem Ort, an dem alle Jungen meiner Stufe sein wollten, dem Santiago de Compostela aller Pubertätspilger.

Dass sich knapp zweihundert *Take-That*-Poster im Zimmer befanden, ignorierte ich ebenso wie die Tatsache, dass auf dem Bett ein gigantischer rosa Teddybär saß, der in seinen Händen ein rotes Herz mit dem Aufdruck »I love you« hielt. Meine Augen hafteten an einem Ballett-Outfit, das an einem Kleiderbügel von außen am Schrank hing. Die bloße Vorstellung, Gaby darin tanzen zu sehen, führte zu einer derartigen Blutleere in meinem Kopf, dass ich in einen tranceartigen Zustand geriet. Gaby schaute mich besorgt an:

»Alles in Ordnung, Daniel?«
»Was? Ja, ich ... äh ... Okay, lass uns anfangen.«
In einer Übersprungshandlung griff ich einen der Schokoladenkekse, die uns Gabys Mutter zusammen mit Apfelsaft und Mohrrüben auf den Schreibtisch gestellt hatte.
»Also: Jean-Paul Sartre ...«
Mit vollem Mund spricht man nicht – diese alte Weisheit kannte ich trotz des antiautoritären Erziehungskonzepts meiner Eltern, und in diesem Moment bewahrheitete sie sich aufs Neue. Bei dem Wort »Sartre« flog ein Schokoladenkrümel direkt aus meinem Mund auf Gabys weißes T-Shirt – und zwar exakt in der Höhe ihres für eine Siebzehnjährige erstaunlich ausgeprägten Vorderbaus – ein Merkmal, das zu ihrer Beliebtheit nicht unwesentlich beitrug.
Nun hatte ich mir bisher größte Mühe gegeben, nicht dorthin zu starren. Meine Eltern waren mit Alice Schwarzer befreundet und hatten mir im Geiste der Emanzipation beigebracht, dass nur fiese Machos Frauen auf die Brüste schauen. Als fortschrittlicher Mann musste man Frauen in die Augen blicken – aber das war gar nicht so leicht, vor allem, weil Augen im Gegensatz zu Brüsten zurückschauen können.
In diesem Moment jedoch schrien sowohl der braune Schokoladenfleck als auch Gabys Vorderbau unisono:
»DAAAAAAAAAAAAAAAAANIIIEEEEEEEEEEELLL!!!! SCHAU UNS AAAAAAAAAAAAAAAANNNN!!!«
Und so schaute ich eine ganze Sekunde lang auf Gabys Busen. Da knapp sieben Zehntel für den Schokoladenfleck draufgingen, blieben mir insgesamt 0,3 Sekunden, um das dreidimensionale Kunstwerk darunter zu studieren. Zwei Drittel dieser Zeit entschuldigte ich mich im Geiste bei der Frauenbewegung, aber in der einen Zehntelsekunde, in der ich weder den Schokoladenfleck sah noch ein schlechtes Gewissen verspürte – in dieser Zehntelsekunde war ich von animalischen Empfindungen erfüllt, von denen ich angenommen hatte, dass sie nach der ersten Begegnung mit Alice Schwarzer automatisch aus meinem Hirnstamm gelöscht worden waren.
Dann fiel mir ein, dass ich meinen Satz noch nicht vollendet

hatte. Ich wollte sagen: »Jean-Paul Sartre, die Speerspitze des Existenzialismus« – als eine Art Überschrift über meine Nachhilfestunde. Da sich aber immer noch gut dreißig Prozent des Schokoladenkekses in meinem Mund befanden, befürchtete ich, dass die Worte »Speerspitze« und »Existenzialismus« Gabys T-Shirt in ein Dalmatiner-Kostüm verwandeln würden. Also kaute ich hektisch weiter, musste kurz husten und spülte dann den Rest mit Apfelsaft herunter. Gaby schaute mich mit dieser Sorte mitleidigen Lächelns an, mit dem Frauen einen Golden-Retriever-Welpen bedenken, der gerade geniest hat.

Ich war es gewohnt, bei Frauen eher Pflegetriebe zu wecken als sexuelles Verlangen; aber das war doch immerhin ein Anfang. Ermutigt davon, dass Gaby mich offensichtlich nicht abstoßend fand, kehrte ich zu meinem ursprünglichen Plan zurück: für Gaby der beste Nachhilfelehrer aller Zeiten zu sein.

»Jean-Paul-Sartre – Speerspitze des Existenzialismus ... Aber was bedeutet eigentlich Existenzialismus?«

Ich schaute Gaby für 1,29 Sekunden in die Augen – mein bisheriger Rekord bei einem attraktiven Mädchen. Gaby schaute durchaus interessiert zurück, und so platzierte ich mit neu erwachtem Selbstvertrauen den Rest der Rede, die ich mir zwischen 15 und 17 Uhr im Kopf zurechtgelegt hatte:

»Wenn man davon ausgeht, dass Gott nicht existiert, gibt es kein ewiges Leben, für das man Vorkehrungen treffen muss. Es gibt auch keine Hölle, vor der man sich fürchten muss. Es bleibt nur eins übrig: unsere Existenz im Hier und Jetzt ... Also *Existenz*ialismus.«

Ich machte eine bedeutungsschwangere Pause und schaute Gaby für 1,74 Sekunden in die Augen – absoluter Weltrekord. Es lief richtig gut. In diesem Moment kam Gabys Mutter mit einem Festnetztelefon ins Zimmer.

»Daniel, für dich. Dein Vater.«

Damals hatte kaum jemand ein Handy, und mein Vater war der Ansicht, dass sich die mobile Form der Kommunikation niemals durchsetzen werde, weil sie das Leben unnötig verkomplizierte. Ich nahm den Hörer:

»Rigobert? Woher hast du diese Nummer?«

»Nun, Erika hat deinen Französischlehrer angerufen ... Aber jetzt pass auf: Mir ist wieder eingefallen, was ich dir sagen wollte ...«

»Aber das kannst du mir auch später ...«

»Also: Es war *doch* das Kant-Zitat ...«

»Welches Kant-Zitat?«

»Na, ›Aufklärung ist der Ausgang des Menschen aus seiner selbst verschuldeten Unmündigkeit.‹«

»Okay, gut. Dann vielen Dank und bis später ...«

»Nein, stopp! Mir ist jetzt eingefallen, was ich dir damit sagen wollte ...«

Ich seufzte und lächelte Gaby entschuldigend an. Sie lächelte mit einem Meine-Eltern-nerven-auch-immer-Blick zurück.

»... also ich wollte damit Folgendes zum Ausdruck bringen: Aufklärung bedeutet eben nicht nur das Wissen um den rein biologischen Ablauf des Geschlechtsverkehrs ...«

Ich verließ schnell das Zimmer, aus Angst, Gaby könnte irgendwas davon mitbekommen.

»... sondern auch Aufklärung in dem Sinne, dass man die Wünsche der Frau kennenlernt und eben nicht, um es mal salopp zu formulieren, einfach drauflosrammelt.«

»Danke, Rigobert. Ich bin sicher, das wird mir noch eine große Hilfe sein, aber jetzt möchte ich gerne ...«

»In diesem Sinne solltest du nicht mit einer Frau ins Bett gehen, bevor du die Memoiren von Simone de Beauvoir gelesen hast. Wenn man Frauen wirklich verstehen will, ist es unbedingt notwendig ...«

»Okay, danke, das lese ich auf jeden Fall. Aber nicht jetzt. Tschüss!«

Ich legte auf und ging zurück in Gabys Zimmer. Mein schlechtes Gewissen, dass ich meinen Vater abgewürgt hatte, legte sich in dem Moment, als mich der Duft des *Gabriela-Sabatini*-Parfüms erneut umwehte, das Gaby auch in der Schule zu einer olfaktorischen Attraktion machte.

»Was wollte dein Vater?«

»Ach nichts. Er ... egal. Wo waren wir?«

»Du hast irgendwas von Himmel und Hölle gesagt.«

»Oh, du hast es behalten?! Sehr gut. Also, warum heißt es *Existen*zialismus?«

»Ja, weiß nicht ... irgendwie ... weil das irgendwo was mit der Existenz zu tun hat oder so?«

»Genau. Perfekt. Du hast es kapiert.«

Gaby lächelte. Und ich bekam Schweißausbrüche. Gaby hatte es schon auf Deutsch nicht verstanden, und auf Französisch würde sie es nicht einmal schaffen, ein Baguette zu bestellen. Sie würde in der Prüfung versagen und sitzen bleiben, und ich wäre schuld! Ich würde mich hassen, meine gesamte Stufe würde mich hassen – und schon sah ich mich vor meinem geistigen Auge wieder als verbitterten Greis auf einem Berg voller trauriger unveröffentlichter Liebesgedichte.

Ich musste etwas unternehmen. Ich musste sie retten. Jetzt. Hier. Sofort.

»Okay, Gaby, ich will ehrlich sein. Es wird sehr schwer. Aber ich habe einen Plan: Ich schreibe dir zehn kluge Sätze zum Thema Existenzialismus auf. Die lernst du auswendig, bringst sie in der Prüfung irgendwie unter und guckst Herrn Bertrand dabei so süß an, dass er es nicht übers Herz bringt, dich durchfallen zu lassen.«

Gaby strahlte übers ganze Gesicht:

»Das würdest du machen?«

»Natürlich. Ich würde alles für dich tun.«

»So hatte ich dich gar nicht eingeschätzt ... Aber du bist süß. Echt.«

In diesem Moment geschah das Wunder: Gaby gab mir einen Kuss auf die Wange. Das war der glücklichste Moment meiner gesamten Pubertät. Ich war sicher, dass kein Mensch auf der Erde jemals so etwas Tolles erlebt hatte. Egal, was jetzt noch kommen würde – ich hatte etwas erlebt, das mir keiner mehr wegnehmen konnte.

Dass Gaby Haas kurz danach wegmusste, um Thorsten Stenz zu treffen, ist dabei ebenso eine historische Randnotiz wie die Tatsache, dass mir vor Gabys Wohnungstür meine Mutter entgegenkam, um mir mein Asthma-Spray zu überreichen – weil sich angeblich beim Orgasmus die Bronchien verengen können.

Übrigens hat Gaby Haas mit meinen Sätzen eine Drei minus in der Nachprüfung bekommen und wurde versetzt. Erst vor Kurzem erfuhr ich, dass sie anschließend ein dreiwöchiges Verhältnis mit Herrn Bertrand hatte – eine späte Erklärung dafür, dass Gaby Haas nicht mehr mit Thorsten Stenz knutschte und wir in der Jahrgangsstufe 12 einen neuen Französischlehrer bekamen.

ZWEITER TEIL

Kapitel 8

●●●●●●●●●●●●●●●●●

Der Deutsche und die Ordnung (1)

Wir Deutschen lieben Struktur. Allein die Tatsache, dass dieses Buch in Teile gegliedert ist und diese wiederum in Kapitel unterteilt sind, gibt uns ein gutes Gefühl: Der Autor weiß, was er tut. Er hat's im Griff. Er beherrscht strukturelles Denken. Dieser professionelle Eindruck wird durch das Vorhandensein von Fußnoten und Querverweisen untermauert.*

Das alles macht einen soliden Eindruck. Es wirkt so, als habe sich der Autor etwas dabei gedacht. Seien Sie ehrlich: Als Sie die letzte Seite aufschlugen, auf der in großen Buchstaben *Zweiter Teil* steht, hatten Sie da

a. das beunruhigende Gefühl, dass der Autor eine Seite schinden wollte, oder
b. die beruhigende Gewissheit, in einem wohlstrukturierten Gesamtkonzept auf der nächsthöheren Stufe angekommen zu sein, oder war Ihnen das
c. scheißegal?

Antwort a) zeigt, dass es Ihnen an Vertrauen mangelt und deutet auf eine problematische Kindheit hin. Antwort c) legt nahe, dass Sie entweder mediterran entspannt oder alkoholisiert sind. Aber wenn Sie wie ich

---

* Siehe hierzu die Fußnoten auf den Seiten 9 und 43 und den Querverweis auf Seite 41.

eine deutsche Seele besitzen, haben Sie sich höchstwahrscheinlich für Antwort b) entschieden.

Die Ankündigung eines neuen Teils führt bei Deutschen nachweislich zu einer vermehrten Ausschüttung von Endorphinen, wie imaginäre Studien an der Universität Böblingen beweisen. Wenn das zutrifft, müsste sich also das Lesevergnügen erhöhen, je stärker ein Buch strukturiert ist. Probieren wir's aus ...

DRITTER TEIL

Und? Fühlen Sie sich berauscht? Natürlich nicht. Im Gegenteil, Sie sind beunruhigt. Und zwar zu Recht. Der erste Teil umfasst 74 Seiten und sieben Kapitel, der zweite Teil nicht einmal zwei Seiten und ein unvollständiges Kapitel. Das widerspricht fundamental unserem Sinn für Ordnung.

Wenn Sie jetzt kurz vor einem Wutanfall oder einer Panikattacke stehen, an der Gesamtkonstruktion dieses Werkes zweifeln und darüber nachdenken, das Buch aus dem Fenster zu schmeißen – keine Sorge: Wir befinden uns immer noch im ersten Kapitel des zweiten Teils. Der dritte Teil beginnt erst auf Seite 183. Sie können ruhig nachgucken.

Haben Sie nachgeguckt? Gut. Dann können Sie also jetzt die vorige Seite problemlos herausreißen oder -schneiden, damit die Ordnung wiederhergestellt ist. Na los! Machen Sie schon!

Nein! Halt! Moment! Aaaaaaaaaaaaaaaaaaaaaaaaaaaaaah! Die Seitennummerierung!!! Wenn Sie Seite 91/92 herausschneiden, springt das Buch von Seite 90 auf Seite 93. Das heißt, Sie haben die Wahl: Entweder ist die Unterteilung fehlerhaft oder die Seitennummerierung. AAAAAAAAAAAAAAAAAAAAAAAAAAAAAAHHH!

Was für ein furchtbares Dilemma! Für uns Deutsche.

Ich wette, wenn Sie Italiener, Grieche oder Türke sind, geht Ihnen das hier aber mal so richtig am Arsch vorbei. Alle Südländer können jetzt zu Seite 96 weiterblättern und verpassen absolut gar nichts. Aber wenn Sie ein typischer Deutscher sind, läuft Ihr Gehirn gerade Amok:

Keine Seite 91/92 oder dritter Teil doppelt?
Keine Seite 91/92 oder dritter Teil doppelt?
Keine Seite 91/92 oder dritter Teil doppelt?
Keine Seite 91/92 oder dritter Teil doppelt?
Keine Seite 91/92 oder dritter Teil doppelt?

Ich hoffe, Sie lesen das nicht gerade im Bett – denn dieser Konflikt könnte Sie um den Schlaf bringen ... Und zack, schon habe ich Ihnen gegenüber ein schlechtes Gewissen. Das ist übrigens auch typisch deutsch. Also gebe ich Ihnen hier drei Handlungsmöglichkeiten, die Sie aus dem Dilemma befreien können:

1. Sie können die Seite 91/92 herausschneiden und danach mit Tipp-Ex alle weiteren Seitenzahlen so ändern, dass die Nummerierung wieder korrekt ist.
2. Da das Buch ansonsten nur in Teile, Kapitel und Seiten gegliedert ist, habe ich das Wort »Abschnitt« in diesem Werk noch nicht näher definiert. Sie könnten also das Wort »Dritter« mit Tipp-Ex übermalen und hinter dem Begriff »Teil« die Worte »Zwei, Abschnitt 2« einfügen (bzw. einkleben, wenn Sie es in der gleichen Schrift ausdrucken wollen).
3. Sie erlernen transzendentale Meditation, kommen im Hier und Jetzt an und vergessen den ganzen Mist.

Wie schön, dass Sie immer noch weiterlesen. Falls Sie den Überblick verloren haben: Wir befinden uns im zweiten Teil, Kapitel 8: »Die Deutschen und die Ordnung«.

Lenin soll einmal gesagt haben: »Revolution in Deutschland? Das wird nie etwas. Wenn diese Deutschen einen Bahnhof stürmen wollen, kaufen die sich noch eine Bahnsteigkarte!«*

Und genauso ist es noch heute. Wir lieben Regeln. Wir fühlen uns einfach wohler, wenn es für jede Schraube, jede Zitrone und jede Hose eine Norm gibt. Ich glaube, Länder wie Portugal, Griechenland oder Italien haben vor allem deshalb finanzielle Probleme, weil ihnen durch die europäische Einigung plötzlich DIN-Normen aufgezwungen wurden ... Ich habe einmal willkürlich aus der Liste der DIN-Normen drei Beispiele herausgesucht und überlegt, wie sie wohl bei unseren südeuropäischen Partnern ankommen ...

---

* Für jüngere Leser: Bahnsteigkarte war früher eine Art On-Paper-Print-Passwort für den Real-Life-Access zur Departure Area am Railway. Und Lenin war im Prinzip ein Virus, das das auf der Festplatte »Russland« installierte Betriebssystem »Monarchie« zum Absturz brachte.

·········· **DIN-Normen für Südländer** ··········

DIN-NORM NR. 1:

DIN EN ISO 13857 Sicherheitsabstände gegen das Erreichen von Gefahrenstellen mit den oberen Gliedmaßen

Wenn ich so was lese, stelle ich mir einen 1,95 Meter großen pensionierten EU-Kommissar aus Heilbronn vor, nennen wir ihn Heinz Grundmann, der sich während einer Spanien-Rundfahrt mit seiner Frau Gisela den Stierlauf von Pamplona ansehen will. Gisela hält es zwar für Tierquälerei, aber Heinz ist der Ansicht, den Stieren tut ein bisschen Auslauf gut.

Jetzt stehen sie auf dem Balkon ihres Hotelzimmers im ersten Stock und schauen auf die leere Straße, wo in wenigen Minuten die Hölle losbrechen wird. Als Heinz gerade seine Digitalkamera zückt, um die Ruhe vor dem Sturm fürs Fotobuch festzuhalten, fällt ihm ein nicht gesicherter Stromkasten am Haus gegenüber ins Auge, der neben dem Schaufenster eines Wurst- und Käseladens hängt.

»Guck mal, Gisela, der Stromkasten da drüben. Das ist doch skandalös.«

»Welcher Stromkasten?«

»Da drüben. Unter dem Fenster, wo der Mann mit dem großen Schnurrbart steht.«

Jetzt sieht auch Gisela den gut siebzig Jahre alten Spanier, nennen wir ihn Señor González, der ebenfalls dem Spektakel entgegenfiebert. Heinz Grundmann ruft laut hinüber:

»Entschuldigen Sie bitte! Der Stromkasten unter Ihrem Fenster entspricht nicht der DIN-Norm DIN EN ISO 13857.«

»Qué?«

Heinz Grundmann legt jetzt die Hände um den Mund, um einen Trichter zu bilden, und ruft noch lauter:

»Was ich sagen wollte: Bei Ihnen wurde der erforderliche Sicherheitsabstand gegen das Erreichen von Gefahrenstellen mit den oberen Gliedmaßen nicht eingehalten.«

»Qué?«

Señor González legt jetzt die Hände an die Ohren, um besser zu hören. Heinz Grundmann erhöht noch einmal die Lautstärke:
»Es tut mir leid, aber wenn Sie diesen Kasten nicht umgehend höher hängen, muss ich dem Europäischen Komitee für Normung Bericht erstatten.«

»Qué?«

»Äh, verstehen Sie mich überhaupt?«

»Qué?«

»Äh, your äh ... box does not stimm überein with the DIN-Norm DIN EN ISO 13857.«

Jetzt legt auch Señor González die Hände um den Mund und brüllt zurück:

»No hablo inglés.«

»Aaaaah ja. Und ich ... no hablo español. Parlez-vous français?«

»Oui.«

Heinz lächelt kurz. Dann stockt er und ruft zurück:

»Tja, aber ich nicht ...«

Während Señor González hilflos mit den Schultern zuckt und dabei freundlich lächelt, seufzt Heinz und wendet sich an seine Frau:

»Tja, Gisela, den Stromkasten werde ich melden müssen. Er stellt definitiv eine Gefahrenquelle dar.«

In diesem Moment kommt in knapp vierhundert Meter Entfernung eine Meute brüllender Männer angerannt, gefolgt von einer Horde wilder Stiere. Jetzt meldet sich Gisela zu Wort:

»Heinz, meinst du nicht, eine Horde wilder Stiere ist irgendwie die größere Gefahrenquelle?«

»Jetzt vergleichst du aber Äpfel mit Birnen, Gisela. Der Stierlauf ist eine kulturelle Tradition, die ordnungsgemäß bei der örtlichen Polizeibehörde und der Gemeindeverwaltung angemeldet wurde.«

»Dabei werden jedes Jahr viele Menschen verletzt.«

»Ja. Aber keine DIN-Norm.«

Der Lärmpegel schwillt innerhalb weniger Sekunden auf das Niveau eines Rammstein-Konzertes an: Unter dem Gebrüll und

Gejohle der Zuschauer sowie dem Donnern der Stierhufe auf dem Kopfsteinpflaster hetzt die Meute aus Menschen und Stieren unter dem Hotelbalkon vorbei. Gisela Grundmann wendet sich mit Grauen ab, und auch ihr Mann nimmt das Ganze nur peripher wahr. In seinem Kopf formuliert er bereits seinen Bericht an die EU-Kommission.

Als kurz darauf direkt unter seinem Balkon zwei blutende Männer von der Straße getragen werden, kriegt Heinz Grundmann das nicht mit. Er denkt gerade darüber nach, ob als Attribut für den Stromkasten »fahrlässig« oder »unverantwortlich« passender ist.

Als sie zwei Wochen danach zu Hause das Fotobuch zusammenstellen will, bemerkt Gisela Grundmann zu ihrer Überraschung, dass sich auf der Speicherkarte der Digitalkamera zwar insgesamt 68 Bilder der gegenüberliegenden Straßenseite befinden, auf denen der Stromkasten mal mehr, mal weniger herangezoomt wurde, aber nicht ein einziges Foto von rennenden Stieren.

Sechs Monate später kommt eine offizielle EU-Delegation nach Pamplona, die feststellt, dass nicht nur der Stromkasten neben dem Käse- und Wurstladen an der DIN-Norm DIN EN ISO 13857 scheitert, sondern auch 632 weitere Elektroinstallationen. Weitere zwei Monate danach trifft ein Schreiben mit amtlichem EU-Stempel beim Bürgermeister von Pamplona ein. Das Schreiben fordert ihn dazu auf, alle 633 Gefahrenstellen so zu platzieren, dass groß gewachsene Nordeuropäer sie auch im Sprung nicht erreichen können.

Der Bürgermeister seufzt. Es gibt so wenige groß gewachsene hüpfende Nordeuropäer in seiner Gemeinde. Selbst wenn das Ensemble von *Riverdance* einmal durch alle Straßen tanzen sollte, wäre es unwahrscheinlich, dass dabei jemand mit den oberen Gliedmaßen an nicht gesicherten Stromquellen hängen bleiben würde. Zum Glück, denkt er, sitzen keine Stabhochspringer in der EU-Kommission – dann könnte er Pamplona komplett einstampfen und neu bauen.

Aber der Bürgermeister weiß auch: Wenn er sich den EU-Normen widersetzt, wird die Tourismusbehörde Amok laufen. Er seufzt und informiert die Gemeinde über die bevorstehenden Aufgaben, sodass Señor González, der Mann mit dem großen Schnauzbart, der oberhalb des nicht gesicherten Stromkastens wohnt, auch endlich erfährt, was die DIN-Norm DIN EN ISO 13857 bedeutet. Wenn man so will, gehört Señor González zu den Profiteuren der Europäisierung – weil er endlich abgesichert ist, falls er vor seinem Haus zufällig auf eine Sprungfeder treten und dadurch gegen den Stromkasten geschleudert werden sollte. Ebenso profitieren einige Bau- und Elektrounternehmen, die die Normierungsarbeiten durchführen dürfen. Nicht zu den Profiteuren gehört: Pamplona.

Ein knappes Jahr später trifft ein Schreiben mit folgendem Inhalt in Brüssel ein:

»Sehr geehrte Europäische Union,
aufgrund umfangreicher Normierungsmaßnahmen ist der Jahresetat von Pamplona bereits im Februar aufgebraucht. Um einer Insolvenz vorzubeugen, ist die Gemeinde dringend auf Finanzhilfe angewiesen.
Mit freundlichen Grüßen,
der Bürgermeister.«

Anderthalb Wochen später sitzt Heinz Grundmann kopfschüttelnd am Frühstückstisch seines Einfamilien-Niedrig-Energie-Reihenhauses in Heilbronn, als er in der *Stuttgarter Zeitung* folgende Notiz liest: »Spanien fordert weitere EU-Finanzhilfen«. Er lässt die Zeitung sinken und ruft zu seiner Frau hinüber, die gerade in der Küche DIN-normierte Eier in die DIN-normierte Pfanne schlägt:

»Gisela, also diese Spanier machen mich richtig wütend! An unsere Normen wollen sie sich nicht halten, mit Geld umgehen können sie auch nicht – und wer darf es am Ende finanzieren? Wir! Weißt du was? Ab jetzt machen wir nur noch Urlaub im Allgäu.«

DIN-NORM NR. 2:

DIN EN 1101 Textilien – Brennverhalten von Vorhängen und Gardinen – Detailliertes Verfahren zur Bestimmung der Entzündbarkeit von vertikal angeordneten Proben (kleine Flamme)

Zu dieser Norm stelle ich mir eine Gardinenfabrik in Izmir an der türkischen Ägäis vor. Der Fabrikbesitzer, nennen wir ihn Birol Öztürk, ist ein erfolgreicher Geschäftsmann, weil er schon immer in die Zukunft gedacht hat. Folglich will er auch für einen möglichen EU-Beitritt der Türkei gewappnet sein. An einem Montagmorgen bestellt er seinen Sicherheitschef, nennen wir ihn Kenan Akbaş, zu sich ins Büro.

»Was ist los, Chef?«

»Sag mal, Kenan, wie brennen unsere Gardinen?«

»Hä? Unsere Gardinen brennen nicht.«

»Ich meine: Wenn du eine kleine Flamme an unsere Gardine hältst, was passiert dann?«

Kenan Akbaş zieht die Augenbrauen hoch und ist einige Sekunden perplex.

»Ja, dann brennt die.«

»Ja, aber ... *wie?*«

Hat sein Chef Alkohol getrunken? Nein, Birol Öztürk wirkt nüchtern und geschäftsmäßig wie immer. Dennoch beginnt Kenan Akbaş, am Verstand seines Vorgesetzten zu zweifeln:

»Was soll das heißen: Wie brennt die Gardine? Halt so mit Feuer und Qualm.«

Der Fabrikbesitzer seufzt:

»Ja, schon klar. Aber weißt du, Kenan, die Türkei will ja in die EU. Und wenn wir da drin sind, dann müssen wir unsere Gardinen anzünden.«

»Ey, sind die krank oder was?«

»Ich glaube schon.«

»Ey, warum sollen wir unsere Gardinen anzünden?«

»Die von der EU wollen halt wissen, wie die brennen.«

»Ja, hab ich doch gesagt: mit Feuer und Qualm.«

»Schon klar, Mann. Aber hier steht: Wir müssen die Entzündbarkeit bestimmen.«

»Ach so, kein Problem: Machst du Feuer, brennt die Gardine. Machst du kein Feuer, brennt sie nicht.«

»Okay, *ich* weiß das. *Du* weißt das. Aber die EU weiß das nicht.«

»Ey, sind die doof oder was?«

»Ja, kann schon sein.«

Fabrikbesitzer Öztürk fragt sich jetzt ernsthaft, wozu ein EU-Beitritt überhaupt gut sein soll. Dann hält er seinem Sicherheitschef eine Mappe mit der EU-Norm DIN EN 1101 unter die Nase.

»Guck mal, Kenan. Die haben ein spezielles Verfahren, wie man Gardinen verbrennt.«

»Ey, warum wollen mir die Arschlöcher vorschreiben, wie ich meine Gardinen verbrenne? Ich verbrenne meine Gardinen so, wie ich will.«

»Ja. Aber wenn wir in der EU sind, müssen wir die Gardinen so verbrennen, wie die EU das will. Ich find das ja auch scheiße, und weißt du was? Morgen rufe ich meinen Bruder an!«

Seinem Bruder, der im Wirtschaftsministerium arbeitet, wird er morgen sagen, dass der EU-Beitritt sofort gestoppt werden muss. Er wird ihm von dem Schwachsinn mit den brennenden Gardinen erzählen. Außerdem sieht er sowieso keine Vorteile für die Türkei – vielleicht mit Ausnahme der Tatsache, dass es jetzt endlich ein türkisches Wort für »Flammenausbreitungseigenschaften« gibt.

»Also, was ist jetzt, Chef? Soll ich Gardinen verbrennen oder soll ich keine Gardinen verbrennen?«

»Weißt du was, Kenan? Du verbrennst jetzt die Mappe von der EU.«

DIN-NORM NR. 3:

DIN EN ISO 105 Textilien – Farbechtheitsprüfungen, Teil B07 Farbechtheit gegen Licht von mit künstlichem Schweiß angefeuchteten Textilien

Hier kommt wieder unser pensionierter EU-Kommissar zum Zug, der Einfamilien-Niedrig-Energie-Reihenhausbesitzer Heinz

Grundmann aus Heilbronn. Knapp drei Monate nach seinem Trip nach Pamplona kommt seine Tochter Sandra zu Besuch, um ihren Eltern die Mitbringsel aus ihrem Griechenland-Urlaub zu überreichen:

»Hier, eine gelbe Bluse für Mama ...«

Mutter Gisela ist gerührt:

»Oh, danke, Schatz, die ist wunderschön!«

»... und ein hellblaues Hemd für Papa.«

Auch Vater Heinz ist ergriffen:

»Dann bin ich aber mal gespannt, ob die Sachen einer Farbechtheitsprüfung nach DIN-Norm DIN EN ISO 105 standhalten.«

Die Ehefrau will ebenso protestieren wie die Tochter, aber Heinz Grundmann verschwindet schon in Richtung Schlafzimmer, während er mit triumphierendem Blick ausruft:

»Zum Glück habe ich immer eine Spraydose mit künstlichem Schweiß im Schrank.«

Mutter und Tochter schauen sich resigniert an. Sie kennen Heinz gut genug, um zu wissen, dass Widerstand zwecklos ist. Vor dem Gardinenkauf hat er sogar darauf bestanden, per Brennprobe die Flammenausbreitungseigenschaften zu überprüfen.

Kurz darauf ist der künstliche Schweiß auf Bluse und Hemd verteilt, und Heinz starrt gebannt auf die Textilien:

»Hmmmmm ... Aha. Aha. Ou.«

Ehefrau Gisela rollt mit den Augen:

»Und? Schon was zu sehen?«

Wenn Heinz Grundmann eine Prüfung nach DIN-Norm vornimmt, ist er voll fokussiert und verzichtet auf Kommunikation.

»Ou. Ou. Oha.«

Tochter Sandra ahnt Schlimmes:

»Stimmt etwas nicht?«

»Ou. Ou. Ou. Oha. Ooohа. Ou. Ou. Oha.«

»Papa, was ist denn? PAPA!«

Erst jetzt nimmt Heinz wahr, dass das Wort an ihn gerichtet wurde:

»Psssst! Ich muss jetzt die Prüfung gegen das Licht vornehmen.«

Er hält zunächst die Bluse und dann das Hemd in Richtung

Fenster. Dann atmet er tief durch und schaut seine Tochter mit betroffener Miene an wie ein Arzt, der eine schlimme Diagnose übermittelt:

»Es tut mir leid, meine Tochter. Du wurdest Opfer eines Betrugs. Wo hast du die Sachen denn gekauft?«

»In einem Laden auf Kos.«

»Verstehe. Gisela, ruf das Reisebüro an. Wir fliegen nach Kos.«

Eine Woche später geht Heinz mit seiner Frau zielstrebig durch die Stadt Kos auf der Insel Kos, in der Hand die von Google Maps ausgedruckte Karte mit der Position der Boutique, in der seine Tochter vor acht Tagen die Bluse und das Hemd gekauft hat.

Natürlich hat Gisela versucht, ihrem Mann diesen Wahnsinn auszureden. Hin- und Rückflüge für insgesamt 1750 Euro – und das, um sich über Textilien zu beschweren, die zusammen gerade mal 30 Euro gekostet haben. Selbst die Tatsache, dass seine Tochter Billig-Klamotten gekauft hatte, konnte Heinz' missionarischen Eifer nicht bremsen.

Seit seiner Pensionierung ist es schlimmer geworden mit Heinz, dachte Gisela. Er hat einfach zu viel Zeit. Immerhin konnte sie Heinz nach einer langwierigen Diskussion davon überzeugen, eine Woche Strandurlaub dranzuhängen. Sie kannten die Insel zwar nur durch das Lied »Betroffenheit auf Kos«[*] – aber ein schöner Prospekt im Reisebüro hat Heinz überzeugt. Unter der Bedingung, dass sie direkt nach dem Einchecken im Hotel den Umtausch vornehmen.

Wenig später stehen sie in der Boutique *Aphrodite*, und Heinz richtet das Wort an einen weißhaarigen alten Mann mit *Shar-Pei*-artigen Falten, dessen Gebiss auch für einen Top-Zahnarzt eine echte Herausforderung dargestellt hätte.

»Sprechen Sie Deutsch?«

»Ja. Deutsch. Haha. Hitler, Merkel, immer viel Geld ... Haha.«

»Gut. Ich habe eine Beschwerde.«

»Jaja. Schwede haha. Skoll. Haha.«

---

[*] Songtext im Anhang auf Seite 291 f.

»Nein, nicht Schwede. Ich bin *Deutscher*. Ich habe eine BE-SCHWER-DE.«

»Hä? T-Schwer?«

Der weißhaarige alte Mann legt mit fragendem Blick ein T-Shirt auf den Tresen. Heinz atmet genervt aus:

»Nein. Auch nicht T-Shirt. BE-SCHWER-DE.«

»Jaja, haha. T-Schwer.«

»BE-SCHWER-DE.«

»Jaja. T-Schwer. Za Joro.«

»Za Joro?«

»Jaja. Za Joro. Haha.«

Der weißhaarige alte Mann zeigt Heinz das Preisschild des T-Shirts: Zehn Euro. Heinz wird langsam ungeduldig und holt die Bluse und das Hemd hervor.

»Ich will nichts kaufen, okay? Hier, die Bluse und das Hemd sind nicht farbecht.«

»Jaja. Gutt Quality, gutt Preis, haha.«

»Verstehen Sie: Ich habe eine Farbechtheitsprüfung nach DIN EN ISO 105 durchgeführt.«

Obwohl sie weiß, dass Ironie nicht die Stärke ihres Ehemannes ist, kann sich Gisela jetzt eine Bemerkung nicht verkneifen:

»Heinz, ich bin sicher, DAS hat er verstanden.«

»Gut, ich erkläre es einfacher: Verstehen Sie, DIN heißt Deutsche Industrienorm.«

Der weißhaarige alte Grieche lacht wieder:

»Ja, haha, Din. Habe gute Din, gutt Quality, gutt Preis.«

Jetzt legt er eine Jeans auf die Theke. Heinz wird langsam wütend:

»DIN. Nicht Jeans! Jeans ist eine Hose. DIN ist eine Norm.«

»Jaja. Din Hose. Enorme Quality.«

»Nein. Sie sagen DIN, aber Sie meinen Jeans. Ich will jedoch keine Jeans.«

»Jaja. Alle wolle Din. Is gutt Quality, gutt Preis.«

Als Heinz gerade verzweifeln will, kommt eine attraktive Frau Mitte zwanzig in den Laden, mit braunen Haaren und Knopfaugen. Sie gibt dem alten Mann einen Kuss auf die Stirn, woraufhin sich dieser vor Heinz und Gisela verbeugt und verschwindet. Die Frau lächelt Heinz und Gisela charmant an:

»Entschuldigung, ich musste zur Post und habe meinen Opa gebeten, kurz zu übernehmen. Mein Name ist Helena. Was kann ich für Sie tun?«

Heinz ist positiv überrascht:

»Oh, Sie sprechen Deutsch.«

»Ja. Ich mache das hier nur als Sommerjob. Ansonsten wohne ich in Bielefeld.«

Heinz' Gesichtszüge entspannen sich.

»Wie schön. Also. Es geht um eine Beschwerde: Meine Tochter hat letzte Woche diese Bluse und dieses Hemd bei Ihnen gekauft. Aber ein Farbechtheitstest nach der DIN-Norm ... äh ... was ist denn?«

Die Augen der jungen Griechin sind feucht.

»Ach nichts. Es ist nur ...«

Helena erzählt nun von finanziellen Schwierigkeiten: Weil die Sicherheitsvorkehrungen in ihrem Geschäft nicht den Normen der EU entsprachen, mussten sie das Geschäft für viel Geld umrüsten und stehen jetzt vor dem Ruin. Heinz Grundmann will Helena aufheitern:

»Dafür müssen Sie sich jetzt keine Sorgen mehr wegen des Brandschutzes machen. Und ich sag mal: Ich bin lieber pleite als eine verkohlte Leiche.«

Helena lächelt Heinz Grundmann traurig an:

»Es ist lieb, dass Sie mich aufheitern wollen ...«

Dabei berührt sie fast unmerklich Heinz Grundmanns Unterarm, woraufhin dieser nicht nur auf die Erstattung des Kaufpreises verzichtet, sondern auch zwei T-Shirts und eine Jeans ersteht und Helena einlädt, ihn und seine Frau in Heilbronn zu besuchen.

Gisela lächelt die ganze Zeit in sich hinein. Auf Frauen, bei denen ihr Gemahl sowieso niemals landen kann, ist sie grundsätzlich nicht eifersüchtig. Der Flirt hat die Laune ihres Mannes verbessert, und solange sie ihn von ungesicherten Stromkästen fernhält, steht ihr eine Woche Traumurlaub in Griechenland bevor.

Außerdem geht ihr als pensionierter Biologielehrerin gerade

ein Licht auf: DIN-Normen werden auf der Großhirnrinde gespeichert. Wenn aber, wie in diesem Fall, das Stammhirn aktiv ist, kommt Heinz an diese Informationen nicht heran. Das heißt: Für zukünftige DIN-Norm-Diskussionen muss sie sich einfach nur ein durchsichtiges Negligé und Strapse besorgen ...

Kapitel 9

Entertainment made in Germany (1)

Eine alte Weisheit behauptet: Es gibt auf der Welt nichts Schlimmeres als englisches Essen und deutsches Entertainment. Gut, die Engländer haben Jamie Oliver, und wir hatten Loriot. Ausnahmen bestätigen die Regel.

Ich habe viele Jahre für die Unterhaltungsindustrie gearbeitet. Wenn ich also behaupte, das Niveau der Deutschen Film- und Fernsehbranche ist erbärmlich, dann weiß ich, wovon ich schreibe. Aber warum ist das so? Warum passiert in einer amerikanischen Krimiserie bereits im Vorspann mehr als in tausend Folgen *Tatort*? Warum weine ich, wenn in irgendeiner Ami-Soap ein Hamster krank wird – während mich in einer deutschen Serie selbst die schlimmsten Schicksalsschläge völlig unberührt lassen? Und warum bewegen sich 99 Prozent der deutschen TV-Comedy auf dem intellektuellen Level eines Elfjährigen, der Penisse an die Tafel malt?

Nehmen wir als Beispiel eine der berühmtesten Szenen der Filmgeschichte, aus *Terminator 2* mit Arnold Schwarzenegger. Im Original-Drehbuch liest sich das wie folgt:

Der Terminator zieht seine 45er und zielt.

> TERMINATOR
> Hasta la vista, baby!

Krawumm! Der Schuss zerteilt den T-1000 in eine Million Diamanten, die durch die Luft fliegen.

So weit so gut. Kurz und prägnant. Wäre dieses Drehbuch in Deutschland geschrieben worden, würde sich die Szene so lesen:

Der Terminator zieht seine 45er und zielt.

> TERMINATOR
> Hasta la vista, baby!

> T-1000
> Was redest du für einen Unsinn?

> TERMINATOR
> Das war kein Unsinn, sondern wohlüberlegt.

> T-1000
> Inwiefern?

> TERMINATOR
> Das Spanisch sollte meinem Auftritt eine kernig-machohafte Note verleihen. Und indem ich dich, also einen Hochleistungs-Androiden aus flüssigem Metall, ein wenig flapsig als *Baby* bezeichne, zeige ich, dass ich keine Angst empfinde.

                    T-1000
Okay, ich fasse mal zusammen: Durch das *Hasta la vista* wolltest du deine eigene Stärke hervorheben, während das *Baby* mich abwerten sollte.

                    TERMINATOR
Korrekt ... Wow, mit dir kann man sich ja toll unterhalten - bevor ich dich abknalle, lass uns erst mal einen Tee trinken gehen ...

Und so weiter und so fort.

Okay, jetzt könnten wir die Schlussfolgerung ziehen, dass es in Deutschland keine guten Autoren gibt. *Terminator 2* wurde von James Cameron geschrieben, der ist genial, so jemanden haben wir bei uns halt nicht. Klingt erstmal plausibel. Aber stellen wir uns doch einmal vor, James Cameron wäre mit seinem *Titanic*-Drehbuch zu einem deutschen Produzenten gegangen ...

••••••••••• *Titanic* in Deutschland •••••••••••

Es ist ein Arbeitstag wie jeder andere für Friedemut Honkenberg. Wie jeden Morgen lässt er sich von seiner Praktikantin Sheila einen Kaffee bringen.

»Hey, Sheila, was geht ab?«

Dazu setzt er seinen Flirtblick auf, den er seit Jahrzehnten praktiziert, und versucht, eine lässige Sitzposition einzunehmen – gar nicht so leicht, wenn man einen Hexenschuss hat. Sheila überlegt, wie sie die Frage »was geht ab« in einer für ihre Karriere förderlichen Art beantworten kann. Dabei verkrampft sie irgendwie, und heraus kommt nur eine hilflose Kaffee-Präsentier-Geste und das Wort »Yeah«. Sie errötet, geht nervös kichernd aus dem Zimmer und hasst sich dafür, dass sie nach ihrem Blackout beim *Verbo-*

tene-Liebe-Casting nun selbst beim Kaffeeservieren Lampenfieber bekommt.

Friedemut Honkenberg dagegen grinst zufrieden. Er liebt es, wenn er mit seinen 53 Jahren eine 21-Jährige nervös macht. Denn er ist überzeugt, eine magische Ausstrahlung auf Frauen zu besitzen. Wobei selbst eine Moorleiche eine magische Ausstrahlung auf Frauen hätte, wenn sie ein erfolgreicher Filmproduzent wäre.

Das Telefon klingelt mit dem Spannungsakkord aus *Der weiße Hai*, was Friedemut Honkenberg seit über zehn Jahren witzig findet – und seine Mitarbeiter ihm zuliebe auch. Am anderen Ende spricht seine Praktikantin.

»Herr Honkenberg, Mr. Cameron ist jetzt da, um über seinen Stoff zu sprechen.«

»Welchen Stoff? Hat er Koks dabei?«

»Nein, das *Titanic*-Drehbuch.«

»Ach ja, Mist ... okay, er soll noch warten.«

Schnell kramt Friedemut Honkenberg in seiner Textschublade. Unter dem Konzept für einen Animationsfilm über sprechende Dixi-Klos und einem Sitcom-Entwurf für Helene Fischer und Florian Silbereisen findet er, was er sucht. Da es ihn langweilt, Drehbücher zu lesen, hat er sich wie immer von seinem Hausautor und -dramaturgen Bernd Schloff eine kurze Zusammenfassung der Handlung schreiben lassen:

```
TITANIC - ein Drehbuch von James Cameron.

1912: Die Titanic, das größte Kreuzfahrt-
schiff aller Zeiten, bricht auf nach New York.
An Bord verliebt sich Jack, ein armer Passa-
gier der dritten Klasse, in die Adelstoch-
ter Rose, deren Familie sie jedoch mit einem
reichen aalglatten Bankier verheiraten will.
Jacks erfrischende Art sprengt die Mauern, die
Rose um ihr Herz errichtet hatte. Ein Eis-
berg reißt schließlich ein Leck in die Titanic
und bringt sie zum Sinken. Im Eiswasser des
```

Atlantiks, kurz vor dem Erfrierungstod, opfert sich Jack für Rose und beweist ihr seine unendliche Liebe.

Friedemut Honkenberg lässt diese Zeilen ein paar Sekunden auf sich wirken und greift dann zum Hörer.
»Okay, Sheila, schick ihn rein – und Bernd Schloff soll auch kommen.«
Kurz darauf betritt James Cameron zum ersten Mal Honkenbergs Büro und schaut beeindruckt auf das Regal mit den zehn Comedypreisen, drei Bambis, zwei deutschen Fernsehpreisen und vier Lolas.
»Herr Cameron, freut mich sehr, Sie endlich kennenzulernen. Hatten Sie eine gute Anreise?«
»Actually nein.«
»Tja ... Aber genug gesocialized, kommen wir zur Sache: Ich habe mir das Drehbuch sehr genau durchgelesen. Kompliment erst mal, bisschen teuer alles, aber das basteln wir uns schon hin.«
»How do you mean ›basteln‹ ...?«
»Na ja, das größte Kreuzfahrtschiff aller Zeiten ... Das muss ja nun wirklich nicht sein.«
»Aber die Titanic *was* the größte Kreuzfahrtschiff of all times.«
»Natürlich, schon klar, Herr Cameron. Aber das ist ja auch schon ziemlich lange her, da erinnert sich doch eh keiner mehr, wie groß das Schiff war. Und New York als Fahrtziel kommt mir ein bisschen weit vor, aber egal. Was mich noch stört, ist Folgendes: Dass sich am Ende der Mann für die Frau opfert ... Das geht nicht. Das deutsche Publikum steht ja mehr auf selbstbewusste Frauen ...«
»Hä?«
»Ich habe da letztes Jahr ein TV-Movie für SAT1 produziert: *Rana – Tempelhure, Kriegsheldin, Mutter**. Solche Frauenfiguren wollen die Zuschauer heute sehen.«

---

* Im Anhang auf Seite 283 f finden Sie eine Inhaltsangabe von *Rana – Tempelhure, Kriegsheldin, Mutter*.

James Cameron schaut Friedemut Honkenberg irritiert an. Jetzt betritt Bernd Schloff den Raum. Er hat noch keine Ahnung, ob er das Drehbuch gut oder schlecht finden soll, und prüft eingehend Honkenbergs Gesichtsausdruck.

»Herr Cameron, freut mich, Sie kennenzulernen. Ich habe Ihr Drehbuch gelesen, und äh ... also ...«

Leider verrät die Miene des Erfolgsproduzenten heute rein gar nichts. James Cameron hakt nach:

»So – did you like it?«

Bernd Schloff windet sich:

»Ob es mir gefallen hat ... Tja, also ... Insgesamt ... also, es ist sehr ... filmisch.«

Bernd Schloff würde sich nie die Unverschämtheit herausnehmen, eine eigene Meinung besitzen zu wollen. Schließlich wird er dafür bezahlt, Friedemut Honkenbergs Meinung zu teilen. Aber das Wort *filmisch* passt eigentlich immer. Doch James Cameron lässt nicht locker:

»How do you mean *filmisch*? Do you think the Drehbuch is good oder bad?«

»Tja ... äh ... also, ich sag' mal spontan: ja oder nein.«

»Also what? Ja? Oder nein?«

Okay, jetzt stehen die Chancen 50:50.

»Also, das Drehbuch ist ... ich ... ich bin begeistert. Wie sich Jack am Ende für Rose opfert – das ist so romantisch ...«

Honkenberg schickt Bernd Schloff einen drohenden Blick.

»... aber natürlich auch irgendwie ... äh ...«

Er schaut Hilfe suchend zu seinem Chef, der den Satz schließlich vollendet:

»... unemanzipiert.«

»Unemanzipiert. Das war's, was ich sagen wollte. Romantisch, aber unemanzipiert. Der Jack erfriert, und die Rose liegt da nutzlos auf der Planke rum. Das geht natürlich gar nicht.«

Honkenberg übernimmt:

»In *Rana – Tempelhure, Kriegsheldin, Mutter* zum Beispiel köpft Rana eine Horde Barbaren, während sie gleichzeitig ihr Baby stillt.«

James Cameron will etwas erwidern, wird aber vom Telefon unterbrochen. Bernd Schloff lacht:

»Haha, die *Weiße-Hai*-Musik als Klingelton. Witzig, oder?!«

James Cameron findet das eher weniger witzig. Honkenberg drückt einen Knopf, und die Stimme von Praktikantin Sheila ertönt:

»George Lucas auf Leitung 2.«

»Okay, stellen Sie durch ... Hallo, Mr. Lucas – gut, dass Sie anrufen. Ich hab das *Star Wars*-Drehbuch gelesen. Super-Stoff, Kompliment. Aber muss das denn unbedingt im Weltraum spielen?«

Stille am anderen Ende der Leitung.

»Wissen Sie, ich habe jetzt Filmförderung vom Land Nordrhein-Westfalen bekommen, und dann muss das auch da spielen ...«

»Northrhine-what?! Where the fuck is that?«

»Ich weiß, das mit dem Todesstern wird schwierig in Nordrhein-Westfalen – aber waren Sie schon mal in Leverkusen?!«

»Leverkusen?«

»Na ja, denken Sie mal drüber nach ...«

Friedemut Honkenberg beendet das Gespräch per Knopfdruck und wendet sich wieder James Cameron zu:

»So, was machen wir jetzt mit der Scheiß-Titanic? Passen Sie auf, ich lasse Ihr Drehbuch mal überarbeiten, von einem unverbrauchten Autor, dann kriegen wir das schon hin. Machen Sie sich keine Sorgen.«

James Camerons Augen beginnen zu zucken.

Zwei Wochen später sitzt Friedemut Honkenberg mit einem breiten Grinsen im Büro, als Praktikantin Sheila ihm seinen Kaffee auf den Schreibtisch stellt und ihm dabei sanft über den Kopf streicht. Dass er gestern mit ihr geschlafen hat, ergab sich einfach so. Er hat bis 20 Uhr an seiner Dankesrede gearbeitet, die er am Samstag halten wird – für *Rana – Tempelhure, Kriegsheldin, Mutter* wird man ihm den Deutschen Fernsehpreis überreichen. Als er dann um 20 Uhr 05 das Büro verlassen wollte, hatte Sheila ihre Beine scheinbar zufällig lasziv auf ihrem Schreibtisch platziert, und bereits um 20 Uhr 19 landete ein benutztes Kondom zusammen mit einem abgelehnten Personality-Show-Konzept für Cherno Jobatey im Abfall. Jetzt zwinkert ihm Sheila verliebt zu:

»Übrigens, James Cameron kommt in fünf Minuten.«

»Mist ... Okay. Schick ihn dann rein.«

Sheila geht zufrieden zurück zu ihrem Schreibtisch. Der Sex war zwar nicht brillant, weil Honkenberg während des Vorspiels eine SMS des ProSieben-Unterhaltungschefs beantwortet hat. Aber es war mit Sicherheit der Start ihrer Weltkarriere. Gut, dass sie ihren Künstlernamen Sheila Moonshine schon jetzt benutzt. Als Tanja Stortz würde sie in Hollywood nicht weit kommen.

Friedemut Honkenberg versucht sich derweil an die zweite Fassung des *Titanic*-Drehbuchs zu erinnern. Ach ja, er hat ja vergessen, sie zu lesen. So greift er erneut zur Zusammenfassung von Bernd Schloff.

```
TITANIC - ein Drehbuch von James Cameron.
Überarbeitung: Bernd Schloff.

Southampton 1912: Die Titanic, ein mittelgro-
ßes (alternativ, wenn wir keine Filmförderung
bekommen: kleines) Kreuzfahrtschiff, bricht
auf nach New York (alternativ: Calais). An Bord
verliebt sich Jack, ein armer Passagier der
dritten Klasse, in die Adelstochter Rose, de-
ren Familie sie jedoch mit einem reichen aal-
glatten Bankier verheiraten will - was aber
kein Problem für Rose darstellt, weil sie to-
tal emanzipiert ist und sowieso immer tut, was
sie will.
Ein Eisberg reißt ein Leck in die Titanic
und bringt sie zum Sinken. Im Eiswasser des
Atlantiks (alternativ: der Nordsee) weigert
sich Rose, von Jack gerettet zu werden, und
schwimmt dann in neuer Weltrekordzeit über
400 Meter Freistil zu einem Rettungsboot. Dies
```

bewahrt sie schließlich vor dem Erfrierungstod - während Jack sterbend einsehen muss, dass eine Powerfrau prima auf sich selbst aufpassen kann.

Friedemut Honkenberg zündet sich zufrieden eine Zigarre an. Die zweite Fassung kommt ihm deutlich zeitgemäßer vor. Bernd Schloff hat ihn einmal mehr nicht enttäuscht. Aber irgendwas stört ihn immer noch. Wenn er nur wüsste, was!

Als er seine Bedenken kurz darauf im Beisein von James Cameron und Bernd Schloff vorträgt, platzt James Cameron der Kragen:

»Oh man! Of course stört Sie da etwas! You have ruined my komplettes Drehbuch! If Rose is a Freigeist, die Story funktioniert nicht mehr. Frauen were not emanzipiert in those days – das waren completely andere Zeiten, verdammte Scheiße!«

Friedemut Honkenberg zieht an seiner Zigarre. Dann fällt ihm etwas ein:

»Ah, jetzt weiß ich, was mich stört! Also, das ist jetzt erst mal nur ein Hinweis. Aber im Vorsitz der Filmstiftung sitzt ein Solomon Eisberg.«

»So what?«

»Na ja, ich sage immer: Vorsicht ist die Mutter der Porzellankiste. Wenn jetzt ein Eisberg das Schiff zum Sinken bringt ... Also, nicht, dass der gute Solomon das irgendwie antisemitisch auffasst.«

Eine peinliche Pause entsteht. James Cameron sucht vergeblich nach einer versteckten Kamera, während seine Augen erneut zu zucken beginnen. Da hat Bernd Schloff eine Idee:

»Wenn die Passagiere alle Nazis wären, dann geht's doch wieder.«

Friedemut Honkenberg springt begeistert auf:

»Das isses! Ein Eisberg rammt ein Schiff voller Nazis, und dann gehen die Nazis unter. Das ist auch irgendwie politisch.«

James Cameron runzelt entgeistert die Stirn:

»Aber der Film plays in 1912.«

Friedemut Honkenberg setzt sich irritiert wieder hin.

»Moment. Die Titanic ist doch 1936 gesunken. Warum spielt der Film dann 1912?«

»No, the Titanic ist 1912 gesunken.«

»Unsinn. Die Titanic ist 1936 gesunken! Bernd, jetzt sag doch auch mal was.«

»Äh, tja, also, es äh, nun ja ...«

Da die Hauptaufgabe von Bernd Schloff darin besteht, seinem Chef stets euphorisch zuzustimmen, hasst er Situationen wie diese zutiefst.

»... ja, also, ähm ... nun, es tut mir wirklich leid ... ich dachte auch immer, dass die Titanic 1936 gesunken ist ... Das denkt ja eigentlich jeder ... aber es scheint tatsächlich so zu sein, dass es, tja, also ... Es ist ja auch eigentlich gar nicht so wichtig ... Aber wenn man das jetzt historisch so hundertprozentig korrekt angehen will, dann ... ja, dann war es 1912. Steht auch so im Drehbuch. Da, gucken Sie ...«

Honkenberg schaut einen Moment lang ungläubig ins Drehbuch, tippt dann auf Wikipedia das Wort »Titanic« ein, und ist erstaunt vom Ergebnis.

»Tja, dann muss ich das wohl mit den Olympischen Spielen verwechselt haben ... Aber trotzdem ist die Idee mit den sinkenden Nazis perfekt.«

James Cameron glaubt, sich verhört zu haben:

»Sorry, wie kann eine Idee mit Nazis in the year 1912 perfekt sein? That was vor dem Ersten Weltkrieg.«

»Richtig. Dann müsste der Film natürlich in den Dreißigern spielen.«

»Aber es geht um den Untergang der Titanic. Der *war* 1912.«

»Das ist doch Korinthenkackerei. Wenn Sie es beim Film zu etwas bringen wollen, dann müssen Sie offener sein.«

Erneut ertönt die *Weiße-Hai*-Musik.

»Peter Jackson auf Leitung 2.«

»Ah, Herr Jackson, wie schön, dass Sie anrufen. Also: Ich habe das *Herr-der-Ringe*-Drehbuch gelesen. Ganz, ganz toll, Riesenkompliment. Ich lasse das gerade umschreiben, denn wir drehen demnächst *Rana – Tempelhure, Kriegsheldin, Mutter, Teil 2.*«

»What???«

»Ja, also Folgendes: Die Geschichte spielt nicht mehr in Mittelerde, sondern im alten Griechenland, und Frodo ist eine emanzipierte Frau, aber sonst kann eigentlich alles so bleiben ... halt bis auf die Fantasy-Elemente. Aber keine Sorge, Bernd Schloff schreibt das um.«

»Bernd Schloff? Okay, ich schicke Ihnen einen contract killer! You are a dead man, Mr. Honkenberg.«

»Ja, danke, und grüßen Sie Ihre Frau, also, wir müssen unbedingt mal einen trinken gehen. Ciao!«

Friedemut Honkenberg beendet auch dieses Gespräch per Knopfdruck und fixiert dann James Cameron mit dem Blick.

»Was ich gerade sagen wollte, Herr Cameron: Wenn wir nicht alles historisch korrekt machen, dann sind wir auch viel freier, was die Details angeht.«

Bernd Schloff nickt eifrig – wie immer, wenn Honkenberg etwas sagt.

»Which details?«

Honkenberg schaut kurz ratlos. Dann wirft er einen Blick auf Bernd Schloffs Zusammenfassung.

»Na ja, zum Beispiel ... dass das Schiff untergeht ...«

»Das ist ein ... *Detail???*«

»Ja. Und es hat mich irgendwie gestört. Das ist so negativ.«

James Cameron sucht erneut flehend nach einer versteckten Kamera, während sich sein Augenzucken verstärkt:

»Aber darum geht es doch: um den Untergang.«

»Natürlich, Herr Cameron. Aber wissen Sie, das Traumschiff zum Beispiel ist ja auch nie gesunken – und ich glaube, dass das zum Erfolg nicht unmaßgeblich beigetragen hat ...«

»Aber ... three minutes before, Sie wollten noch, dass the ship is full of Nazis und geht unter. Jetzt sagen Sie, the ship soll *nicht* untergehen.«

Honkenberg leert seine Kaffeetasse in einem Zug und kommt richtig in Fahrt:

»Klar, das hört sich jetzt erst mal nach einem Widerspruch an ... Und streng genommen ist es auch einer. Aber ich meine, also jetzt nur mal so als Idee ... Das ist es natürlich noch nicht ... aber wie wäre es denn, wenn die Titanic nur so ein Stück weit sinkt?«

Absolute Fassungslosigkeit wäre eine Untertreibung für den Ausdruck, den James Camerons Gesicht in diesem Moment annimmt. Selbst das Nicken von Bernd Schloff verlangsamt sich ein wenig. Doch Honkenberg ist nicht zu bremsen:

»Das isses doch. Also, nur als Idee. Aber das isses doch eigentlich schon. Eine starke und selbstbestimmte Frau würde sowieso nicht untergehen ... Also, nicht, dass wir uns falsch verstehen: Es werden schon alle so ein bisschen nass ...«

»Und the passengers? Sind sie Nazis or not?«

»Na ja, also ein paar Überlegungen muss sich der Autor natürlich auch noch machen.«

»Okay, I *am* the Autor. I *did* make Überlegungen. I ...«

»Entschuldigung, als ich sagte ›der Autor‹, meinte ich nicht Sie, sondern Bernd Schloff.«

James Cameron macht eine verzweifelte Wegwerf-Geste, verlässt kopfschüttelnd das Büro und wird irgendwann – von finanziellen Nöten geplagt – zu Friedemut Honkenberg zurückkriechen und begeistert zusagen, eine Telenovela mit Giulia Siegel zu inszenieren.

Eine Woche später kommt Honkenbergs neue Praktikantin Rosie mit einem Stapel weißer Blätter in Honkenbergs Büro:

```
TITANIC - ein Drehbuch von Bernd Schloff nach
Ideen von Friedrich Honkenberg unter gering-
fügiger Mitwirkung von James Cameron.

Leverkusen 1936: Die Titanic, ein kleines
Motorboot voller Nazis, bricht auf zu einer
Rheinüberquerung. An Bord verliebt sich Jack,
ein armer Obersturmbandführer der dritten
Klasse, in Rose, die total emanzipierte Toch-
ter von Joseph Goebbels, deren Familie sie
```

jedoch mit Adolf Hitler verheiraten will. Aber Rose interessiert sich für keinen der beiden Männer, weil sie unsterblich in einen kommunistischen Rabbiner verliebt ist.
Ein demokratisch gesinnter Eisberg reißt schließlich ein Leck in die Titanic, das die Nazis so nachdenklich stimmt, dass sie sich als homosexuell outen und der expressionistischen Lyrik zuwenden. Anschließend kann Rose das Leck mit der Erstausgabe von *Mein Kampf* stopfen, sodass die Titanic zum Glück nur ein Stück weit sinkt.
Auf der anderen Rheinseite angekommen, beenden die ehemaligen Nazis das Dritte Reich und gründen eine freie Republik, mit dem Eisberg auf der Staatsflagge, und Rose hat wilden Sex mit dem kommunistischen Rabbiner.

Friedemut Honkenberg zieht an seiner Zigarre und lächelt zufrieden. Da wurde aus einem halbgaren Drehbuch mit etwas Überlegung ein hochpolitisches Meisterwerk mit dem Zeug zum Klassiker. Jetzt muss er nur noch Kate Winslet anrufen lassen, dass die Hauptrolle nicht an sie geht, sondern an den neuen Stern am Filmhimmel: Sheila Moonshine.

Kapitel 10

• • • • • • • • • • • • • • • • • •

Proll-Kultur

*»Schönes Fräulein, darf ich's wagen,
den Arm und 's Geleit ihr anzutragen?«*
Anmachspruch Deutschland 19. Jahrhundert

»Zeig mir deine Möpse!«
Anmachspruch Deutschland 21. Jahrhundert

Deutschland gilt noch immer als das Land der Dichter und Denker. Das ist schwer zu glauben, wenn man einmal eine Après-Ski-Party besucht hat. Wir müssen die Wahrheit akzeptieren: Wir leben im Zeitalter der Proll-Kultur. Selbst Daniela Katzenberger missbraucht inzwischen die Erfindung des Buchdrucks ... Wenn man *Mein Kampf* verbieten kann – warum ist so was dann erlaubt? Die Literaturkritik wird inzwischen via Amazon von Menschen bestimmt, die zwar noch die *Blechtrommel* kennen, aber nur von *Toys 'r' us*.

Aber sind Phänomene wie das Programm von RTL2 einfach nur Vorboten des Armageddon, oder gibt es andere Interpretationsmöglichkeiten?

Als ich ein Teenager war, versuchte mein Vater immer, mich für moderne Kunst zu begeistern. Da standen wir dann im Museum Ludwig vor einem Haufen kaputter Stühle, und mein Vater schaute mich mit einem Na-waslöst-das-emotional-in-dir-aus-Blick an. Er wollte, dass ich einen Satz sage wie »Ich bin erschüttert.« Intellektuelle lieben es, wenn man sagt: »Ich bin erschüttert.« (Interessanterweise mögen sie es aber gar nicht, wenn man *tatsächlich* erschüttert ist.) In dem Moment platzte allerdings ein anderer Satz aus mir heraus:

»Ist das Sperrmüll?«
»Um Himmels willen – das ist von Joseph Beuys!«
»Ja, gut, von wem der Sperrmüll ist, weiß ich natürlich nicht.«

Dann folgte ein Vortrag über moderne Kunst. Dass man immer nach der zweiten Ebene suchen muss.

Vielleicht müssen wir in der Proll-Kultur einfach nur die zweite Ebene suchen, um Spaß zu haben. In diesem Sinne kann ich mir Intellektuelle durchaus auf einer Après-Ski-Party vorstellen ...

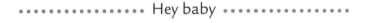

Hey baby

»So. Zweimal Wodka-Red Bull ...«

Leicht genervt stellt Chantal zwei Gläser auf die Theke von »Huberts Humba-Hütte«, die in den letzten Monaten sowohl »Gustls Gaudi-Garage« als auch »Schorschs Schnee-Schuppen« den Rang abgelaufen hat und in dieser Sekunde gut 300 Gäste beherbergt, darunter 298 stylische Party-People zwischen 16 und 30 und zwei ältere Herren in Cordjacketts, Halbbrillen und grau melierten Haaren: Bertolt Grisnik und Heiner Spratz. Besucher wie sie sind hier nicht so gern gesehen – sie könnten die Stamm-Klientel daran erinnern, dass es draußen in der Welt so schreckliche Dinge gibt wie Menschen über fünfzig. Aber Türsteher Murat hat sie passieren lassen – nach 23 Uhr sind alle schon so besoffen, dass sie Justin Bieber nicht mehr von Hellmuth Karasek unterscheiden könnten. Nur Theken-Chantal ist noch nüchtern. Das Nüchternbleiben gehört ebenso zum Job-Profil von »Huberts Humba-

Hütte« wie das regelmäßige Blondieren der Haare. Jetzt schaut sie irritiert mit an, wie Heiner Spratz zunächst an seinem Wodka-Red Bull riecht, dann vorsichtig nippt, um schließlich das Aroma mit schlürfenden Geräuschen im Gaumen zu verteilen. Nach einigen Sekunden Stirnrunzeln nickt er anerkennend:

»Exquisit. Ein Jahrgangs-Energy-Drink. Ausgewogenes Bouquet, mit einem feinen Gummibärchen-Aroma.«

Nun erhebt Bertolt Grisnik sein Glas und lockert zur Feier des Augenblicks seinen roten Seidenschal.

»Lieber Heiner, dann erlaube ich mir, einen kleinen Toast auszubringen: Auf die italienische Malerei der Renaissance und auf DJ Ötzi!«

Während die beiden weitere kleine Schlucke über ihre Zunge saugen und dabei Genusslaute vernehmen lassen, reißt der Refrain von *Hey Baby* die Jugendlichen auf der Tanzfläche zu den üblichen Balzritualen hin. Bertolt Grisnik hingegen wirkt nachdenklich.

»Heiner, meinst du nicht auch, dass *Hey Baby* im Gesamtwerk von DJ Ötzi eine besondere Stellung einnimmt?«

»Du sagst es. Während die Poesie eines *Anton aus Tirol* aufgrund der überschäumenden Energie jugendlichen Schaffensdranges noch sehr unmittelbar und direkt daherkommt, scheint mir *Hey Baby* doch sein reifstes Werk zu sein.«

»Du sagst es. Erinnert mich fast ein wenig an die geile Phase von Wolle Petry.«

»Kann sein – wobei ich das Petryeske in der Hüttenzauber-Periode des gereiften Ötzi nicht überbewerten würde.«

»Natürlich nicht.«

Sinnierend lauschen Bertolt Grisnik und Heiner Spratz der Musik:

»Heeeeeeeey, heeeeey Baby – Hu – Ha ...«

Bertolt Grisnik trinkt den Rest seines Wodka-Red Bulls und gibt Theken-Chantal ein Zeichen, ihm nachzuschenken. Während Chantal Probleme hat, die Red-Bull-Dose mit ihren angeklebten vier-Zentimeter-Leopardmuster-Fingernägeln zu öffnen, bleibt Bertolt Grisniks Blick auf ihrem ebenso üppigen wie tiefen Dekolleté hängen. Er denkt ein paar Sekunden lang darüber nach, wie er die Rose auf Chantals rechter Brust kunsthistorisch einordnen soll. Unablässig dröhnt es aus den Boxen:

»Heeeeeeeey, heeeeey Baby – Hu – Ha ...«

Was wäre wohl ein geeigneter Anmachspruch für eine 25-Jährige mit Leopardnägeln, Brust-Tattoo und Augenbrauenpiercing? Bertolt Grisnik fasst sich ein Herz:

»Wussten Sie, dass das *Hu-Ha* oft als Rückgriff auf den Dadaismus fehlgedeutet wird?«

Theken-Chantal schaut ihn verständnislos an.

»Doch, wirklich. Obwohl es ähnliche Laut-Konstruktionen bei Kurt Schwitters und Ernst Jandl gibt, versteht man das *Hu-Ha* natürlich nur im Rückbezug auf das *Hey Baby*.«

Jetzt versucht auch Heiner Spratz, bei Theken-Chantal Eindruck zu schinden:

»Er sagt es. Es heißt ja nicht einfach nur *Hu-H*a. Sondern eben *Hey baby, Hu-Ha*.«

»Und das weist auf dieselbe innere Zerrissenheit hin, die er bereits durch seinen Künstlernamen thematisiert: Auf der einen Seite der DJ – ein Mensch des 21. Jahrhunderts ...«

»... und auf der anderen Seite der Ötzi – ein 7000 Jahre alter Bauer aus der Zeit des Spätneolithikums.«

Heiner Spratz und Bertolt Grisnik haben simultan die Idee, sich abzuklatschen, verwerfen den Gedanken aber schnell wieder, sodass es bei einem kurzen Zucken bleibt. Theken-Chantal schaut sich das mit einer Mischung aus Befremden und Belustigung an. Bertolt Grisnik ist noch nicht fertig:

»... Und genauso ist es in dem Song: *Hey Baby* – eine Anmache des 21. Jahrhunderts ...«

Heiner Spratz ergänzt:

»...und *Hu-Ha* – Laute aus einer Zeit, die noch keine Sprache kannte. Will sagen: In seinem Inneren ist der moderne Mensch noch genauso sprachlos wie vor 7000 Jahren.«

Die Augen von Bertolt Grisnik beginnen zu leuchten:

»Das ist genial.«

»Ja. Das macht DJ Ötzi zu einem der großen Poeten unserer Zeit.«

Theken-Chantal seufzt innerlich kopfschüttelnd und wendet sich Günther Schneider zu, einem 30-jährigen Telekom-Mitarbeiter aus Göttingen, der – stilvoll in Fetzenjeans und *Bier-formte-diesen-schönen-Körper*-T-Shirt gekleidet – sturzbesoffen neben Heiner Spratz und Bertolt Grisnik steht und sich mit knapper Not an der Theke festhält:

»Und Günni – noch 'n U-Boot?«

Anstelle einer Antwort übergibt sich Günni knapp neben Bertolt Grisniks Barhocker. Heiner Spratz nickt anerkennend:

»Ein exzellenter Kommentar zum Zustand dieser Gesellschaft. Oder was meinst du, Bertolt?«

»Absolut. Genau so muss Kunst sein – impulsiv, einfach aus dem Bauch heraus.«

»Und es passt auch hervorragend zu DJ Ötzi.«

»Ja. Wobei es mich stimmlich eher an Möhre erinnert hat. Du hast doch meine Abhandlung über ihr Versepos *20 Zentimeter* gelesen?«[*]

»Natürlich. Ein weiterer Geniestreich von dir.«

»Danke. Aber ich wollte noch einmal auf das zurückkommen, was du vorhin bezüglich der Bardame gesagt hast.«

»Dass sie in ihrer Formvollendung mit jeder Skulptur des französischen Neobarock mithalten kann?«

»Ich meinte, dass du sie flachlegen möchtest.«

»Aaaah ja. Das war mein Ziel ...«

Heiner Spratz streicht sich nachdenklich über sein Kinn.

»... aber vorher solltest du dich in der Kunst des Geile-Schlampen-mit-nem-dreckigen-Spruch-in-die-Kiste-Kriegens schulen. Ich hatte den Eindruck, dass wir sie mit der Hey-Baby-Analyse nicht so beeindrucken konnten, wie ich es mir erhofft hatte.«

Bertolt nickt wissend. Als er sich gerade eine Zigarre anzünden will, kommt ihm eine Idee:

»Ich fände, hier wäre der Mickie-Krause'sche Imperativ nicht fehl am Platz.«

---

[*] Die Abhandlung »*20 Zentimeter – ein Meilenstein der Pimmellyrik*« von Prof. Bertolt Grisnik befindet sich im Anhang auf den Seiten 288 ff.

»Zeig mir deine Möpse?«

»Exakt.«

»Man muss nur verstehen, dass das Aggressiv-Fordernde in der Krause'schen Lyrik allegorisch gemeint ist.«

»Natürlich. Das Möpsezeigen-Postulat ist eindeutig eine ironische Verklausulierung der *Zu-dir-oder-zu-mir-* Fragestellung.«

»Aber grau ist alle Theorie – ich probier's jetzt einfach aus.«

Heiner Spratz atmet tief durch. Und während Chantal – ungeachtet des »künstlerischen Auswurfs« – für Günther Schneider ein Schnapsglas mit rotem Genever in einem gefüllten Bierkrug versenkt, schaut Heiner Spratz zuversichtlich über die Ränder seiner Halbbrille und spricht mit selbstsicherer Stimme:

»Zeig mir deine Möpse!«

Chantal schaut ihn ungläubig an:

»Hä?«

Heiner Spratz beugt sich über die Theke und versucht, die Musik zu übertönen:

»Zeig mir deine Möpse!«

Chantal mustert ihn kurz irritiert. Dann beugt auch sie sich über die Theke, bis sie die Schuppen auf Heiners Cordjackett sehen kann:

»Sorry, du, aber ich komme eher aus der idealistischen Schule. Wenn also das Bewusstsein das Sein bestimmt, müsstest du bei mir erst mal Sympathie erwecken, damit das Poppen-Paradigma im Sinne des ›Nimm-mich-hier-und-jetzt‹-Postulats Realität wird, und das ist im Moment irgendwie nicht so der Fall.«

Heiner Spratz nickt nachdenklich. Die Liste seiner Misserfolge bei schönen jungen Frauen ist lang, aber er dachte immer, es läge an seinem Alter und nicht an mangelnder Sympathie. Wobei sein Selbstwertgefühl so oder so einen weiteren Schlag erhalten hat. Aber Chantal ist noch nicht fertig:

»Und außerdem finde ich DJ Ötzi scheiße.«

In diesem Moment atmet Heiner Spratz erleichtert auf. Es wäre sowieso nichts gelaufen – das Scheißefinden von Malern der italienischen Renaissance und DJ Ötzi war für ihn bei Frauen schon immer ein Ausschlusskriterium.

Kapitel 11

••••••••••••••••••

Die totale Emanzipation

Als ich in Kapitel 3 das Ehepaar Gröning vorgestellt habe, kam es zu der unerfreulichen Situation, dass sich die emanzipierte Ehefrau eines einfühlsamen Mannes sexuell zu – eher weniger mit dem theoretischen Überbau des Feminismus vertrauten – Südländern hingezogen fühlte.

Das wirft die Frage auf: Sind deutsche Männer zu einfühlsam für geilen Sex? Gehen wir der Sache auf den Grund:

Als Alice Schwarzer und ihre Mitstreiterinnen in den Siebzigern um Verständnis für die Sache der Frau warben, haben viele Männer mit traditionellen deutschen Werten darauf reagiert: Ehrgeiz, Gewissenhaftigkeit und Gründlichkeit. Wer Export-Weltmeister werden kann, der kann auch Frauen verstehen – wäre doch gelacht!

So haben sie sich mit der gleichen Präzision Einfühlsamkeit erarbeitet, mit der sie ansonsten Autos und Waffen herstellen. Sie wollten sich nicht irgendwie dem weiblichen Geschlecht annähern – sie wollten die einfühlsamsten Männer der Welt sein. Sie wollten eine neue Dimension der Sensibilität erschaffen. Sie wollten den Empfindsamkeits-Weltrekord. So entstanden Werke wie »Wenn Männer lieben lernen« von Wilfried Wieck:

»Für Männer ist es wichtig, Angst zu entwickeln, Angst vor der eigenen Gewalt, vor der Zerstörung von Umwelt und Mitmenschen, vor dem Krieg usw. Diese Angst könnte helfen, Gewalt gegen Mitmenschen abzubauen. Auch Scham könnte in diesem Sinn richtungweisend werden. Ein Mann könnte sich schämen, ein Mann zu sein. Nicht nur, weil er die Bereitschaft zur Gewaltanwendung in sich spürt, sondern auch, weil er merkt, dass er infantil geblieben ist, angewiesen auf die Frau, frauensüchtig. Angst und Scham dieser Art gehören zu meinen intensivsten Gefühlsregungen ... Ich habe mich geschämt, als ich merkte, dass mir meine Frau humanes seelisches Potenzial voraushat. Scham ist eine Errungenschaft aus der Beschäftigung mit den Themen der Frauenbewegung.«

Einen solchen Text kann ich mir in keinem anderen Land denken. Oder wäre es vorstellbar, dass ein italienischer Casanova sagen würde:

»Ich habe schon gemachte Liebe mit viele Fraue. Es waren ssöne Fraue dabei, sehr ssöne sogar. Aber dann habe ich gemerkte, dass sie habe mir seelische Potenzial vorause, und ich habe miche geschämte.«

Undenkbar. Dieses Sich-selbst-Sezieren mit intellektuellem Präzisionslaser – das können nur wir Deutschen (sieht man einmal von Michael Wendler und Franz Beckenbauer ab).

Deutsche Männer nehmen also in der Regel Rücksicht auf Frauen. Ich hatte zum Beispiel im Vorwort eigentlich nur »Liebe Leser« geschrieben und bemerkte dann beim Korrekturlesen den sprachlichen Sexismus. Sofort formulierte ich eine Fußnote:

*Ich gehöre absolut zu den Gegnerinnen und Gegnern von sprachlichem Sexismus, aber manchmal möchte ich der Leserin bzw. dem Leser ersparen, dass ihr Lesefluss bzw. seine Leseflüssin durch unzählige überflüssige Einschübe und Einschübinnen beeinträchtigt wird. Das wäre nämlich schlecht für ihren Lesespaß bzw. seine Lesespäßin. Ich hoffe, man/frau hält mich deshalb nicht für einen Macho-Autor bzw. eine Macho-Autorin.

Ich fand die Fußnote lustig, hatte dann aber Angst, die eine oder andere Leserin könnte diese Form der Ironie wiederum für sexistisch halten. Also dachte ich, wenn ich diese Zeilen hier versteckte, würde frau meine zarte Seele ja schon etwas besser kennen und es mir durchgehen lassen.

Ich vermute, diese Gedanken hätte sich ein türkischer oder afghanischer Autor eher nicht gemacht. Dafür haben Türken und Afghanen andere Probleme. Zum Beispiel, wenn sie einen kleinen Penis haben. Ein emanzipierter Mann hingegen muss sich beim Schwanzvergleich nicht fürchten – er kann immer sagen:

»Wenn man bedenkt, dass das männliche Genital eine Waffe ist, dann bin ich hier aber der Friedlichste von uns allen.«

Aber wie erotisch ist ein Frauenversteher? Kann man eine Frau sexuell erregen, wenn man bei der Trauung von Kate und William vor Rührung weint? Entsteht noch knisternde Erotik, wenn man seiner Frau Schminktipps gibt? Geht der Satz »ich habe mich in der Therapie mit meiner weiblichen Seite versöhnt« als Anmachspruch durch? Oder löst so was beim weiblichen Geschlecht automatisch Sehnsucht nach einem Latin Lover aus?

Wahrscheinlich ja. Müssen deutsche Männer also lernen, wieder dominanter zu werden – zumindest im Schlafzimmer? Vielleicht. Dann gibt es nur noch ein Problem: Das Umschalten ist gar nicht so leicht ...

Shades of Geschichtsunterricht

Jörg steht im Badezimmer und schließt hektisch die Ledermanschette an seinem Unterarm. Dann blickt er einen Moment in den Spiegel: Sein Gladiatorenkostüm kommt ihm plötzlich albern vor. Aber für die Aussicht, nach dem letzten Rollenspiel-Desaster bei Kerstin eine neue Chance zu bekommen, hätte er so ziemlich alles angezogen.

Es war die 24. Paartherapiesitzung, als Kerstin gestand, dass sie von romantischen Italienern vorerst nichts mehr wissen wolle, dafür aber von der Vorstellung erregt werde, als Sklavin gehalten und gedemütigt zu werden. Was ihr verständlicherweise unangenehm war – schließlich ist sie Mitglied bei Amnesty International und entschiedene Verfechterin der Gleichberechtigung. Aber die Therapeutin überzeugte sie, dass es kein Verrat an der Frauenbewegung sei, diese Phantasie auszuleben – allerdings im Sinne der Rettung ihrer Ehe am besten mit ihrem Mann.

Jörg regte daraufhin an, eine Szene aus dem alten Rom nachzustellen: Ein berühmter Feldherr hält sich eine Lustsklavin. Kerstin bestellte also im Internet ein Gladiatoren-Paarkostüm für Erwachsene. Jörg störte nicht nur die historische Ungenauigkeit des Gewandes, sondern auch, dass er jetzt im Gladiatorenkostüm einen Feldherrn mimen sollte. Aber Kerstins genervter Blick brachte ihn zum Schweigen. Zum Glück hat er noch gar nicht thematisiert, dass das »S/M-Set für Einsteiger«, das Kerstin im Beate-Uhse-Shop besorgte und Handschellen, Knebel und Peitsche enthält, historisch gar nicht mehr in die Römerzeit passt.

Jörg atmet tief durch. Die Kinder sind bei seiner Mutter und die elektrischen Rollläden geschlossen – es kann losgehen. Er unterdrückt den Gedanken, dass ein römisches Rollenspiel korrekterweise auf Lateinisch stattfinden müsste, und geht – so männlich wie es ihm möglich ist – ins Schlafzimmer. Kerstin wartet in ihrem Gladiatorinnenkostüm lasziv posierend auf dem Bett. Die Regionen in Jörgs Gehirn, die für historische Einordnungen zuständig sind, werden plötzlich nicht mehr mit Sauerstoff versorgt.

»So, Sklavin. Dein Gebieter ist da.«

»Ja, Herr.«

»Dann mach dich bereit für eine Reise zum Gipfel der Lust.«

»Ja, Herr.«

Kerstin stöhnt in lustvoller Erwartung. Jörg kickt elegant ein rosa Kuscheleinhorn aus der Prinzessin-Lillifee-Kollektion unter das Bett, setzt sich auf die Matratze und beißt Kerstin sanft in den Hals. Kerstin erschaudert.

»Oh ja, mein Gebieter.«

»So, dann lege ich dir jetzt die Handschellen an, okay?«

»Okay.«

»Bist du bereit?«

»Ja.«

»Wenn es dir unangenehm ist, musst du nur ...«

»Jörg, du hast den dominanten Part. Also sei auch dominant.«

»Was? Ach so. Natürlich – ich muss dich ja gar nicht fragen.«

»Bingo.«

»Na gut. Wie du willst.«

»Nein, wie *du* willst.«

»Genau. 'tschuldigung, mein Fehler.«

»Und entschuldigen solltest du dich auch nicht, wenn es funktionieren soll, Brummselbärchen.«

»Wenn es funktionieren soll, solltest du mich auch nicht ›Brummselbärchen‹ nennen.«

»Stimmt.«

»Außerdem bin ich dein Gebieter. Du kannst mir nicht sagen, was ich darf und was nicht. So, ich lege dir jetzt die Handschellen an. Und das war keine Frage.«

»Oh ja, Gebieter.«

»Das war ziemlich dominant – ich war gut, oder?«

»Jörg, versau' es nicht.«

»Du hast recht. Beziehungsweise, es ist mir scheißegal, was eine Sklavin denkt.«

Jörg schaut Kerstin zufrieden an. Kerstin seufzt:

»Jetzt fragst du mit dem Blick, ob du gut warst.«

»Oh Mann! Dir kann man es auch nie recht machen.«

»Genau darum geht es ja. Ich bin deine Lustsklavin, und du sollst es mir nicht recht machen, kapiert?«
»Halt die Klappe, Sklavin!«
»Na bitte, geht doch.«
Jörg hat Mühe, die Handschellen aus ihrer Plastikverpackung zu befreien. Kerstin atmet tief durch:
»Nimm doch einfach die Schere.«
»Von meiner Sklavin lasse ich mir gar nichts sagen.«
»Hey, das war gut, Jörg.«
»Da! Jetzt versaust *du* es.«
»Stimmt. Entschuldigung, Gebieter.«
»Ha! Und jetzt hast du dich auch noch entschuldigt.«
»Ich bin die Sklavin – *ich* darf mich entschuldigen.«
»Stimmt. War ein Denkfehler. Entschuldigung. Äh, beziehungsweise eben *nicht* Entschuldigung ...«
Jörg sammelt sich und besinnt sich auf seine Rolle:
»... Ich kann nämlich so viele Denkfehler machen, wie ich will – ich bin einer Sklavin keine Rechenschaft schuldig.«
»Es tut mir leid, Brummsel... äh, Gebieter.«
»Na bitte, das hört sich doch schon anders an. Und jetzt Klappe halten!«
Jörg schaut kurz prüfend, ob Kerstin die Brillanz seiner Performance bemerkt hat, und zerrt dann wie wild an der Plastikverpackung der Handschellen. Nach einer Weile gibt er auf:
»Okay. Ich nehme die Schere ... Weil *ich* es so will.«
Kerstin rollt mit den Augen, als Jörg das Schlafzimmer verlässt. Kurz darauf ruft er aus dem Wohnzimmer:
»Wo ist denn die Schere?«
Kerstin atmet genervt aus:
»Na, wo sie immer ist.«
»Aha ... Und wo ist sie immer?«
»Linke Kommode, zweite Schublade, vorne rechts.«
»Da ist sie nicht.«
»Doch.«
»Ich lasse mir von einer Sklavin nicht ... oh tatsächlich. Tja, äh ...«

Jörg kommt mit der Schere zurück ins Schlafzimmer, befreit die Handschellen aus der Verpackung, fixiert Kerstins Hände überraschend geschickt am rechten Bettpfosten und nickt zufrieden. Nach einer kurzen Pause wird er nachdenklich:
»Irgendwie stört es mich jetzt doch.«
»Was?«
»Im alten Rom gab es noch gar keine Handschellen.«
»Das ist jetzt nicht dein Ernst, Jörg.«
»Nein, es ist nur ... Du hast recht. Es ist egal. Ich dachte nur, wenn wir im Deutschland des 18. Jahrhunderts wären, dann wären die Handschellen historisch korrekter ... Wobei man in Deutschland ja eher von Leibeigenschaft sprach als von Sklaverei. Allerdings würden die Kostüme in dem Fall noch weniger passen ... Also lassen wir es einfach dabei. Vergiss, was ich gesagt habe.«
»Ich versuch's.«
»Wusstest du, dass die Leibeigenschaft in Preußen zum Ende des 18. Jahrhunderts abgeschafft wurde?«
Kerstin seufzt tief:
»Brummselbärchen, was ist los?«
»Nichts. Gar nichts. Entspann dich. Ich ... ich ...«
Jörg beißt sich auf die Unterlippe. Dann spricht er leise weiter:
»Das ist ungewohnt für mich ... Es war dir immer so wichtig, dass ich dich als starke emanzipierte Frau wahrnehme. Und jetzt ...«
»Und jetzt bin ich immer noch eine starke emanzipierte Frau. Weil ich keine Angst habe, meine erotischen Phantasien auszuleben.«
»Stimmt. Also wenn ich dich demütige, respektiere ich dich gleichzeitig als gleichberechtigte Partnerin.«
»Genau. Und jetzt vergiss die Emanzipation, Brummsel... Jörg... Gebieter. Wir befinden uns außerhalb von Raum und Zeit. Es gibt nur dich und mich. Nur eine Sklavin und ihren Herrn ...«
»Okay.«
»Also dann ... benutze mich, Gebieter.«
»Oh ja, das werde ich ... Übrigens, wenn die Handschellen zu fest sind, dann sag Bescheid.«

»Ich verdiene kein Mitleid, Gebieter.«
»Okay. Dann jetzt den Knebel?«
»War das eine Frage?«
»Das war keine Frage. Ich bin nur am Ende mit der Stimme hochgegangen, weil ... äh ...«
»Jörg, jetzt reiß dich mal zusammen.«
»Klappe halten, Sklavin!«
»Ja, mein Gebieter.«

Jörg befreit auch den Knebel aus seiner Plastikverpackung und legt ihn Kerstin an, woraufhin diese wollüstig aufstöhnt. Sofort entfernt Jörg den Knebel wieder.

»Was?«
»Ich habe gestöhnt.«
»Ach so. Ich dachte, du hättest was gesagt.«
»Nein.«
»Dann ist ja gut.«

Jörg knebelt Kerstin und setzt sich auf sie.

»So, Sklavin, jetzt werde ich meine Gurke in deinen Porree ... Mist, jetzt rede ich schon wieder in Gemüsemetaphern ... Egal. Ich werde dich jetzt mal so richtig ...«

Jörg will »durchficken« sagen, aber das kommt ihm plötzlich viel zu ordinär vor. In kurzen Abständen schießen ihm »durchnudeln«, »durchrammeln« und »durchbumsen« in den Kopf, aber keiner der Begriffe kommt ihm über die Lippen.

»Also, ich werde dich jetzt so richtig ... rannehmen.«

Jörg lächelt einen Moment zufrieden. »Rannehmen« war das richtige Wort. »Durchbumsen« gibt es wahrscheinlich gar nicht. Das hätte er seinen Schülern auch nicht durchgehen lassen. Auweia – er wollte doch eigentlich bis morgen noch den Test der 10 b korrigieren ... Verdammt, seine Gedanken schweifen ab!

Dann bemerkt Jörg, dass Kerstin erneut stöhnt. Oder will sie *jetzt* etwas sagen? Wie kann er überhaupt unterscheiden, ob sie stöhnt oder etwas sagen will? Wenn er den Knebel noch einmal entfernt, obwohl Kerstin nur gestöhnt hat, wäre sie sicher genervt. Aber was, wenn sie ihm etwas Wichtiges mitteilen wollte? Er nimmt den Knebel wieder ab.

»Hast du gestöhnt?«
»Ja.«
»Gut. Ich wollte nur sichergehen.«
Jörg knebelt Kerstin erneut. Das Telefon klingelt. Verdammt, das wollte er doch abstellen. Er unterdrückt den Impuls, Kerstin zu fragen, ob er drangehen soll. Er ist der Gebieter. Er kann tun, was er will. Und er will ... abwarten. Der Anrufbeantworter springt an. Die Stimme seiner Mutter ertönt:
»Jörg? Seid ihr da? Ich muss euch dringend sprechen ... Hallo? Ihr seid sicher vor dem Fernseher. HALLOOOO? Oder seid ihr ins Kino gegangen?«
Die Stimme klingt sehr aufgeregt. Ob etwas mit den Kindern passiert ist?
»... Ja, bestimmt seid ihr ins Kino gegangen. Oder habt ihr einen Ausflug gemacht? Ihr wolltet mir ja nicht sagen, was ihr vorhabt ... Und es geht mich ja auch nichts an. HAAAAAALLOO-OOOO ...«
Jörg ist hin- und hergerissen. Er schaut Kerstin an, die energisch ihren geknebelten Kopf schüttelt. Böse Falle – wenn er jetzt nicht drangeht, hätte er ja auf seine Sklavin gehört, und das würde seine Dominanz infrage stellen. Andererseits wirkt es auch nicht unbedingt sehr viel männlicher, wenn man während eines sexuellen Rollenspiels mit seiner Mutter telefoniert. Jörg kann sich zu keiner Entscheidung durchringen. Bestimmt legt seine Mutter gleich auf, und das Problem hat sich von selbst erledigt.
»... HAAAAALLOOOOOOOO ... Das gibt's doch gar nicht. Eure Handys waren auch ausgeschaltet ... Also, das finde ich schon irgendwie verantwortungslos. Schließlich habt *ihr* doch gesagt, ich soll mich melden, wenn etwas ist.«
Oh nein! Bestimmt ist etwas mit den Kindern passiert. Jörg hastet zum Telefon.
»Mutter?«
»Ah, da bist du ja. Das hat aber lange gedauert. Oder warst du auf dem Klo? Aber dann hätte Kerstin doch drangehen können.«
»Mutter, was ist passiert? Ist etwas mit den Kindern?«
»Ja.«

»Oh mein Gott – was ist denn passiert?«
»Jule mag meine Buchstabensuppe nicht.«
Jörg ist kurz fassungslos. Dann wird er wütend:
»*Deshalb* rufst du an? Du störst mich beim ... äh, du störst mich, weil Jule deine Buchstabensuppe nicht mag?«
»Ja, sie meinte, Kerstin würde die anders machen. Und deshalb wollte ich Kerstin mal fragen, ob sie frische Tomaten nimmt oder Ketchup.«
»Tja, tut mir leid, Kerstin kann gerade nicht.«
»Und wieso nicht?«
»Weil sie ... äh ...«
Warum zum Teufel kann er nicht einfach lügen?! Er müsste doch nur sagen, dass Kerstin nicht zu Hause ist. Aber dann würde seine Mutter wissen wollen, wo sie ist, woraufhin er sagen würde, im Kino. Dann würde seine Mutter fragen, warum sie auf die Kinder aufpassen muss, wenn Kerstin allein im Kino ist – und schon hätte er keine Antwort mehr. Lügen ist etwas für Profis. Damit muss man aufgewachsen sein. Er kann das nicht.
»... weil sie ... also, es passt gerade nicht so gut.«
»Und warum nicht?«
»Weil ... äh ... okay, ich gebe sie dir.«
Jörg kommt mit dem schnurlosen Telefon zum Bett. Kerstin schüttelt energisch den Kopf. Jörg hält den Hörer zu und flüstert zu Kerstin:
»Okay, ich bin dein Gebieter und befehle dir, jetzt mit meiner Mutter zu sprechen.«
Dann hält Jörg ihr den Hörer ans Ohr.
»Kerstin?«
»Mmmm ...«
Jörg hat vergessen, den Knebel zu entfernen. Jörgs Mutter ist irritiert:
»Was? Ich verstehe dich nicht.«
Schnell schiebt Jörg den Knebel nach unten, und Kerstin spricht mit unterdrückter Aggression:
»Hallo, liebe Schwiegermutter.«
»Hallo, Kerstin. Alles in Ordnung mit dir, Liebes?«

»Ja, kein Problem. Da war wohl irgendwas in der Leitung ... Aber schön, dass du anrufst.«

Kerstin bedenkt ihren Gebieter mit einem für eine Sklavin ziemlich aufmüpfigen tödlichen Blick. Dieser Blick – so weit kennt sich Jörg mit der Mimik seiner Frau aus – kündigt ein unangenehmes Gespräch an. Sein Instinkt sagt ihm, dass es in diesem Gespräch schwer werden wird, seinen Status als Gebieter aufrechtzuerhalten. Und während seine Mutter und seine Frau angeregt das Rezept für Buchstaben-Tomatensuppe diskutieren, überlegt Jörg im Kopf schon, wie er das erneute Fiasko in der nächsten Paartherapiesitzung nicht ganz so peinlich darstellen kann. Derweil beendet Kerstin das Tomatensuppentelefonat:

»Doch, natürlich. Es war gut, dass du angerufen hast. Nein, du hast uns nicht gestört. Ja ... Küsschen ... Tschüss!«

Jörg legt auf und schaut Kerstin mit seinem Golden-Retriever-hat-Hunger-Blick an – die letzte Waffe, die ihm noch bleibt. Nun gab es im alten Rom höchstwahrscheinlich eher wenige Feldherren, die ihre Sex-Sklavinnen mit einem Golden-Retriever-hat-Hunger-Blick angeschaut haben, aber bei all den historischen Ungenauigkeiten spielt das auch keine Rolle mehr. Und der Blick zeigt Wirkung. Kerstins Wut verschwindet:

»Okay, pass auf, Jörg. Wir tun so, als hätte es die letzten fünf Minuten nie gegeben. Und jetzt ... jetzt nimmst du mich richtig hart ran.«

Jörg ist erleichtert:

»Gut. Soll ich dich wieder knebeln?«

»Natürlich, Brummselbärchen.«

Jörg und Kerstin schauen sich an und müssen plötzlich laut lachen. Sex wird definitiv überbewertet. Außerdem hat Jörg gerade die neue Staffel *Downton Abbey* gekauft.

Kapitel 12

Deutschland und die Klassenfrage

Ein ausgeprägtes Klassenbewusstsein wie in England gibt es hierzulande nicht. Dazu fehlt uns wohl die Monarchie. Selbst in Bayern, wo man auf wesentliche Merkmale einer Demokratie – wie zum Beispiel Regierungswechsel – verzichtet, hat man sich noch nicht dazu durchringen können, Franz Beckenbauer auch offiziell zum Kaiser zu krönen.

Demokratie und Föderalismus sind zwar schädlich für ein selbstverständliches Klassenbewusstsein, aber dennoch gibt es für das englische System eine deutsche Entsprechung:

England	Deutschland
Working Class	Bürger, die Urlaub am Ballermann machen
Middle Class	Bürger, die Urlaub an anderen Orten von Mallorca machen
Upper Class	Bürger, die eine Finca im Landesinneren besitzen
Royal Family	Freundeskreis von Uli Hoeneß

Anfang der Achtzigerjahre gab es in Westdeutschland allerdings nur zwei Klassen:

1. Fahrradfahrer mit selbst gestrickten Pullovern (die Guten)
2. BMW-Fahrer in Maßanzügen (die Bösen)

Zugegeben: Diese Einteilung, die für mich seinerzeit unumstößlich war, hatte mit meiner Herkunft aus dem linksintellektuellen Milieu zu tun. Und sicherlich gehörten zur ersten Kategorie auch Citroën-2CV-Fahrer mit Cordjacketts und Bummelzugbenutzer mit schwarzen Rollkragenpullovern.

Aber seit der Gründung der *Grünen* waren Fahrrad und Strickpulli *die* Zeichen der Klassenzugehörigkeit schlechthin. Ganz ehrlich: Ich habe nie ein Parteiprogramm der *Grünen* gelesen. Dass sie in selbst gestrickten Pullovern Fahrrad fuhren, hat mir vollkommen gereicht, um sie zu wählen. Strickende Fahrradfahrer können auf gar keinen Fall böse sein. Kann man sich Osama bin Laden, Adolf Hitler oder den Teufel mit selbst gestricktem Pulli auf einem Fahrrad vorstellen? Na also.

Heute, dreißig Jahre später, hat sich alles verändert. Die *Grünen* sind fest im politischen Establishment verankert, und ihre Wähler kommen größtenteils aus der Mittelschicht. Unter ihnen gibt es deutlich mehr Haus*besitzer* als Haus*besetzer*, und außer Christian Ströbele fährt kaum noch jemand im selbst gestrickten Pulli auf dem Fahrrad zum Reichstag.

Da stellt sich natürlich die Frage: Gehören sie überhaupt noch zu den Guten? Verfolgen sie noch dieselben Ziele wie damals? In der nächsten Geschichte begleiten wir zwei fiktive Bundestagsabgeordnete der *Grünen* auf eine Demonstration – und es wird deutlich, dass sie immer noch den Geist des Widerstands in sich tragen ...

•••• Friede den Hütten, Krieg den Palästen ••••

Es ist ein nasskalter Märztag in München – keine optimalen Bedingungen für eine Demonstration. Dennoch haben sich gut zweitausend Protestler auf dem Karlsplatz versammelt und trotzen dem Regen. Gedeon Kratz und Bertram Wemmeling sitzen gut zweihundert Meter entfernt im Gourmetrestaurant des Luxushotels Königshof und schauen mit Operngläsern auf das bunte Treiben.

»Eine tolle Demonstration. Wirklich, ich bin begeistert.«

»Du sagst es, Gedeon. Wie in den guten alten Zeiten.«

Ein livrierter Kellner kommt mit einem Sektkübel an den Tisch.

»Möchten die Herren vor dem ersten Gang noch einen Aperitif?«

»Gerne. Es gibt doch nichts Schöneres als Proteste und Prosecco.«

Der Kellner schenkt den edlen *Prosecco Superiore di Cartizze* in die *Jittala*-Gläser und zieht sich mit einer angedeuteten Verbeugung zurück. Gedeon Kratz und Bertram Wemmeling prosten sich zu:

»Wohlsein! Auf uns ... und, äh, ... auf den Widerstand.«

Sie genießen einige Sekunden lang das trockene, aber dennoch fruchtig-spritzige Aroma ihres Lieblingsproseccos, dann schaut Bertram Wemmeling wieder auf den Karlsplatz.

»Gott sei Dank müssen wir nicht mehr selbst demonstrieren.«

»Du sagst es. Das war vielleicht anstrengend damals.«

Gedeon Kratz zückt sein iPhone:

»Janusch?! Sie können jetzt mit dem Steinewerfen beginnen.«

Bertram Wemmeling lässt überrascht sein Opernglas sinken.

»Du hast einen Polen?«

»Ja, ist billiger. Janusch demonstriert schon seit drei Jahren für uns. Er ist der da vorne in der *Jack-Wolfskin*-Jacke, der gerade zum Wurf ansetzt.«

Beide schauen durch ihre Operngläser.

»Volltreffer! Dein Janusch ist wirklich gut. Bravissimo!«

»Die Steine haben wir extra aus der Toscana mitgebracht.«

»Tja, Wackersteine sind aber auch so was von out.«

»Und jetzt kommt der nächste ... Zack, dem Bullen in die Fresse, haha ... Und wer demonstriert für dich?«

»Ein Skinhead.«

»Moment mal – ein Skinhead???«

Gedeon Kratz lässt entsetzt das Opernglas sinken, während Bertram Wemmeling weiter interessiert das Geschehen beobachtet und dabei vor sich hin murmelt:

»Ja. Wir hatten erst 'nen Autonomen, aber Skinheads sind einfach zuverlässiger ...«

Gedeon Kratz spült seine moralischen Bedenken mit einem weiteren Glas Prosecco hinunter und wechselt sicherheitshalber das Thema:

»Übrigens: Nächsten Samstag sind ja wieder Atommülltransporte. Da wollen wir uns noch einmal an die Gleise ketten, wie damals! Keine Sorge – natürlich mit Regenschutz und Heizpilzen.«

»Heizpilze – sind die nicht umweltschädlich?«

»Jedenfalls weniger als Atommüll ... Außerdem installiert Janusch uns da eine Satellitenschüssel, dann können wir die Sky-Konferenz gucken ... Und wusstest du, dass es in Gorleben einen erstklassigen Franzosen gibt? Der liefert uns ein superbes Fünf-Gänge-Menü direkt ans Gleis.«

»Ach, ich kette mich schon lange nicht mehr an Gleise. Mein Orthopäde meint, das schade meinem Ischias. Aber ich habe per Annonce zwei Masochisten gefunden, die übernehmen das für mich.«

»Ach was?«

»Die bezahlen sogar noch dafür.«

»Interessant. Aber Parolen rufst du doch noch selbst, oder?«

»Den Spaß lasse ich mir nicht nehmen. Wollen wir?«

»Gerne.«

Gedeon Kratz öffnet das Fenster und ruft nach draußen:

»Friede den Hütten, Krieg den Palästen! Friede den Hütten, Krieg den Palästen! Friede ...«

Bertram Wemmeling zögert:

»Bevor ich mitrufe, eine Frage: Eigentumswohnungen zählen doch zu den Hütten?«

»Na ja, äh ...«
»Es sollte besser heißen: Friede den Hütten und Eigentumswohnungen, Krieg den Palästen.«
»Richtig.«
Gedeon Kratz holt tief Luft und ruft erneut:
»Friede den Hütten und Eigentumswo...«
Er hält inne.
»... Äh, Maisonettewohnungen sollte man vielleicht auch ausklammern.«
»Gut. Aber ... was ist mit Jugendstilvillen?«
»Na ja ... Solange es keine Paläste sind ...«
»Ich darf zusammenfassen: Friede den Hütten, Eigentums- und Maisonettewohnungen, Jugendstilvillen ... und nicht ganz so großen Palästen ...«
»Zählt Schloss Bellevue eigentlich als großer Palast? Da will ich ja eigentlich irgendwann ...«
Das iPhone von Gedeon Kratz klingelt.
»Janusch? Oh, Sie sind verhaftet worden? Hervorragend. Denken Sie immer daran: Erstens kommen Sie für eine gute Sache in den Knast, und zweitens erhöht das Ihren Weihnachtsbonus. Für welche gute Sache? Ja, äh ... Stimmt, wogegen ist die Demo heute noch gleich?«
Auch Bertram Wemmeling muss kurz nachdenken, doch dann fällt es ihm wieder ein:
»Gegen die Streichung der Eigenheimzulage.«
»Janusch, Sie sind ein Held.«

Kapitel 13

Entertainment made in Germany (2)

In Kapitel 9 wurde exemplarisch gezeigt, wie ein Filmproduzent zielsicher ein Drehbuch zerstört. Vielleicht fragt sich der ein oder andere Leser jetzt, aus welchen Motiven gute Qualität von der deutschen TV- und Filmbranche systematisch verhindert wird. Dazu eine Geschichte, die ich selbst erlebt habe:

Vor vielen Jahren saß ich im Büro des Unterhaltungschefs eines großen deutschen TV-Senders. Wir schauten uns eine englische Satiresendung an. Der Unterhaltungschef war genauso begeistert wie ich. Am Ende wischte er sich die Lachtränen aus den Augen, lehnte sich in seinem Sessel zurück und grinste vergnügt, als er das Gesehene noch einmal vor seinem geistigen Auge Revue passieren ließ:

»Herrlich. Einmalig, diese Engländer ...«

Dann stieß er einen leisen Seufzer aus und fügte trocken hinzu:

»So was können wir natürlich hier nicht machen.«

Das sagt eigentlich alles aus. Er, der kluge Unterhaltungschef, hatte die Satire natürlich verstanden. Aber für das dumme deutsche Publikum wäre es selbstverständlich unzumutbar.

Hier finden wir des Übels Wurzel: Zuschauerverachtung. Übertrieben? In den Achtzigern kam eine Hollywoodkomödie in die deutschen Kinos. Originaltitel: »Airplane«. Die deutschen Übersetzer haben daraus ein sprachliches Meisterwerk erschaffen: »Die unglaubliche Reise in einem verrückten Flugzeug«.

Ähnlich kreativ ging man bei der Serie des »Seinfeld«-Erfinders Larry David zu Werk. Originaltitel: »Curb your enthusiasm« – also »Zügle deinen Enthusiasmus«. Deutscher Titel: »Lass es, Larry«.

Auch »Two and a half men« ist mit »Mein cooler Onkel Charlie« doch recht frei übersetzt.

Diesen Preziosen der Übersetzungskunst, denen sich beliebig viele Beispiele hinzufügen ließen, liegt ein gemeinsamer Gedanke zugrunde: Deutsche Zuschauer haben keinen Geschmack und sind dumm wie Brot. Eigentlich erstaunlich, dass »Spiderman« unter dem Titel »Spiderman« lief und nicht als »Der durchgeknallte Spinnenfanatiker«.

Schon als Kind war ich Opfer der deutschen Zuschauerverachtung: Meine Lieblingssendung mit Peter Lustig lief jahrelang erfolgreich als »Pusteblume«. Dann setzte sich eine Kommission von ZDF-Verantwortlichen zu einer Krisensitzung zusammen. Thema: Ist »Pusteblume« als umgangssprachlicher Begriff im Programmschema des ZDF zu tolerieren – oder werden hier Kinder fahrlässig in ihrer Entwicklung behindert? Nicht, dass irgendwann jemandem der Doktortitel in Biologie verweigert wird, weil ihm in der mündlichen Prüfung das Wort »Pusteblume« rausrutscht – dann hätte das ZDF mit Sicherheit eine Schadensersatzklage am Hals. So benannten die öffentlich-rechtlichen Sprach-Heroen die Sendung kurzerhand um in »Löwenzahn«.

Ich warte immer noch darauf, dass man »Pippi Langstrumpf« verwandelt in »Urin Überkniesocke«.

Wann immer ich einen Fernsehverantwortlichen frage, warum er Programme produziert, die selbst ein

Knäckebrot intellektuell unterfordern, bekomme ich dieselbe Antwort:

»Ja, aber der Zuschauer will das so.«

Ich wünsche mir so sehr, dass in einem solchen Moment nur ein einziges Mal jemand wie Hanfried Grocht anwesend ist – der ebenso wortgewaltige wie erfolglose Romanautor mit glasklarem Verstand und leichtem Alkoholproblem, den ich in der nächsten Geschichte vorstellen möchte ...

••••••• Begegnung mit dem Zuschauer •••••••

»Parken Sie sofort Ihren Wagen um, sonst rufe ich den Abschleppdienst.«

Klaas Lintrodt klopft zum wiederholten Mal an die Scheibe des Opel Astra, der sich unverschämterweise zwischen den Beleuchtungs-Lkw und den Catering-Bus gequetscht hat.

»Haben Sie mich verstanden? Die *Honkenberg* Filmproduktion hat diese Parkfläche für Dreharbeiten reserviert.«

Hanfried Grocht sitzt mit hochrotem Kopf am Steuer seines Wagens und atmet schwer. Er kommt gerade aus Bonn zurück, wo er sich eine weitere Absage für seinen Roman »Hämorrhoiden im Hirn« anhören durfte. Die Spaßgesellschaft sei mittlerweile oft genug kritisiert worden. Wenn er seinen Helden weniger depressiv anlegen und vielleicht nur auf jeder dritten oder vierten Seite Fäkalsprache benutzen würde, könnte man sich durchaus vorstellen ... bla, bla, bla.

Hanfried Grocht hat das alles schon tausendmal gehört. Er hat keinen Bock mehr. Und jetzt will ihm auch noch so ein Fernsehheini den Parkplatz wieder wegnehmen. Für den er über eine halbe Stunde durch die verdammte Südstadt gekurvt ist. Dabei ist er extra ausgestiegen und hat das Halteverbotsschild beiseitegestellt. Auf keinen Fall fährt er jetzt weiter. Er muss schnell ins Brauhaus *Tuppes*, drei oder vier oder zehn *Süffels* Kölsch trinken.

Offiziell geht er dorthin, um über das wahre Leben zu recherchieren. Inoffiziell ist es einfach die seiner Wohnung am nächsten gelegene Alkoholquelle.

Hanfried Grocht lässt sein Fenster hinunter, schaut dem Aufnahmeleiter tief in die Augen und redet mit einer dunklen Zwanzig-Jahre-Raucher-Stimme, die ein wenig an den einzigen Menschen erinnert, den Hanfried Grocht gerne im Fernsehen sieht: den Kabarettisten Wilfried Schmickler:

»*Honkenberg* Filmproduktion? Was ist das denn schon wieder für 'ne Verdummungsklitsche?«

»Wir haben gerade den Fernsehpreis gewonnen, für *Rana – Tempelhure, Kriegsheldin, Mutter* ...«

»Ach du Scheiße!«

Was der Aufnahmeleiter nicht, aber Hanfried Grocht umso besser weiß: Der Bonner Verlag, der gerade »Hämorrhoiden im Hirn« abgelehnt hat, kaufte nach dem großen TV-Erfolg von *Rana – Tempelhure, Kriegsheldin, Mutter* die Romanrechte und schaffte es mit dem daraus resultierenden von historischen und sprachlichen Fehlern nur so wimmelnden Buch bis auf Platz zwei der *Spiegel*-Bestsellerliste. Während Hanfried Grochts Halsschlagadern beginnen, sich deutlicher abzuzeichnen, erläutert der Aufnahmeleiter weiter:

»Und jetzt drehen wir für SAT1 den Dreiteiler *Cora – Kindermädchen, Konkubine, Krebsforscherin*. Über eine fünffache Mutter, die tagsüber in einem Kinderhort und nachts im Bordell arbeitet, um ihre alternative Krebsforschung zu finanzieren.«

»Aha. Für so einen geisteskranken Schwachsinn wollt ihr also meinen Parkplatz haben?«

»In der Tat. Also würden Sie jetzt *bitte* Ihren Wagen entfernen, andernfalls ...«

»Jaja, ich weiß: Andernfalls Prozess am Hals ... Echt, ich glaube das nicht! Man kann sich heute nicht mehr frei in Köln bewegen, ohne in irgendeine beschissene TV-Produktion reinzutappen. Letzte Woche konnte ich nicht auf dem Balkon schreiben, weil sich unten auf der Straße ein paar Muskelhirne von RTL2 für *Köln 50667* dumme Texte in ihre sonnenbankgegerbten Fressen gebrüllt haben ...«

Der Aufnahmeleiter hat derweil sein iPhone gezückt:

»Ist dort das Ordnungsamt? Hier noch mal Klaas Lintrodt von der *Honkenberg* Film ... Ja, schon wieder einer ... Danke!«

Das bekommt Hanfried Grocht in seiner Wut nicht mehr mit:

»... danach gehe ich in den Kiosk, um mir *Die Zeit* zu holen, da kommen mir schon die nächsten Fernseh-Fuzzis entgegen. Ich sollte mich von der Kamera nicht stören lassen: ›Seien Sie einfach ganz natürlich – wir drehen nur eine Doku-Soap über den Kioskbesitzer.‹ Hab' ich gesagt: ›Ganz natürlich? Gut, dann sage ich Ihnen jetzt mal ganz natürlich, was ich davon halte, dass inzwischen jeder Geisteskranke, der eine Frau mit dicken Titten hat, eine eigene Doku-Soap bekommt‹...«

Der Aufnahmeleiter ist ratlos, als die Adern am Hals des Falschparkers vor Wut immer deutlicher hervortreten.

»... und als ich mich gerade wieder abgeregt habe, komme ich nicht mehr in meine Wohnung rein, weil vor der Tür gerade *Tatort* gedreht wird! *Tatort* – dieser Darmverschluss in Spielfilmlänge, der einen jeden Sonntag daran erinnert, dass der Wetterbericht immer noch spannender ist als ein Mordfall. Aber nicht genug, dass ich für diesen Dreck GEZ-Gebühren bezahle – jetzt hält mich diese gequirlte Kamelkacke auf dem künstlerischen Level eines Beipackzettels für Durchfalltabletten auch noch davon ab, meine eigene Wohnung zu betreten!«

»Gut. Ihre Haltung zum deutschen Fernsehen ist jetzt deutlich geworden. Und übrigens, der Abschleppdienst ist unterwegs.«

»Meine Haltung ist deutlich geworden? Ach ja? Meine Haltung ist deutlich geworden? Ich werde Ihnen jetzt mal sagen, was ich vom deutschen Fernsehen halte ...«

»Das ist wirklich nicht nötig ...«

Der Aufnahmeleiter schaut Hanfried Grocht fast flehend an, dessen Hals inzwischen fast auf die doppelte Breite angeschwollen ist. Seine Gesichtsfarbe schwankt zwischen puterrot und karminrot. Er holt noch einmal tief Luft, dann krakeelt er in der doppelten Lautstärke weiter.

»... Ich meine, wer gedacht hat, dass mit der Darmspiegelung von Susan Stahnke schon der Tiefpunkt erreicht war, der wird seit

Jahren eines Besseren belehrt. Denn eine Darmspiegelung ist immer noch gehaltvoller als *Germany's next Topmodel*, wo diese sprechende Barbiepuppe namens Heidi Klum gut aussehenden Mädchen erklärt, dass sie zu fett sind – nur um dann in der Werbung grinsend in einen Big Mäc reinzubeißen! Das ist ein Ausmaß an Verlogenheit, das nur noch von Verona Pooth übertroffen wird – die auf jedem verdammten Sender hanebüchenen Schwachsinn über die Betrügereien ihres Ehemannes in die Kamera sabbeln darf, und das mit einer Stimme, gegen die sich ein Tinnitus anhört wie sanftes Bachgemurmel ...«

Das gesamte Team sowie diverse Anwohner haben sich inzwischen vor dem Opel Astra versammelt, um das Spektakel mitzuerleben, und müssen zur Seite treten, als der Abschleppwagen eintrifft. Hanfried Grocht, der weiterhin durch das Fenster seines Autos brüllt, scheint nichts mehr um sich herum wahrzunehmen:

»... Ich schalte angewidert um auf Reinhold Beckmann, diesen pseudo-einfühlsamen Kotzbrocken mit der Aura einer Diät-Cola über dem Verfallsdatum – der uns Woche für Woche schmerzhaft vor Augen führt, dass für Fragen wie ›Waren Sie traurig, als Ihre Mutter starb?‹ unsere kompletten Gebühren verballert werden! Für dasselbe Geld kriegen die Gegner der Klitschkos wenigstens ordentlich die Fresse poliert – und das ist immer noch zehnmal lustiger als diese gesammelte Comedy-Kacke, die sich auf dem satirischen Niveau eines Furzkissens befindet und wie ein dickes Knäuel Hämorrhoiden aus dem Arsch der Werbeindustrie rausbaumelt ...«

Der Mann vom Abschleppdienst beugt sich jetzt hinunter zum Fenster des Opel Astra:

»Ich werde Ihren Wagen jetzt abschleppen. Und ob ich gegen die Vorschriften verstoße, weil Sie noch drinsitzen, ist mir scheißegal, ich habe nämlich gleich Feierabend. Haben Sie das verstanden?«

»... Oh ja, ich habe sogar sehr gut verstanden: Während im Dschungelcamp deutlich wird, dass Insekten und Amphibien auf der Evolutionsleiter deutlich höher stehen als diese humanoiden Zellhaufen, die von RTL als Stars bezeichnet werden, erläutern uns ausgewiesene Kultur-Experten wie Sonya Kraus und Cindy aus Marzahn, warum in der Hitliste der größten Komponisten aller Zeiten DJ Bobo völlig zu Recht zwei Plätze vor Ludwig van Beethoven platziert ist. Und zur Krönung erklärt uns dieser personifizierte Untergang des Abendlandes namens Dieter Bohlen, warum eine plärrende Hauptschülerin mit dem Charisma einer Tüte Maggi fix das Zeug zum Superstar hat ...«

Der Mann vom Abschleppdienst winkt ab, befestigt das Abschleppseil und zieht den Opel Astra langsam aus der Parklücke. Was Hanfried Grocht nicht daran hindert weiterzubrüllen:

»... Jawohl! Bravo! Schleppt mich ruhig ab! Das ist nur konsequent, dass jeder, der in diesem Land seine Meinung sagt, aus dem Verkehr gezogen wird – das machen die Parteien doch genauso! Deshalb gibt es auch nur noch rückgratlose Schleimfressen in den Vorständen. Ja, da wundert es doch keinen mehr, dass wir demnächst regiert werden von einer Generation, die allen Ernstes fünf Euro ausgibt, um sich einen Furz aufs Handy zu laden. Und ich schwöre euch, das wird eine Zeit, in der wir wehmütig zurückblicken und sagen werden: ›Früher gab es wenigstens noch Kultur – da lief die Darmspiegelung von Susan Stahnke im Fernsehen!‹«

Hanfried Grocht atmet tief aus. Dann springt er aus dem fahrenden Auto, tritt einen Zehn-Kilowatt-Scheinwerfer der *Honkenberg* Filmproduktion um und entfernt sich in Richtung Brauhaus *Tuppes*. Die Anwohner und das Filmteam wissen nicht so recht, ob sie begeistert oder empört seinen sollen. Auch Aufnahmeleiter Klaas Lintrodt ist zu perplex, um spontan reagieren zu können. Plötzlich sieht er, dass sein Boss, Produzent Friedemut Honkenberg, neben ihm steht:

»Herr Honkenberg, sorry, der Mann ist einfach ausgerastet, ich ...«

»Jaja. Schon gut. Haben Sie das Kennzeichen notiert?«

»Ja, wieso?«

»Der Typ ist 'n Kracher. Wir müssen unbedingt herausfinden, ob er 'ne Frau mit dicken Titten hat ... Er wäre perfekt für eine Doku-Soap.«

Kapitel 14

● ● ● ● ● ● ● ● ● ● ● ● ● ● ● ● ●

Altersweisheit

Alte Menschen rangieren in unserem Land auf der Beliebtheitsskala irgendwo zwischen Heroindealern und Lothar Matthäus. Das Alter wird zum Synonym für Krankheit, Tod und öffentlich-rechtliches Fernsehen. Werte wie Weisheit, Güte und Lebenserfahrung kennen wir nur aus Fantasy-Romanen – in Verbindung mit alten Zauberern, die lange weiße Bärte haben, auf einem Berg stehen und mahnende Worte in den Wind sprechen. Und in Verbindung mit Helmut Schmidt.

Aber unsere eigene Oma brauchen wir nicht einmal mehr fürs Käsekuchenrezept, denn wenn man »Omas Käsekuchen« googelt, hat man mit High-Speed-WLAN in 0,32 Sekunden 170 000 Treffer. Oma würde mindestens zehn Minuten brauchen, bis sie es gefunden hat. Und das wäre gerade mal *ein* Treffer.

Mir ist unser skandalöser Umgang mit dem Alter erst im Rahmen meiner angeheirateten türkischen Familie aufgefallen. Weil ich da beobachten konnte, wie man alte Menschen mit Respekt behandelt. Wir kennen Respekt auch, aber eher in einem Kontext wie: »Super 3-D-Flachbild – Respekt!« oder »Sind die Titten echt? Respekt!«

Aber wenn wir ein persönliches Problem haben, würden wir niemals unsere Oma um Rat fragen. Nein, Omas

Gehirn ist ja damit ausgelastet, das Pillendöschen zu sortieren und ihrem Wellensittich den Satz »Bei Adolf war auch nicht alles schlecht« beizubringen.

Im Gegenteil, Oma ist ja Teil unseres Problems, denn sie hat Schuld an der Kindheit unserer Eltern, die haben Schuld an unserer Kindheit, und unsere Kindheit hat Schuld daran, dass wir letzte Woche sturzbetrunken bei eBay für 5000 Euro das Original-Gendarmenkostüm von Louis de Funès ersteigert haben, weshalb jetzt das Konto gesperrt und der Strom abgeschaltet ist.

Sicher, Oma hat einen Ehemann und einen Weltkrieg überlebt, drei Kinder großgezogen und besitzt 85 Jahre Lebenserfahrung – aber wie sollte sie ein psychisches Problem lösen – ohne Diplom?*

Ganz anders im türkischen Teil meiner Familie: Da werden alte Menschen tatsächlich noch ernst genommen und um Rat gefragt. Als Aylin, die Frau meines Alter Egos Daniel Hagenberger, in die Pubertät kam, schrieb sie nicht an die *Bravo* und wartete auf den Rat von Dr. Sommer – sie ging zu ihrer Großtante Emine. (Großtante Emine ist die Oma ihrer Cousine Emine, deren Mutter übrigens auch Emine heißt.) Aber ist Großtante Emines Rat besser oder schlechter als der von Dr. Sommer & Co? Im folgenden Kapitel gibt sie Antworten auf Fragen, die deutsche Leser und Leserinnen an Zeitungen wie *Bravo, Bunte, Frau im Spiegel* und *Men's Health* geschrieben haben.

Dabei zeigt sich, dass manche unserer Probleme aus dem Blickwinkel einer anderen Kultur dann doch nicht sooooooooooo existenziell sind.

---

* Das ist auch typisch deutsch: Wir sind überzeugt, dass man für alles eine Ausbildung braucht. Ich bin sicher, wenn es eine Ausbildung zum Stehpinkeln gäbe, hätten wir den weltweit höchsten Anteil an Diplom-Pissern.

····· Großtante Emines Lebensberatung ·····

Vanessa, 13 Jahre:
»An welcher Stelle in der Scheide befindet sich das Jungfernhäutchen?«
Großtante Emine:
»Vanessa, bist du krank oder was? Mit dreizehn brauchst du deinen Unterleib zum Pipimachen – Feierabend.«

Susanne, 26 Jahre:
»Ich habe hässliche weiße Streifen am Oberschenkel und weiß nicht, was ich dagegen machen soll.«
Großtante Emine:
»Blickdichte Strumpfhose!«

Monika, 45 Jahre:
»Meine Schwester ist drei Jahre älter als ich, wird aber immer auf Mitte dreißig geschätzt, ich dagegen auf fünfzig. Das macht mich richtig fertig.«
Großtante Emine:
»Allah, Allah – ich verstehe euch deutsche Frauen nicht! Wenn du einer türkischen Frau Angst machen willst, sagst du:
›Tu das nicht, sonst kommst du in die Hölle!‹
Wenn du einer deutschen Frau Angst machen willst, sagst du:
›Tu das nicht, sonst kriegst du Falten!‹
Deutsche Frauen machen Peeling, machen Gurkenmaske, Tagescreme, Nachtcreme, Von-acht-bis-halb-9-Creme, 22-Uhr-13-und-20-Sekunden-Creme ... Warum haben deutsche Frauen so wenige Kinder? Sie müssen sich den ganzen Tag eincremen!

Dabei kriegst du so oder so Falten! Wenn du schrumpelig aussiehst: guck einfach nicht in den Spiegel und frag nicht! Überhaupt: Warum willst du mit 45 aussehen wie 30? Nur damit die Männer, diese Affen, mit dir Sex haben wollen. Wenn du schrumpelig aussiehst und ein Mann will trotzdem mit dir ins Bett, *das* ist die wahre Liebe! Und wenn kein Mann mit dir ins Bett will ... dann kauf Schminke und warte bis Karneval.«

Herbert, 32 Jahre:
»Wie finde ich den G-Punkt meiner Frau?«
Großtante Emine:
»Allah, Allah ... Herbert, wenn deine Frau etwas verloren hat, soll sie selber suchen.«

Claudia, 19 Jahre:
»Ich leide unter meinen kleinen Brüsten und spiele mit dem Gedanken, sie mir operativ vergrößern zu lassen. Aber ich habe Angst vor diesem Schritt.«
Großtante Emine:
»Wenn du in der Türkei größeren Busen haben willst: zwei Socken in den BH – fertig. Und was macht die deutsche Frau? Nur Allah weiß warum, sie geht in die Klinik, und der Arzt – das Schwein soll in der Hölle schmoren – schneidet die Brust auf und näht Plastik rein ... 3000 Euro! Zwei Socken kosten 1,50 Euro!«

Hans, 21 Jahre:
»Hilfe, mein Penis ist zu klein.«
Großtante Emine:
»Hans, wenn du ein großes Auto hast, kein Problem. Wenn du ein kleines Auto hast ... Spar Geld für ein großes Auto.«

Anke, 34 Jahre:
»Ich wünsche mir ein Kind, aber ich will auch in meinem Job als PR-Agentin vorankommen. Außerdem gehe ich dreimal pro Woche ins Fitnessstudio, gebe Wochenendkurse in bewusstem Atmen und lerne Chinesisch. Wie kann ich das unter einen Hut kriegen?«
Großtante Emine:
»Gar nicht.«

Melanie, 32 Jahre:
»Ich habe um die Augen herum kleine Fältchen bekommen – was kann ich tun?«
Großtante Emine:
»Auf große Falten warten.«

Tobias, 44 Jahre:
»Ich fühle mich, als würde mein Schädel explodieren. Ich habe Panikattacken. Meine Freundin hat mir geraten, eine Psychotherapie zu machen. Aber ich will nicht. Gibt es andere Möglichkeiten?«
Großtante Emine:
»Wenn ein Türke Kopfschmerzen hat, nimmt er Aspirin – fertig. Wenn ein Deutscher Kopfschmerzen hat, geht er zum Psychotherapeuten. Da bezahlt er viel Geld – und warum? Damit er seine Kindheit noch mal erlebt. Was soll das? Ist doch schlimm genug, wenn du die Kindheit *einmal* erlebst!

Und der Psychotherapeut – das Schwein soll in der Hölle schmoren –, warum nimmt er Geld? Meine acht Kinder haben alle bei mir die Kindheit erlebt – hab ich dafür Geld genommen? Nein, ich habe *bezahlt!*«

Sibylle, 28 Jahre:
»Ich bin seit vier Jahren verheiratet, und der Sex mit meinem Mann ist monoton und langweilig. Was kann ich tun?«
Großtante Emine:
»Ganz einfach: keinen Sex haben.«

Lara, 35 Jahre:
»Mein Freund hat mir einen Heiratsantrag gemacht, aber ich bin mir nicht sicher, ob wir seelenverwandt sind. Wie kann ich das herausfinden?«
Großtante Emine:
»Seelenverwandt, was soll das heißen? Dass er Strumpfhosen trägt und einmal im Monat anfängt zu bluten?

Lara, pass auf: Jeder hat eine Rolle – Mann ist Mann und Frau ist Frau. Mann gibt Sperma, Frau gibt Eizelle. Mann geht fremd, Frau erschießt ihn.«

Katja, 40 Jahre:
»Nach meiner Schwangerschaft habe ich Hängebrüste bekommen. Ich bin ganz verzweifelt und fühle mich total unattraktiv.«

Großtante Emine:
»Katja, bei uns in der Türkei haben wir für dein Problem die Lösung. Heißt Büstenhalter.«

Rainer, 46 Jahre:
»Ich bin oft melancholisch, und das Leben kommt mir sinnlos vor. Was kann ich tun?«
Großtante Emine:
»Rainer, für dich habe ich eine türkische Lebensweisheit:

Wenn du mal traurig bist und denkst, das Schicksal ist ungerecht zu dir ... dann stell dich gefälligst nicht so an!«

Kapitel 15

• • • • • • • • • • • • • • • • • •

Die deutsche Disziplin

Wir Deutschen sind diszipliniert.

Ärgern Sie sich über diesen Satz? Das würde mich nicht wundern, denn: Wir Deutschen hassen Klischees. Und jeder Satz, der mit »Wir Deutschen« beginnt, ist ein Klischee. Also auch der Satz »Wir Deutschen hassen Klischees«. Schließlich gibt es auch Deutsche, die Klischees mögen – mich zum Beispiel.

Okay, jetzt habe ich mich geoutet: Ich *liebe* Klischees. Klischees geben uns ein wenig Sicherheit in einer zu komplexen Welt. Ich ärgere mich jedes Mal, wenn ich auf einen verschwenderischen Schwaben treffe, einen bescheidenen Bayern-München-Fan oder einen depressiven Kölner – es fühlt sich einfach falsch an.

Aber natürlich blenden Klischees immer Teile der Realität aus. Korrekterweise hätte ich den Satz »Wir Deutschen hassen Klischees« so formulieren müssen: »Nach meinem subjektiven Eindruck, den ich leider nicht durch Zahlen untermauern kann, stehen die meisten deutschen Gelehrten dem Prinzip der Verallgemeinerung mittels Klischees tendenziell skeptisch gegenüber.«

Ist noch jemand wach? Gut. Ich wollte damit nur zeigen, dass die Vermeidung von Klischees ungefähr so viel

Spaß macht wie eine Tanzparty mit Zwölftonmusik oder ein Candle-Light-Dinner mit Frischkornbrei und Zahnseide. Sollten meine Verallgemeinerungen dennoch Bauchschmerzen bereiten, lassen sich die Worte »wir Deutschen« oder »die Deutschen« gerne im Kopf ersetzen – durch die griffige Formulierung »eine undefinierte größere Anzahl von nicht innerhalb der letzten drei Generationen eingewanderten Bewohnern des unter dem Begriff *Deutschland* zusammengefassten geografischen Teilabschnitts von Europa«.

Also weiter im Text: Wir Deutschen sind diszipliniert. Die Disziplin ist die deutsche Eigenschaft, die weltweit am meisten bewundert wird. Unser Land ist mit Sicherheit der einzige Fleck der Erde, wo man auf die Nachricht »Sie haben noch drei Tage zu leben« die Antwort gibt: »Das geht leider gar nicht, ich habe nächste Woche einen Termin beim Zahnarzt.«

Im Ausland schätzt man unsere Pünktlichkeit und Zuverlässigkeit – deshalb werden wir so oft Exportweltmeister. Deshalb hat Aserbaidschan für seine Eurovision-Song-Contest-Show eine deutsche Firma engagiert. Und deshalb sind unsere Waffen in allen Krisengebieten der Welt so ungeheuer ... äh, also ich will das jetzt nicht kaputt schreiben.

Wie jede Tugend ist auch die Disziplin manchmal praktisch und in anderen Fällen weniger. Hier einige Beispiele:

Disziplin eher nützlich	Disziplin eher hinderlich
Export	Spaß
Steuererklärung	Freude
Unternehmensgründung	Genuss
Lärmschutz	Lachen
Krieg	Bauchtanz
Medizin	Selbstliebe
Schule	Freizeit
Wissenschaft	Albernheit
Herstellung von Drogen	Konsum von Drogen
Künstliche Befruchtung	Sex
Kommerzielle Nutzung von Erotik	Erotik
Topmodel werden	Gefühle zeigen

Wenden wir uns dem letzten Gegensatzpaar zu: Die Model-Branche passt perfekt zu unseren Tugenden. Zum Beispiel eine Sendung wie *Germany's next Topmodel* – hier wird das Wort Disziplin bis ins Letzte ausgereizt. Was sind die Kernaussagen dieser Sendung? »Sei nicht du selbst. Höre nicht auf deinen Bauch. Unterwirf dich. Gehorche. Habe keinen eigenen Willen …« Der Unterschied zu einer Sekte besteht im Wesentlichen darin, dass hier nicht nur ein kleiner Haufen spirituell Verwirrter der Gehirnwäsche unterzogen wird, sondern ein Millionenpublikum.

Aber das nur nebenbei. Fest steht: Disziplin hilft, wenn man Model werden will. Aber hilft sie auch in der Schauspielkunst? Wo es darum geht, Gefühle zu zeigen? Okay, es schadet nicht, wenn ein Schauspieler pünktlich und zuverlässig ist. Er braucht Disziplin, um sich den Text zu merken und die Regieanweisungen zu befolgen. Aber ganz ehrlich, was denken die Top-Regisseure wohl über ihre Stars? »Wow, Anthony Hopkins ist einer der pünktlichsten Darsteller aller Zeiten«? Oder »Keiner kann sich besser Texte merken als Leonardo DiCaprio«? Oder vielleicht »Julia Roberts ist sensationell – die befolgt jede einzelne Regieanweisung«? Wohl eher nicht.

Nein, was diese Menschen auszeichnet, ist ihre einzigartige Fähigkeit, *Gefühle* darzustellen. Aber schafft man so etwas mit Disziplin? Oder liegt hier die tiefere Ursache, dass wir zwar in der Model-Branche Weltstars generieren, aber unsere beliebtesten Schauspieler schon zehn Meter hinter der Grenze völlig unbekannt sind? Schauen wir uns einmal an, was passiert, wenn man mit einem Höchstmaß an Disziplin Emotionen produzieren will ...

············ Emotionale Gefühle ············

Lucy Spiriakis steht auf einer Felswand mitten im Naturpark von Wald-Wood-Widdle. Rechts unterhalb von ihr toben unter einer dünnen Nebelschicht die Wellen des Meeres, und links erstreckt sich eine spektakuläre Hügellandschaft mit endlosen Wiesen voller Blumen und Pferde. Es ist die Kulisse des neuen Rosamunde-Pilcher-Films *Emotionale Gefühle,* den Lucys Freund Friedemut Honkenberg für das ZDF produziert.

Was Lucy nicht wusste: Jeder Pilcher-Darsteller muss vor Drehbeginn durch ein knallhartes Trainingsprogramm. Als sie gestern ihr Quartier bezog, eine spartanische Waldhütte mitten in Wald-Wood-Widdle, fand sie auf ihrem Bett einen Flyer:

PILCHER BOOTCAMP

Mit eiserner Disziplin vom
emotionalen Legastheniker zum Gefühls-Vulkan
in nur einer Woche!

Schwerpunkte:
- Permanentes Ergriffensein
- Ständiges Überquellen vor Emotionen
- Von Freude zu Trauer in 0,3 Sekunden

Nur die Härtesten kommen durch!!!

Lucy hatte eigentlich gehofft, dass sie bis zum Drehbeginn mit Honkenberg in einem Fünf-Sterne-Hotel nächtigen und ein paar entspannte Tage als Touristin genießen könnte, bevor sich ihre Star-Träume endlich erfüllen würden. Nach dem Mega-Flop *Titanic* musste sie ihren Künstlernamen ändern, weil der Name »Sheila Moonshine« für immer mit dem größten Kassendesaster der deutschen Filmgeschichte verbunden sein würde. Honkenbergs Medienberater hatte »Lucy Spiriakis« vorgeschlagen, weil die englisch-griechische Kombi angeblich ebenso international wie geheimnisvoll klingt.

Anstatt im Star-Outfit am Fünf-Sterne-Frühstücksbuffet steht Lucy also nun im Trainingsanzug an einer Klippe, während sich ihr Ausbilder Karl-Wilhelm Rack vor ihr aufbaut. Karl-Wilhelm Rack trägt einen militärischen Kampfanzug, und sein Tonfall lässt keinen Zweifel daran, dass die US Marines seine großen Vorbilder sind:

»Also, Spiriakis ... Schauen Sie sich um und genießen Sie diese herrliche Natur. Sie müssen diese Pracht mit allen Sinnen in sich aufnehmen.«

Lucy schaut sich ein wenig unsicher um und kämpft gegen die Höhenangst. Die Furcht, von der Klippe zu stürzen, überwiegt den Genuss der Natur. Karl-Wilhelm Rack baut sich jetzt so dicht vor Lucy auf, dass sich ihre Nasenspitzen fast berühren:

»Ich habe gesagt, Sie sollen diese Pracht mit allen Sinnen in sich aufnehmen, aber ein bisschen plötzlich!«

»Jawohl, Sir, ich bin überwältigt, Sir!«

»Na bitte, geht doch ... Aber was ist das für ein Blick?«

Lucy versucht, Fleißkärtchen zu sammeln:

»Ich wollte meine Ergriffenheit über den Gesang des Eichelhähers mit der leisen Melancholie des Morgennebels kombinieren.«

Karl-Wilhelm Rack schnaubt wütend:

»Habe ich was von Kombinieren gesagt?«

»Nein, Sir, ich dachte nur, Sir ...«

Jetzt brüllt der Ausbilder so gewaltig, dass die ehemalige Sheila Moonshine fast ins Strauchnen gerät:

»Nicht denken, FÜHLEN!«

Lucy fühlt tatsächlich etwas: Angst. Frustration. Gereiztheit. Aber das ist nicht das, was man hier von ihr sehen will.

»Also – was fühlen Sie, Spiriakis?«

Lucys Stimme ist belegt:

»Äh ... Ich bin überwältigt, Sir?!«

»Was sind Sie?«

Lucy brüllt jetzt mit aller Kraft zurück:

»Ich bin überwältigt, Sir!«

»Ich höre immer noch nichts!«

»Ich bin überwältigt von der Schönheit der Natur und nehme diese Pracht mit allen Sinnen in mich auf, Sir!«

»Na also – geht doch.«

Lucy atmet erleichtert auf. Im Film wirkt hinterher alles ganz einfach. Aber inzwischen weiß sie: Sich von der Schönheit der Natur überwältigen zu lassen, das ist ein knallharter Job. Ein Job, für den ein Pilcher-Darsteller seine psychische Gesundheit aufs Spiel setzen muss: Seit heute Morgen werden die Grenzen von Lucys emotionaler Belastbarkeit minütlich neu definiert.

Wenig später steht Lucy Spiriakis mit ihrem Ausbilder vor einer Pferdekoppel. Karl-Wilhelm Rack baut sich vor ihr auf:

»So. Und jetzt will ich zum Donnerwetter noch mal hören, was Pferde Ihnen bedeuten!«

»Nur Pferde haben mir in meiner Trauer helfen können, Sir!«

»Hab ich's hier mit einem seelischen Krüppel zu tun? Ich will wissen, was Pferde für eine tiefe symbolische Bedeutung für Ihr ganzes beschissenes Leben haben!«

»Pferde sind meine Seelenverwandten, Sir!«

»Und *warum* sind Pferde Ihre gottverdammten Seelenverwandten???«

»Pferde sind meine Seelenverwandten, weil sie freie Geister sind und die Unbezähmbarkeit der Natur und ihrer gesamten Schönheit symbolisieren, Sir!«

»Na also, geht doch!«

Lucy Spiriakis atmet erleichtert auf – denn sie weiß: Das Nicht-Empfinden der Seelenverwandtschaft mit Pferden ist das Schlimmste, was einem Pilcher-Darsteller in der Vorbereitung passieren kann. Das kommt noch vor dem Nicht-mit-allen-Sinnen-in-sich-Aufsaugen der Steilküste von Cornwall und hätte die sofortige Kündigung zur Folge.

Aber Lucy weiß auch, dass ihr Tag noch längst nicht zu Ende ist: Als Nächstes steht das Gruppentraining mit den anderen Pilcher-Novizen auf dem Programm. Es geht um den *instant grief*, die Sofort-Trauer. Da es für Pilcher-Darsteller oft erforderlich ist, aus dem Nichts in Tränen auszubrechen, wird auf diesen Teil der Ausbildung besonderen Wert gelegt. Anfänger wie Lucy Spiriakis üben im Regen auf dem Friedhof, weil es unter diesen Umständen vergleichsweise leicht ist, den *instant grief* zu meistern. Profis müssen ihre Kunst dann bei Sonnenschein auf einer Blumenwiese beweisen.

Da dummerweise heute die Sonne scheint, hat Karl-Wilhelm Rack die Regenmaschine angefordert, auf volle Leistung aufgedreht und lässt die zehn angehenden Pilcher-Darsteller, die in einer Reihe vor einem Grab mit der Inschrift »Edward« posieren, bereits seit über einer Stunde buchstäblich im Regen stehen. Bisher fühlt Lucy eher die Angst vor einer Erkältung und ein Taubheitsgefühl in den Beinen als Trauer. Aber was weiß sie schon.

Unvermittelt bläst Karl-Wilhelm Rack in eine Trillerpfeife, woraufhin alle zehn Darsteller wie verabredet synchron heulend am Grab zusammenbrechen:

»Oh mein Gott, Edward! Oh Edward! Eeeeedwaaaaard!«

Auf einen erneuten Pfiff hin springen die Darsteller sofort auf und brüllen im Chor:

»Sir!«

Karl-Wilhelm Rack ist noch nicht zufrieden:

»Und jetzt mit Gefühl! Stellen Sie sich vor, es ginge um ein Pferd.«

Er betätigt erneut die Trillerpfeife, woraufhin Lucy Spiriakis und ihre Kollegen sofort wieder zusammenbrechen und weinen.

»Oh Edward! Edward! Oh Eeeeeeeeeeeeeeeeeeeeeeeeeeeeeeeeeedwaaaaaaaaaaaaaaarrrd!!!«

In den folgenden sechzig Minuten ertönt die Trillerpfeife gut und gerne hundertmal, und die zehn Darsteller brechen permanent trauernd an Edwards Grab zusammen, bis Lucy schließlich echte Tränen weint. Allerdings bemerkt Karl-Wilhelm Rack, dass diese Tränen eher von körperlicher Erschöpfung herrühren als von der echten Trauer eines Pilcher-Profis:

»Das war gar nichts! Morgen werde ich euch schleifen, bis ihr euch die Scheiße aus dem Leib getrauert habt!«

Als Lucy am Abend erschöpft auf die Pritsche ihrer Waldhütte sinkt, hat sie eine gigantische Palette der Gefühle durchlebt: Höhenangst, Versagensangst, Angst vor Gewalt, Angst vor Erkältung, Angst, ohnmächtig zu werden, und Angst, nie ein Star zu werden. Aber wenn sie noch viel viel härter an sich arbeitet, dann wird sie die Erhabenheit der Landschaft mit allen Sinnen in sich aufnehmen und ihre Seelenverwandtschaft zu Pferden entdecken. Ganz bestimmt. So wahr sie Lucy Spiriakis heißt.

Kapitel 16

●●●●●●●●●●●●●●●●●

Pubertät vs. Feminismus

Wenn ich erzähle, dass ich an der Seite von Alice Schwarzer aufgewachsen bin, dann denken die meisten Leute, das hätte ich mir ausgedacht. Aber es war wirklich so: Alice Schwarzer lebte für einige Jahre als Nachbarin Tür an Tür mit mir und meinen Eltern. Was dazu führte, dass ich meine Pubertät direkt neben der wichtigsten Feministin des Landes verbrachte. Damit bin ich ein einmaliges wissenschaftliches Experiment: Wie wirkt sich die unmittelbare Präsenz von Alice Schwarzer auf die Pubertät eines heranwachsenden Mannes aus?

Zunächst einmal möchte ich klarstellen, dass alle Klischees über Alice Schwarzer falsch sind: Sie hat mir weder Vorträge über patriarchalen Machtmissbrauch gehalten noch versucht, mich zu kastrieren. Stattdessen schleppte sie mich ins Kino, um *E. T.* zu gucken, begleitete mich auf eine Doppellooping-Achterbahn und kochte für mich Kakao aus geschmolzener Schokolade, den ich durch eine dicke Sahneschicht schlürfen durfte.

Die einzigen Männer, die sie in meiner Gegenwart verfluchte, waren die bösen Wissenschaftler, die den armen *E. T.* für wissenschaftliche Experimente missbrauchten.

Wie? Das ist die ganze Geschichte? Er hat neben

Alice Schwarzer gelebt und konnte einfach so in Frieden vor sich hinpubertieren? Na ja, soooo einfach war's dann doch nicht. Weil ich so ein friedlicher Junge war, hielt Alice Schwarzer die Möglichkeit, ich könne heterosexuell sein, für relativ unwahrscheinlich. Als liebevolle Nachbarin war sie natürlich bereit, mich beim Coming-out zu unterstützen.

Zu ihrer Verteidigung muss ich gestehen, dass es bei mir tatsächlich kaum Anzeichen für Heterosexualität gab – abgesehen davon, dass ich mich immer nur in Mädchen verliebte. Da ich darüber jedoch striktes Stillschweigen bewahrte (ganz besonders den Mädchen gegenüber, in die ich verliebt war), war ihre Vermutung also gar nicht so abwegig. Aber dass mich die bekannteste Feministin unseres Landes als homosexuell einstufte, hat nicht unbedingt dazu geführt, dass ich dem weiblichen Geschlecht gegenüber lockerer wurde.

Dann kam die Zeit, in der ich ein männliches Rollenvorbild suchte. Ich entschied mich für den österreichischen Macho-Rapper Falco. Falco war cool und hatte Wiener Schmäh – so wollte ich auch sein. Zumindest bis zu dem Moment, als Alice Schwarzer Falcos Persönlichkeit mit dem Wort »Iiiiiiiiiiiiiiiiiiiiiiiiiiiiiiiiiieee« zusammenfasste.

Und wenngleich sie über meine Falco-Imitationen trotz eines leichten Ekel-Erschauderns lachen konnte, war mir doch klar, dass machohaftes Auftreten unerwünscht ist. Hinzu kam, dass ich mit dem politischen Schaffen unserer Nachbarin durchaus vertraut war und im TV mitverfolgen konnte, wie sie diverse Patriarchen in Grund und Boden diskutierte. So entschied ich mich fortan dafür, auf allzu maskulines Auftreten zu verzichten. Was mir Pluspunkte bei meiner Mutter, meiner Tante Ilse und Alice Schwarzer einbrachte – und das totale Desinteresse meiner Altersgenossinnen.

Insofern hat Alice Schwarzer zumindest mitverursacht, dass ich zu meiner Schulzeit doch relativ weit davon entfernt war, »zum Schuss zu kommen« – um es mal so salopp zu formulieren. Meine Schulkollegen haben den *Playboy* gelesen, ich las die *Emma*. Meine Kumpels besuchten ein Bordell – ich besuchte Bordeaux. Meine Jahrgangsgenossen kriegten Liebesbriefe, ich kriegte Kakao von Alice Schwarzer.

Für die Wissenschaft könnten wir uns zusammenfassend auf folgende Formel einigen: Die Präsenz der bedeutendsten Feministin Deutschlands in der Pubertät eines jungen Mannes verringert die Wahrscheinlichkeit des Geile-Mädels-in-die-Kiste-Kriegens.

Aber ich beschwere mich nicht, denn das gilt zum Glück nur für die Pubertät. Wenn man wie ich durchhält, und nicht wie mein Kumpel Florian ins Kloster geht, wird man belohnt. Denn spätestens mit Anfang dreißig dämmert es vielen Frauen, dass ihre Begeisterung für männliche und machohafte Männer in der Regel zu unerfreulichen Beziehungserlebnissen führt. Und dann, ja dann ... dann beginnt die goldene Zeit der Frauenversteher, Schattenparker, Warmduscher und Für-prämenstruelle-Stimmungsschwankungen-Verständniszeiger. (Mein ins Kloster abgewanderter Kumpel hat Alice Schwarzer übrigens nie kennengelernt – was die These, sie trage eine Mitschuld an meinen Pubertätsproblemen, fragwürdig erscheinen lässt.)

Auch von Daniel Hagenberger wissen wir ja, dass er sein Glück am Ende findet und inzwischen mit der türkischen Traumfrau Aylin verheiratet ist. Insofern relativiert sich die Tragik seines Scheiterns in der Pubertät ...

••••• **Daniels Jugendjahre (2): Karneval** •••••

Ich war sechzehn und seit zwei Jahren in Gaby Haas verliebt. Die letzten Tage hatte ich an einem Liebesbrief gesessen, in dem ich Gaby Haas meine Gefühle offenbaren wollte. Dabei fand ich heraus, dass das Beschreiben von Gefühlen eher nicht zu meinen Stärken zählte.

Ich hatte gehört, dass Mädchen Komplimente mögen. Meine Klassenkollegen hatten Erfolge mit Sätzen aufzuweisen wie »Du siehst toll aus«, »Deine Frisur ist der Hammer« oder »Dein Lächeln ist total süß«, aber mit derartig ausgelutschten Klischee-Schmeicheleien wollte ich Gaby nicht langweilen. Ein so hübsches Mädchen wie sie hatte so was bestimmt schon oft gehört. Also bemühte ich mich um eigene Formulierungen, von denen ich fünf in die engere Auswahl nahm, aber wieder verwarf:

- »Deine äußerliche Pracht steht in einer Reihe mit großen Werken der Kunstgeschichte.« (zu hölzern)
- »Dein Aussehen gehört echt voll in die Top Ten.« (zu pseudo-cool)
- »Deine Haut hätte ich auch gerne.« (zu psycho-mäßig)
- »Es gibt kein Wort, das deine Schönheit adäquat wiedergeben würde.« (zu schleimig)
- »Du bist knusperknabberknackighübsch.« (zu werbemäßig)

Dann wollte ich stattdessen Udo Lindenberg zitieren:

»Jetzt knallst du in mein Leben,
und ich kann mich nur ergeben.«

Ein toller Text, doch er passte leider nicht. Da mein Liebesbrief auf korrekten Fakten basieren sollte, hätte ich den Text in »Vor zwei Jahren knalltest du in mein Leben, und ich konnte mich nur ergeben« ändern müssen, und das fühlte sich irgendwie falsch an – also landete der Brief schließlich im Papierkorb.

Am nächsten Morgen, in der Französischstunde von Herrn

Bertrand, sollten wir über unsere Hobbys sprechen. Ich vermied geschickt das Wort »hobbies«, das auch ins Französische Eingang gefunden hat, weil ich wusste, dass Herr Bertrand ebenso wie mein Vater Anglizismen verabscheute, und benutzte stattdessen »activité de loisir«, was mir ein wohlwollendes Lächeln meines Lehrers einbrachte – ebenso wie mein Hinweis, dass ich in meiner Freizeit Bücher von Albert Camus und Jean-Paul Sartre lese. Seltsamerweise war ich damals sicher, auf diese Weise auch Gaby Haas zu beeindrucken. Dabei war sie wahrscheinlich genauso genervt von mir wie mein Sitznachbar Hans-Peter Scholz, der mein Hausaufgabenheft mit dem Inhalt einer Milch-Schnitte verzierte. (Obwohl ich ihn nie erwischt habe, bin ich sicher, dass er es auch war, der mit Edding Penisse in meine Kafka-Bücher gemalt hat.)

Nachdem Herr Bertrand mich unter den genervten Blicken meiner Kurskollegen ausführlich gelobt hatte, zeigte er auf Gaby Haas. Ich liebte diese Momente, denn sie gaben mir einen Grund, Gaby anzuschauen. Sie saß zwei Reihen hinter mir, und ansonsten betrachtete ich nur gelegentlich ihre Spiegelung im Fenster (was allerdings nur bei trübem Wetter funktionierte). Gaby sprach unsicher mit leiser Stimme:

»Äh ... Mon ... äh ... hobby ... äh ... je ... äh ... wie kann man das sagen, wenn man als Catwoman auf der Kostümsitzung der Roten Funken tanzt?«

»Je danse comme ... *femme de chat* à la séance des ... *etincelles rouges*.«

»Okay. Je danse ... äh ... ja, also, genau, wie Sie gesagt haben. Das ist übrigens am Samstag im Brunosaal ...«

»En français, s'il vous plaît.«

»Oui. Das ist äh ... Samedi dans le Brünosaal.«

An den Rest der Stunde kann ich mich nicht mehr erinnern. Die Vorstellung, dass Gaby Haas im Catwoman-Kostüm tanzt, ließ meinen Hormonhaushalt zusammenbrechen. Ich hatte nur noch einen Gedanken: Ich muss am Samstag in den Brunosaal. Und zwar als Batman.

Als ich nach Hause kam, erfuhr ich, dass meine Mutter gerade für einen *Emma*-Artikel einen Bordellbetreiber interviewte – so musste ich zunächst meinen Vater überzeugen. Doch der zog irritiert seine Augenbrauen zusammen. Für ihn war Karneval kein Grund zum Feiern, sondern zum Verlassen der Stadt. Wenn man es objektiv betrachtet, gehören Intellektuelle mit westfälischen Wurzeln auch nicht zur Kernzielgruppe kölscher Kostümsitzungen.

Natürlich hätte ich meinem Vater sagen können, dass es mir einzig um Gaby Haas geht. Aber dann hätte ich über meine Gefühle reden müssen, und zu dieser Zeit hätte ich mir lieber das Vereinswappen von Bayer Leverkusen auf die Vorhaut tätowieren lassen, als mein Innenleben preiszugeben. Also versuchte ich, meinem Vater das Event schmackhaft zu machen:

»Rigobert, ich finde es irgendwie wichtig, sich der Populärkultur nicht zu verschließen.«

Diesen Satz hatte ich mir auf dem Heimweg überlegt, und er zeigte tatsächlich Wirkung. Mein Vater kam ins Grübeln.

»Hmm ... Das ist in der Tat ein wichtiger Hinweis ... Ich denke, du hast recht. Wir sollten das Experiment wagen ... Nein, wir sollten nicht. Wir *müssen!* Ich werde auf der Stelle Karten besorgen.«

»Echt?«

»Natürlich. Es ist eigentlich unverzeihlich, dass ich seit über zwanzig Jahren in dieser Stadt wohne und mich noch nie für die Kultur der Ureinwohner interessiert habe.«

Mein Vater rieb sich voller Vorfreude die Hände und ging in sein Büro.

Ich war perplex. Ich hatte mich auf eine langwierige Diskussion eingestellt und mir noch viele Argumente zurechtgelegt – ich wollte unter anderem eine Verbindung zwischen Karneval und Pop-Art herstellen. Aber mein Vater hatte schon immer die Gabe, sich unvorhersehbar zu verhalten.

Zwei Tage später sollte es komplizierter werden: Ich stand mit meinen Eltern bei Festartikel Ronnesfeld, um die Kostüme auszusuchen. Während meine Mutter in der Damenabteilung verschwand, kam ich mit meinem Vater zu den Superhelden-Outfits.

Ich zeigte auf ein Batman-Kostüm und sagte den Satz, den ich vorher auswendig gelernt hatte:

»Guck mal, Rigobert! Batman – ein amerikanischer Comic-Held ... Ich wäre praktisch eine dreidimensionale Fortsetzung des Werks von Roy Lichtenstein.«

»Ich weiß etwas Besseres: Klaus Mann.«

»Was?«

»Ich habe das mit deiner Mutter schon besprochen: Ich gehe als Thomas Mann, sie als seine Frau, also Katja Mann, geborene Pringsheim, und du als unser Sohn Klaus.«

»Aber ... niemand weiß, wie Klaus Mann ausgesehen hat.«

»Unsinn – jeder weiß, wie Klaus Mann ausgesehen hat.«

»Ja, jeder Literaturprofessor. Aber ...«

»Du brauchst im Prinzip nur schütteres Haar und ein Cordjackett aus den Vierzigerjahren.«

»Dann sehe ich nicht aus wie Klaus Mann, sondern wie ein Obdachloser.«

»Hm ... Am besten lernst du ein paar Zitate auswendig, damit man dich eindeutig identifiziert.«

»Großartig! Ich bin sicher, dass Klaus-Mann-Zitate von besoffenen kölschen Karnevalisten sofort erkannt werden.«

»Ja, genau ... Oder war das Sarkasmus?«

»Rigobert, ehrlich, deine Idee ist toll, aber damals, als du mich im Bertolt-Brecht-Kostüm zum Kindergarten-Kostümfest geschickt hast – das hat auch niemand verstanden.«

»Aber nur, weil deine Mutter dir nicht die Haare rasieren wollte. Deshalb war es nicht authentisch.«

Ich nahm ein Batman-Outfit von der Stange – bestehend aus schwarzgrauem Gymnastikanzug mit aufgedruckter Fledermaus und schwarzem Cape. Ich malte mir aus, wie Gaby Haas mich plötzlich mit anderen Augen sehen würde: als ihren männlichen Gegenpart. Als den Helden, der ich tief in mir drin schon immer war. Mein Vater legte mir die Hand auf die Schulter:

»Weißt du was, Daniel? Du gehst so oder so als Superheld.«

»Hä?«

»Na, Klaus Mann hat sich aktiv gegen die Nazis engagiert – also, wenn das kein Superheld war, wer dann?«
»Aber Klaus Mann war nicht cool.«
»Definiere *cool*.«
»Klaus Mann hätte nie eine Chance bei Catwoman gehabt.«
»Das wage ich zu bezweifeln. Wenn Catwoman seine Essays gelesen hätte, wäre sie dahingeschmolzen.«

Ich seufzte und war verzweifelt. Ich wusste, dass Klaus Mann Selbstmord begangen hatte – und konnte mich langsam aber sicher in ihn hineinversetzen.

In diesem Moment kam meine Mutter mit einem roten Zwanzigerjahre-Hut zu uns.

»Rigobert, ich habe ein Problem wegen Katja Mann.«
»Jaja, ich weiß schon – sie gilt nicht gerade als eine der schillerndsten Figuren der Literaturgeschichte. Aber denk' daran, dass der *Zauberberg* auf ihrem Kuraufenthalt basiert ...«
»Nein, ich meinte, ich kenne nur Schwarz-Weiß-Fotos von Katja Mann und bin jetzt unsicher, ob die Farbe Rot zu ihr passt oder nicht.«
»Ach so, das ... äh ... Da müsste man jetzt mit einem Zeitzeugen sprechen ...«

Ich nutzte die Verwirrung meines Vaters und drückte meiner Mutter das Batman-Kostüm in die Hand.

»Wie findest du das, Erika?
»Igitt, das ist ja Synthetik.«
»Aber es sieht cool aus.«
»Das Kostüm kommt gar nicht infrage. Du weißt, wie empfindlich deine Haut ist ... Klaus Mann hat bestimmt keine Synthetik getragen.«

Ich wurde langsam wütend:

»Aber er hat sich umgebracht. Das war bestimmt auch nicht besonders gut für seine Haut.«

Meine Mutter war sprachlos – bis zu diesem Moment hatte sich meine pubertäre Rebellion darauf beschränkt, dass ich nach viereinhalb Stunden beim ARTE-Themenabend »Kierkegaard« eingeschlafen war. Widerworte war sie von mir nicht gewohnt;

aber der Gedanke an Gaby Haas im Catwoman-Kostüm gab mir Kraft:
»Ich werde auf gar keinen Fall als Klaus Mann gehen.«
Mein Vater runzelte die Stirn:
»Hm. Dann bleiben noch Golo Mann und Michael Mann.«
Meine Verzweiflung wuchs mit jeder Sekunde:
»Aber ich will überhaupt kein Sohn von Thomas Mann sein.«
Meine Mutter fand wie immer eine Lösung:
»Wie wär's mit seiner Tochter Erika? Die hat sich auch gegen die Nazis engagiert und immer Baumwolle getragen.«
Während ich überlegte, von welcher Rheinbrücke ich mich stürzen könnte, ergänzte mein Vater:
»Außerdem finde ich Superhelden grundsätzlich zum Kotzen.«
Ich klammerte mich an den letzten Strohhalm:
»Also, streng genommen ist Batman gar kein Superheld, weil er im Gegensatz zu Superman nicht über Superkräfte verfügt. Es handelt sich um den Milliardär Bruce Wayne, der lediglich mit seiner Körperkraft und technischen Hilfsmitteln ...«
Mein Vater zog die Augenbrauen zusammen:
»Ein Milliardär?! Also, wenn du ein reaktionäres Arschloch in albernem Kostüm sein willst, kannst du auch gleich als Papst gehen.«
In diesem Moment gesellte sich eine Verkäuferin zu uns, deren Namensschild sie als »Fr. Tuppeskrämer« auswies. Sie war figürlich eine Mischung aus Obelix und Barbapapa – und stimmlich eine in Köln-Kalk aufgewachsene Bonnie Tyler.
»Wie isch sehe, interessiert sisch der junge Herr für Bättmann?!«
Sie nahm mir das Kostüm aus der Hand und inspizierte das Etikett:
»Ja, dat müsste passen. Is' Supper-Stoffqualität. Klar, is ja auch en Supper-Held, dann muss et ja auch supper sein – hab isch recht oder hab isch recht?«
Meine Mutter mischte sich besorgt ein:
»Aber das Material ...«

»Reinste Marken-Synthetik. Dat kommt direkt aus Schina.«
»Sie meinen China?«
»Ja, sag isch doch: Schina. Also, Kostüme, dat können die, die Schinesen. Dat Essen is' ja nit so mein Fall ... Isch meine, Hunde und Affen, und wat die einem da alles in die Soße reinmischen ... Und mit Stäbschen essen, dat is' für misch totaler Quatsch – isch stricke ja auch nit mit Messer und Jabel ... Aber jut, vielleischt nimmt man durch Schlitzaugen die Welt ja auch anders wahr, wer weiß dat schon.«

Mein Vater räusperte sich kurz und hob dann seinen Zeigefinger, um seinen Wortbeitrag anzukündigen:

»Nun, ich führe Ihre rassistischen Bemerkungen jetzt mal wohlwollend auf einen Mangel an Bildung zurück und komme zum Grund unseres Einkaufs: Wir gedenken, uns als Familie Mann zu verkleiden.«

Frau Tuppeskrämer stutzte:

»Familie Mann?! Hä? Auf welchem Schlauch stehe isch denn jetzt gerade? Ach so, Sie meinen: Einer als Suppermann, einer als Spidermann und einer als Bättmann.«

»Nein, als Thomas Mann, Katja Mann und Klaus Mann.«

»Wat soll dat denn sein? Die Supperhelden aus der Vollkornbäckerei?«

»Nein, Thomas Mann. Der *Zauberberg*.«

»Zauberbersch ... Zauberbersch ... Hmmm ...«

Frau Tuppeskrämer verschwand kurz in einem Seitengang und kam dann mit einem schwarzen Umhang wieder.

»Also, dat hier is' ein Zauberer-Kostüm, dat auch von Hobby-Zauberern sehr jerne jenommen wird. Da gibt et auch den passenden Zylinder dabei.«

Mein Vater holte tief Luft. Das bedeutete Unheil – er würde der Verkäuferin jetzt einen Vortrag über das Gesamtwerk von Thomas Mann halten. Oder noch schlimmer: über das Gesamtwerk der kompletten Familie Mann. Meine Mutter wusste das. Ich wusste das. Meine Mutter ging hastig dazwischen:

»Haben Sie denn Kostüme der Zwanziger- bis Vierzigerjahre?«

»Nein, dat is' alles Neuware hier.«

Meine Eltern schauten sich mit verzweifelten Blicken an. Und ich nutzte die Gunst der Sekunde:
»Ich nehme das Batman-Kostüm.«

Zwei Tage später war es so weit: Ich saß im Brunosaal an einem Biertisch, mir gegenüber eine Biene, ein Lappenclown sowie Thomas und Katja Mann. Ich selbst wurde eingerahmt von einem Huhn und Pippi Langstrumpf – Köln-Klettenberg war am Ende doch ziemlich weit weg von Gotham City.

Ich kam mir dennoch ausgesprochen cool vor – erstaunlich, wenn ich mir heute die Fotos ansehe, die meine Mutter damals gemacht hat. Offensichtlich war mir entgangen, dass das Batman-Kostüm aufgrund des Nichtvorhandenseins jedweder Muskelmasse etwa so knackig an meinem Körper klebte wie ein XXL-Kondom an einer Salzstange.

Als die hauseigene Blaskapelle mit einem kölschen Medley die Sitzung eröffnete, bereitete ich mich innerlich auf meine Begegnung mit Catwoman vor. Ich stellte mir vor, dass das Ganze etwa so ablaufen würde:

Ich: Hallo, Catwoman ...
Gaby: Batman! Wow! Ich hatte gehofft, dass du kommst ...
Ich: Du bist die verdammt noch mal beste Tänzerin von Gotham City. So was lasse ich mir doch nicht entgehen.
Gaby: Und du bist der attraktivste Typ weit und breit. Und das, obwohl Thomas Mann hier ist.
Ich: Oh, du hast ihn erkannt?
Gaby: Natürlich. Da sitzt er mit seiner Frau Katja ... Schade nur, dass *Klaus* Mann nicht da ist. Er ist mein größtes Idol.
Ich: Was???[*]
Gaby: War nur ein Spaß. Ich will natürlich auf dem schnellsten Weg mit dir in die Bat-Höhle.
Ich: Oh Baby!

---

[*] Leider war ich durch die laute Musik abgelenkt und hatte meine Phantasie nicht zu hundert Prozent unter Kontrolle. Aber dann hab ich die Kurve wieder gekriegt.

Dann folgten in meiner Vision ein langer Kuss und eine Fahrt im Batmobil mit Catwoman auf meinem Schoß – was wohl in der Realität in einem Fahrzeug der Kölner Verkehrsbetriebe stattgefunden hätte. Aber so weit kam es nicht. Denn während auf der Bühne der Elferrat zur Melodie von »Da steht ein Pferd auf dem Flur« einmarschierte, stand plötzlich ein zweiter Batman vor mir.

»Hey Daniel – was macht einer wie du denn im Batman-Kostüm? Ich dachte, du gehst als Streberman – der Held des Lehrerzimmers.«

Es war Thorsten Stenz aus unserem Französischkurs. Offensichtlich hatte ich nicht als Einziger die Batman-Idee. Ich war kurz schockiert, aber jetzt war nicht der Zeitpunkt für Zweifel. Okay, wir waren zwei Batmans, aber es konnte nur einen geben. Zuerst musste ich ihm auf seinen billigen Gag hin verbal Paroli bieten.

»Aha, ich bin also Streberman, ja?! Dann bist du ... äh ... also, du bist dann ... äh ... gib mir ein paar Tage Zeit, dann hau ich dir einen Begriff um die Ohren, der ... äh ... also auf jeden Fall einen lustigen Begriff.«

Schlagfertigkeit war leider nie meine Stärke. Ich wollte erst sagen: »Pickelman, der Held der Hormone« – das hätte zwar rein optisch gepasst, kam mir aber zu oberflächlich vor. Thorsten Stenz unterbrach meine Gedanken:

»Pass auf, Daniel: Falls du die lächerliche Idee hast, gleich Gaby Haas anzubaggern – vergiss es einfach und erspar dir die Enttäuschung.«

Damit ging er zurück zu seinem Platz, der leider deutlich näher an der Bühne lag als meiner. Mir kamen spontan noch drei Superhelden-Namen für Thorsten Stenz in den Sinn:

1. Arschloch-Man
2. Arroganter-Arschloch-Man
3. Blöder-arroganter-wichs-piss-kack-Arschloch-Man
   (Offensichtlich befand sich mein Humor zu dem Zeitpunkt noch in einem pubertären Entwicklungsstadium.)

Auf jeden Fall sah ich mich genötigt, meine Vorstellung von der Begegnung mit Gaby Haas zu variieren:

Ich: Hallo, Catwoman!
Thorsten: Hallo, Catwoman!
Gaby: Oh, zwei Batmans! Wow! Aber es kann nur einen geben ... Hmmm ... schwere Entscheidung ...
Thorsten: Nimm mich! Bitte!
Ich: Aber ich habe Whiskas in meiner Bathöhle.
Gaby: Hahaha – das ist ja wohl der lustigste Spruch, den ich je in meinem Leben gehört habe. Daniel, du bist mein Batman!
Thorsten: Aber ...
Ich: Hasta la vista, Arschloch-Man!
Gaby: Arschloch-Man? Hahaha, das ist ja der beste Superhelden-Verarschungsname aller Zeiten. Der könnte glatt von Klaus Mann sein.
Ich: Was? Warum redest du schon wieder von Klaus Mann?
Gaby: Keine Ahnung. Das ist deine Phantasie.
Ich: Ach ja. Also, ich glaube, du wolltest sagen, dass du auf dem schnellsten Weg mit mir in die Bathöhle willst.
Gaby: Genau. Hast du einen CD-Player im Batmobil?
Ich: Klar. Wieso?
Gaby: Dann könnten wir unterwegs ein Hörbuch von Klaus Mann einlegen.
Ich: Stopp! Sofort aufhören!
Thorsten: Also, ich habe das Gesamtwerk von Klaus Mann unter meinem Cape.
Gaby: Echt? Sorry, Daniel, dann fahre ich doch mit Thorsten.
Ich: Aaaaaaaaaaaaaaaaaaaaaaaaaaaaaaaaaaaaaaaaaaaaaaaaaah!

Na toll. Ich schaffte es nicht mal mehr in meiner Phantasie, Gaby zu erobern. Und in der Realität saß ich zwischen einem Huhn und Pippi Langstrumpf, während auf der Bühne der Sitzungspräsident die ersten Künstler ankündigte:
»Liebe Jeckinnen und Jecken, jetzt kommen zwei Männer zu uns, die sind so lustig, dat isch jetzt schon lachen muss. Die sind

also von der Lustigkeit her so ziemlich dat Lustigste, wat der kölsche Karneval zu bieten hat. Man kann sagen: Dat Wort ›lustig‹ ist durch diese beiden neu definiert worden. Für sie gibt et eigentlich nur ein Wort: Echt lustig ... Nee, dat waren jetzt zwei. Ejal. Hier sind – *Quark und Stulle*.«

Während zwei übergewichtige Herren mit Pappnasen in rotweiß gestreiften Schlafanzügen unter tosendem Applaus die Bühne betraten, äußerte sich mein Vater eher skeptisch:

»Ich bezweifle, dass der inflationäre Gebrauch des Wortes ›lustig‹ den beabsichtigten theatralischen Effekt erzielen wird.«

Auf der Bühne folgte eine Perle der rheinischen Humorkunst:

»Du, Quark?!«
»Wat is', Stulle?«
»Sag mal: Weißt du wat?«
»Ja, wat?«
»Weißt du wat?«
»Ja, wat denn?«
»Isch hab mir wat überlegt.«
»Du hast dir wat überlegt?«
»Ja, isch hab mir wat überlegt.«
»Ja, wat hast du dir denn überlegt?«
»Wat isch mir überlegt hab?«
»Ja.«
»Willst du dat wissen?«
»Ja, dat will isch wissen.«
»Ehrlisch?«
»Ja.«
»Du willst wissen, wat isch mir überlegt hab?«
»Ja, isch will wissen, wat du dir überlegt hast.«
»Na jut, dann sag isch dir, wat isch mir überlegt hab.«
»Also wat denn?«
»Na jut ... Isch sag et dir ...«
»Da bin isch aber froh.«
»Soll isch et echt sagen?«
»Ja.«
»Also jut.«

Wenn es Rekorde für das In-die-Länge-Ziehen einer Pointe geben würde, *Quark und Stulle* hätten den Guinness-Buch-Eintrag sicher. Überraschenderweise konnte mein Vater der Darbietung sogar etwas abgewinnen:

»Ich glaube, das ist eine Referenz auf das absurde Theater von Samuel Beckett.«

Ich glaubte eher, es war eine Referenz auf den Alkoholpegel des Karnevalspublikums. Aber meine Gedanken waren viel zu sehr bei Catwoman, um *Quark und Stulle* theaterwissenschaftlich korrekt einzuordnen. Nach weiteren zwei Minuten 45 Sekunden sinnentleerten Vorgeplänkels näherten sich die Neudefinierer des Wortes »lustig« ganz langsam der ersten Pointe:

»Also, isch habe mir Folgendes überlegt.«

»Ja, wat denn?«

»Ja, sag isch doch: Folgendes.«

»Ja, aber wenn man sagt: Folgendes – dann muss doch auch wat folgen.«

»Wie – du meinst, wenn man sagt: Folgendes – dann muss wat folgen?«

»Ja klar, wenn man sagt: Folgendes – dann muss wat folgen.«

»Ja, da haste auch wieder recht. Also: Isch habe mir Folgendes überlegt.«

»Ja, wat denn?«

»Ja, dat folgt jetzt.«

»Wat?«

»Dat Folgende.«

»Ja, und wat is' dat Folgende?«

»Isch habe mir überlegt, wat der Unterschied zwischen einem Kühlschrank und einer Blondine is'.«

»Ja, wat denn?«

»Der Kühlschrank is' ein Dingsbums, und die Blondine is' ein Bumsding.«

Die Hauskapelle war offenbar schon fast eingeschlafen, denn es dauerte gut zehn Sekunden, bis endlich ein Tusch ertönte – das Signal, das auch Menschen mit über drei Promille Alkohol im Blut signalisiert, dass es Zeit zum Lachen ist. Während der übrige Saal müde applaudierte, sah mein Vater auch eine Kostümsitzung aus der Sicht eines Germanistikprofessors:

»Der Satz ›Der Kühlschrank ist ein Dingsbums‹ ist vollkommen unlogisch! ›Dingsbums‹ ist ein umgangssprachlicher Ausdruck für einen Gegenstand, an dessen korrekte Bezeichnung man sich nicht erinnern kann. Da er aber das Wort ›Kühlschrank‹ genannt hat, kennt er ipso facto das korrekte Substantiv. Also kann er ihn nicht gleichzeitig als ›Dingsbums‹ bezeichnen.«

Meine Mutter versuchte, ihn zu beschwichtigen:

»Das ist doch wirklich nicht so wichtig, Rigobert.«

»Und ›Bumsding‹ ist überhaupt kein korrekter Begriff. Zumindest nicht in diesem Kontext.«

»Schon klar, aber …«

»Selbst wenn wir das Wort ›Bumsen‹ als vulgären Ausdruck für Geschlechtsverkehr akzeptieren, wäre ein ›Bumsding‹ folgerichtig ein zum Geschlechtsverkehr bestimmter Gegenstand, also ein Vibrator oder eine künstliche Vagina. Aber unter gar keinen Umständen eine Blondine.«

Meine Mutter rollte mit den Augen:

»Gut, dass wir drüber gesprochen haben.«

»Wobei ich den Begriff ›Blondine‹ ohnehin gerne durch ›Frau mit blonden Haaren‹ ersetzen würde.«

Damals, Mitte der Neunziger, war gerade die Blütezeit der Blondinenwitze, und mein Vater hat ein Jahr später tatsächlich einen Leserbrief an die *Süddeutsche Zeitung* geschrieben, in dem er vorschlug, den Begriff »Blondinenwitze« durch »Frauen-mit-blonden-Haaren-Anekdoten« zu ersetzen. Er erhielt nie eine Antwort.

Als *Quark und Stulle* gerade zur zweiten Pointe ansetzten, sah ich, wie sich Thorsten Stenz erhob und mit siegessicherem Blick hinter die Bühne marschierte. Meine Hoffnung auf eine triumphale Vereinigung mit Catwoman sank auf den Nullpunkt. Nach ein paar Sekunden Verzweiflung sprang ich auf und rannte in Richtung Bühne. Ich musste Thorsten Stenz zuvorkommen. Vielleicht hatte ich noch eine minimale Chance, Gaby Haas zuerst zu erwischen. Als ich gerade die Tür zur Hinterbühne öffnen wollte, kam mir ein geknickter Thorsten Stenz entgegen. Kommentarlos schlich er mit gesenktem Haupt an mir vorbei – nicht zurück zu seinem Platz, sondern zum Ausgang. Was war passiert? Offensichtlich hatte er von Catwoman einen Korb bekommen. Lag es an seinen Pickeln oder an der Tatsache, dass sie hinter der Bühne nicht gestört werden wollte? Bestimmt musste sie sich gerade auf ihren Auftritt konzentrieren. Ich kehrte zurück zu meinem Platz, und in meinem Kopf formte sich eine neue Version unseres Treffens:

Ich: Hallo, Catwoman!
Gaby: Hallo, Daniel! Endlich kommt der wahre Batman zu mir! Thorsten Stenz ist ja wohl eher Arschloch-Man!
Ich: Hahaha, Arschloch-Man. Du siehst nicht nur bezaubernd aus, sondern hast auch einen erstklassigen Humor, Gaby.
Gaby: Nenn mich Catwoman – miau!
Ich: Komm, wir fahren mit dem Batmobil in die Bathöhle.
Gaby: Nein, ich will dich hier und jetzt. Ich bin ein Bumsding!
Ich: Was?
Gaby: »Ich bin ein Bumsding« – das ist ein Zitat aus einer Erzählung von Klaus Mann.
Ich: Nein, das ist von »Quark und Stulle« – aber egal. Okay, wir machen es hier und jetzt!
Gaby: Schnurr!

Diesmal trieben wir es in meiner Phantasie wild in Gabys Garderobe. Ich muss einige Minuten mit glasigen Augen dagesessen haben, denn als ich wieder zu Bewusstsein kam, hatten *Quark und Stulle* bereits die Bühne verlassen, und der Sitzungspräsident war dabei, die nächste Nummer anzukündigen:

»... wer einmal dat Musical *Cats* von Andreas Leutweber jesehen hat ... Ach nee, Andrew Lloyd Webber heißt der ... der weiß, dat Katzen sehr musikalisch sein können. Aber wir haben eine Katze hier, die is' nit nur musikalisch, die is' auch echt heiß. Also nit ›Die Katze auf dem heißen Blechdach‹, sondern ›Das Blechdach unter der heißen Katze‹, hahaha, verstehense, also, da is' nit mehr dat Dach heiß, sondern die Katze, hahaha ...«

Der Präsident ließ eine Pause und schaute erwartungsvoll in Richtung Kapelle, aber erst auf einen vorwurfsvollen Blick reagierte der Bandleader und gab seinen schläfrigen Musikern Zeichen, einen gelangweilten Tusch zu blasen. Der Präsident trank derweil sein gefühlt 30. Kölsch und lallte dann:

»Bühne frei für Catwoman!«

Aus den Lautsprecherboxen erklang extrem übersteuerte *Batman*-Filmmusik, Gaby Haas stürmte in einem knappen Lederkostüm auf die Bühne und tanzte unfassbar erotisch. Es war noch sinnlicher, als ich es mir in meinen schönsten Träumen ausgemalt hatte. Gut, mein Urteilsvermögen für Tanzchoreografien war ohnehin nicht besonders ausgeprägt. Obwohl mein Vater mich für Pina Bausch und ihr Ensemble zu begeistern versuchte, beschränkte sich mein Fachverstand auf die Videos von Michael Jackson und die Auftritte des Deutschen Fernsehballetts bei *Wetten, dass?!*. Aber in diesem sexy Outfit hätte Gaby auch wie Otto Waalkes über die Bühne hüpfen können – ich hätte alles erotisch gefunden. Dann kam es zu einem kurzen magischen Moment: Catwoman sah für eine Sekunde in meine Richtung und lächelte. Ich war sicher, dass sie mich gemeint hat, obwohl es auch jeder andere im Umkreis von zwei bis drei Metern hätte gewesen sein können. Das war der mit Abstand und im wörtlichen Sinne geilste Moment meines bisherigen Lebens: Ich war Batman, und Catwoman tanzte nur für mich.

Kurz darauf erschien ein Batman auf der Bühne und tanzte mit Catwoman.

NEEEEEEEEEEEEEEEEEEEEEIIIIIIIIIIINNNNNNNNNNNNN!!!

Mein Traum zerplatzte auf brutalste Art und Weise. Zumal meine Konkurrenz diesmal pickelfrei und extrem muskulös war. Aber nachdem ich gut zwanzig Sekunden gegen die Tränen angekämpft hatte, riss ich mich am Riemen: Ist doch egal, Daniel! Der Charakter zählt. Wäre doch gelacht, wenn ich dieses Muskelhirn nicht ausstechen kann ... Ein Mädchen wie Gaby steht auf Esprit ...

Als ich mir gerade wieder Chancen ausrechnete, kam ein weiterer Batman hinzu.
NEEEEEEEEEEEEEEEEEEEEIIIIIIIIIIIINNNNNNNNNNNN!!!!
Und noch einer.
NEEEEEEEEEEEEEEEEEEEEIIIIIIIIIIIINNNNNNNNNNNN!!!!
Und noch einer.
NEEEEEEEEEEEEEEEEEEEEIIIIIIIIIIIINNNNNNNNNNNN!!!!
Am Ende zählte ich 26 Batmans – und die bittere Wahrheit drang in mein Großhirn ein: Gaby Haas war das Tanzmariechen in einer Männergruppe.

Aus. Vorbei. Feierabend. Das Ende. Oder doch nicht? Ich hatte mich in der Kostümfrage gegen meine Eltern durchgesetzt. Zum allerersten Mal. Wenn das ging, dann war alles möglich. Ich rannte direkt nach dem Auftritt hinter die Bühne. Es musste ein Happy End geben! Es musste einfach!

Und so sah die Realität aus:

Ich: Hallo, Catwoman!
Gaby: ...

Gaby antwortete nicht, weil sie mich nicht sah – was daran lag, dass die anderen 26 Batmans sie nacheinander umarmten und für den tollen Auftritt lobten. Dummerweise wurden dabei alle lobenden Worte verwendet, die ich mir zurechtgelegt hatte. Als Gaby dann inmitten einer Batman-Traube in Richtung Garderobe marschierte, beschloss ich, es auf sich beruhen zu lassen.

Ich kämpfte gegen die Tränen. Zum allerersten Mal in meinem Leben war ich meinem Herzen gefolgt. Ich hatte gegen den Widerstand meiner Eltern für mein Glück gekämpft. Und ich war nicht dafür belohnt worden. Ich war am Boden zerstört. Für ungefähr fünf Minuten.

Dann nahm ich zum ersten Mal eine Fähigkeit wahr, die in mir schlummerte und die ich bis dahin nicht kannte: die Fähigkeit, etwas schönzureden. Schon auf dem Nachhauseweg verblasste die Tatsache, dass ich nicht einmal mit Gaby gesprochen hatte; dafür nahm der magische Moment, in dem sie von der Bühne aus mit mir geflirtet hatte, größeren Raum ein. Und schon am Tag darauf hatte ich nicht mehr das Gefühl, gescheitert zu sein. Nein, ich hatte ein aufregendes erotisches Abenteuer erlebt. Ein Abenteuer, in dem ich der Held war, der um seine Traumfrau gekämpft und einen grandiosen Moment gewonnen hatte. Es wäre sowieso nicht gut gewesen, Catwoman näher zu kommen – schließlich hatte ich eine Katzenallergie.

Als ich meinen Kumpels von der Sitzung und meinem Flirt mit Gaby erzählte, war ich derart beseelt, dass alle richtig neidisch auf mich wurden. So hatten meine Pubertätspleiten zwei Seiten: Auf der einen war ich sexuell frustriert. Auf der anderen Seite erlernte ich einen kreativen Umgang mit der Realität. Ich schulte mich in der Kunst des Schönfärbens.

Und wenn man mich heute fragt, wann mein Weg zum Werbetexter begonnen hat, dann würde ich sagen: damals, nach der Kostümsitzung im Brunosaal.

DRITTER TEIL

Kapitel 17

•••••••••••••••••••

Glaube vs. Fakten

Herzlich willkommen im dritten Teil. Im Gegensatz zum vorgetäuschten dritten Teil auf Seite 91 bin ich jetzt berechtigt, einen neuen Teil zu beginnen – schließlich erfüllt der zweite Teil mit neun Kapiteln die DIN-Norm für Kapitel-Mindestanzahlen pro Teil eines humoristischen Kurzgeschichtensammelbandes mit thematischem Gesamtkonzept.

DIN-Normen unterscheiden sich übrigens gar nicht so sehr vom Glauben, wie man denkt. Im Grunde zielten die Zehn Gebote in dieselbe Richtung. Ob es nun heißt »Du sollst deine Eltern ehren« oder »Du sollst die Farbechtheit von mit künstlichem Schweiß angefeuchteten Textilien gegen Licht testen« – so oder so muss man einer Handlungsanweisung folgen.

Und klaren Handlungsanweisungen folgen, das mögen wir Deutschen. Was wir allerdings nicht mögen, sind Dinge, die schwammig definiert sind. Zum Beispiel passives Abseits. Oder Gott.

Mit Gott haben wir ein Problem. Weil es für ihn keine DIN-Norm gibt. Wenn man sagen könnte: Gott hat eine Speicherkapazität von hundert Trilliarden Gigabyte. Oder: Gott hat die Weisheit von 235 Helmut Schmidts. Das wäre akzeptabel. Aber »Du sollst dir von Gott kein Bild machen« – das macht uns kirre.

Ich denke, das Dilemma hat mit Martin Luther angefangen. Bis dahin gab es die Bibel nur auf Lateinisch – das heißt, man hat gar nicht verstanden, worum es ging. Das war noch okay. Auch heute gibt es Menschen, die sich in den Lotussitz begeben und ununterbrochen »Ommmmm« sagen. Das funktioniert, weil sie nicht wissen, was das heißt. Angeblich ein kosmischer Laut. Aber was würde wohl passieren, wenn morgen ein Alien kommt und sagt: »›Om‹ bedeutet auf meinem Planeten so viel wie ›Lohnsteuerjahresausgleich‹«?

Genau so etwas hat Luther den Katholiken angetan, als er einfach so die Bibel ins Deutsche übersetzt hat. Denn zack – plötzlich hatte der Glaube einen *Inhalt*. Den man *überprüfen* kann. Den man *analysieren* kann. Eine allzu große Verlockung für uns.

Noch heute gibt es in Deutschland keine James-Bond-Kinovorführung, wo nicht mindestens ein Sozialpädagoge im Publikum sitzt und spöttisch mit dem Kopf schüttelt:

»Natürlich – ein einzelner Mann im Smoking übersteht den Angriff von über hundert ausgebildeten Scharfschützen mit einem kleinen Kratzer ... Sehr realistisch!«

Oder der sich bei Spiderman fragt:

»Was muss man eigentlich essen, um in der Lage zu sein, mehrere Kilometer Klebefäden aus den Händen zu schießen?!«

Der Glaube fällt uns schwer. Die logische Analyse liegt uns nun einmal im Blut, und da wundert es nicht, dass die Bibel mit Jungfrauenzeugung, Meer teilen und Blinde heilen in unserem Land auf sehr viel Skepsis stößt. Aber selbst wenn Jesus heute zu uns käme und vor unseren Augen Wasser in Wein verwandeln würde, wäre unser Kommentar nur: »Das ist doch ein Schlag ins Gesicht jedes ehrlichen Weinbauern.« Und würde er Kranke heilen, liefe die Bundesärztekammer Sturm.

Wie also können wir Deutschen uns Gott wieder annähern? Die Verbindung zu ihm wird angeblich dann besonders intensiv, wenn man für alles dankbar ist, das er geschaffen hat: Sonne, Meer, Pflanzen, Tiere und Fleckenentferner. Das entspricht leider nicht unserer Mentalität ... Was unserem Glauben also noch mehr im Wege steht als der Zweifel, ist unsere Undankbarkeit.

Religiöse Haltung	Deutsche Haltung
Ich bin dankbar für die Sonne.	Seit drei Tagen regnet es ununterbrochen. (Alternativ, bei schönem Wetter: Diese Hitze ist nicht zum Aushalten!)
Ich bin dankbar für den Regen.	Man könnte die Erde auch von unten bewässern.
Ich bin dankbar für den Schnee.	Winterreifen sind schon wieder teurer geworden.
Ich bin dankbar für die Tierwelt.	Warum zum Teufel hat Gott die Zecke erschaffen?!
Ich bin dankbar für meinen Körper.	Ich hab' da so einen Knubbel. Und Rücken hab' ich auch. Und Migräne. Und Ohrensausen. Ständig muss ich aufstoßen. Und ich hasse meine Nase. Meine Ohren sind auch zu groß. Trockene Augen. Gliederschmerzen. Knieprobleme. Karies. Mitesser. Unregelmäßiger Stuhlgang. Hornhautverkrümmung. Außerdem wäre ich lieber ein Vogel.
Ich bin dankbar für meine Eltern.	Mein Psychotherapeut ist dankbar für meine Eltern.
Ich bin dankbar für meine Geschwister.	Ich bin dem Bullterrier dankbar, der meiner Schwester in den Arsch gebissen hat.
Ich bin dankbar für meine Kinder.	Ich habe keine Kinder.
Ich bin dankbar für meinen Geist.	Gute Spirituosen sind viel zu teuer.

Religiöse Haltung	Deutsche Haltung
Ich bin dankbar für mein Essen.	Wenn ich noch eine verdammte Koch-Sendung sehe, werfe ich den Fernseher aus dem Fenster!
Ich bin dankbar für die Liebe.	Wenn ich noch eine Rosamunde-Pilcher-Verfilmung sehe, werfe ich den Fernseher aus dem Fenster!

Wenn wir auf undankbare Menschen treffen, sagen wir früher oder später: »Dann macht euren Scheiß doch allein!«

Vielleicht hat Gott ja auch irgendwann genug und sagt zu uns Deutschen: »Na gut – wenn ihr meint, dass meine Schöpfung nicht funktioniert, dann macht's doch besser. Bitte – ihr könnt noch mal von vorn anfangen. Ich gebe euch sieben Tage Zeit, um die Welt komplett neu zu erschaffen. Viel Spaß!«

Dann schauen wir uns doch einmal an, was passieren würde, wenn der deutsche Bundestag mit dieser Aufgabe betraut wäre ...

•••••••••• Die Welt in sieben Tagen ••••••••••

ERSTER TAG

Der Bundestag tritt zusammen. Da Gott die Welt ja aus dem Nichts erschaffen hat, lautet Tagesordnungspunkt 1: das Nichts.

Die CSU macht einen konstruktiven Vorschlag: Wenn man das Nichts in Mecklenburg-Vorpommern ansiedeln würde, müsste man strukturell gar nicht so viel verändern ...

Große Empörung bei der LINKEN und den Einwohnern von Mecklenburg-Vorpommern. Gregor Gysi tritt ans Rednerpult:

»Es gibt jede Menge dringender Probleme, und wir unterhalten uns hier über nichts. Das ist beschämend!«

Bundestagspräsident Lammert korrigiert ihn:
»Wir reden nicht über nichts, sondern über *das* Nichts.«
Eine heftige Debatte beginnt, in der sich schließlich auch Angela Merkel zu Wort meldet:
»Wenn hier behauptet wird, das Nichts sei nichts, dann ist diese ganze Diskussion hier null und nichtig.«
Gregor Gysi kontert:
»Also, darauf fällt einem wirklich nichts mehr ein.«
Mehrere Arbeitsgruppen werden gebildet. Endergebnis: Beschlossen wird natürlich ... nichts. Der Bundespressesprecher freilich formuliert es anders:
»Der Bundestag hat heute mit überwältigender Mehrheit das Nichts beschlossen.«

ZWEITER TAG

Da man der biblischen Schöpfung bereits um einen Tag hinterherhinkt, will die Regierung jetzt Fakten schaffen. Gott hatte ja gesprochen: »Es werde Licht.«
Da wittern die Grünen Energieverschwendung. Schließlich habe man ja noch nichts geschöpft, was beleuchtet werden müsse. Teile der SPD und die LINKE schließen sich den Grünen an, sodass der Weg zum Licht erst mal blockiert ist.
CDU/CSU und Teile der SPD sind der Ansicht, dass Licht notwendig ist, um nicht ins Dunkle hineinzuschöpfen, und nach zweieinhalb Stunden Debatte einigt man sich auf die Formulierung: »Es werde gedimmtes Licht.«
In der Bibel heißt es danach: »Gott sah, dass das Licht gut war.« In Deutschland gibt die Stiftung Warentest *befriedigend*.
Das gedimmte Licht wird dennoch durch den Bundesrat abgesegnet, allerdings mit der Auflage, keine ausländerfeindlichen Schriften zu beleuchten, falls irgendwann einmal Ausländer und die Schrift erschaffen werden sollten.

DRITTER TAG

Der Bundestag einigt sich mit knapper Mehrheit darauf, das Meer zu erschaffen – mit gleitenden Arbeitszeiten für Ebbe und Flut. Der sicherheitspolitische Flügel der SPD weist darauf hin, dass in einem Meer immer Ertrinkungsgefahr für Kleinkinder bestehe. Insofern solle die Meerestiefe an keiner Stelle achtzig Zentimeter überschreiten. Das ZDF weist darauf hin, dass unter diesen Bedingungen das Traumschiff nicht mehr auslaufen könne. Danach werden zwei Möglichkeiten diskutiert:

1. Das Traumschiff könnte als Luftkissenboot erschaffen werden.
2. Wenn man bei der Schöpfung von Kleinkindern darauf achtet, dass sie mindestens fünfzehn Meter groß sind, könnte man das Meer entsprechend tiefer legen.

Nach einem Hinweis des Kinderschutzbundes, dass eine Kleinkindgröße von fünfzehn Metern Gefahren für die Eltern-Kind-Beziehung berge, läuft alles auf ein flaches Meer hinaus. Doch kurz vor der Endabstimmung warnt der Verband der Rettungsschwimmer, dass bei einem flachen Meer wertvolle Arbeitsplätze verloren gehen werden.

So einigt man sich auf einen Kompromiss: Der Pazifik erhält seine gewohnte Tiefe, während der Atlantik die DIN-Norm für Nichtschwimmerbecken erfüllen muss.

VIERTER TAG

Die Erschaffung der Tierwelt steht auf dem Programm. Thilo Sarrazin fordert, dass sämtliche Tierarten die deutsche Sprache beherrschen mussen. Die SPD-Kollegen regen an, erst mal einen Dinosaurier zu erschaffen, der Thilo Sarrazin auffrisst.

Aber nach achteinhalb Stunden Debatte einigt man sich lediglich auf die Erschaffung von glücklichem, deutsch sprechendem Geflügel aus Freilandhaltung.

Gregor Gysi fragt grinsend nach, wie das Geflügel denn aus

Freilandhaltung stammen kann, wenn es noch gar kein Land gibt.

Zwei Stunden hitzige Debatte, an deren Ende man sich einigt, im Meer eine Insel für frei laufende Hühner zu erschaffen. Bei der Gestaltung der Insel wird deutlich, dass es noch keine DIN-Norm für Landschaften gibt. Die sicherheitspolitischen Sprecher aller Fraktionen sind sich einig, dass Landschaften grundsätzlich keine Gefahrenquellen wie Berge, Schluchten und Vulkane enthalten dürfen. Am Ende des Tages steht mit überwältigender Mehrheit der Beschluss, dass die gesamte zukünftige Welt so aussehen wird wie Ostfriesland.

FÜNFTER TAG

Der Reichstag wird von wütenden Tierschützern gestürmt, die es für Tierquälerei halten, Hühner auf eine einsame Insel zu pferchen, wo auch noch das Licht gedimmt ist. Aus Paritätsgründen schafft der Bundestag eine weitere abgelegene Insel für wütende Tierschützer.

Um die internationalen Verbindungen zu erleichtern, sollen die fünf Kontinente aus einem einzigen großen Kreis bestehen, der wie ein Kuchen in fünf Stücke unterteilt ist. Angela Merkel ist der Ansicht, dass es in diesem Fall praktischer sei, wenn die Erde eine Scheibe wäre. Diese könnte man immer nach der Sonne ausrichten, sodass es keine Nächte mehr gäbe – was garantiert einen Rückgang der Kriminalität zur Folge hätte.

Der Vorschlag scheitert aber an der Lobby der Nachtklubbesitzer.

Anschließend prüft der Bundestag eine Eingabe des Abgeordneten von Manderscheid in der Eifel: Es geht um die dringende Bitte des Ehepaares Hartmut und Lisbeth Breuer, dass die Bordsteinkante vor dem Schwalbenweg 12 nicht höher als 15 Zentimeter sein soll, weil der aktuelle Bürgersteig mit 23,4 Zentimetern der armen Lisbeth wegen ihrer Hüfte Probleme bereitet. Man besänftigt den Eifler Abgeordneten mit der Zusicherung, bei der Erschaffung des Menschen besonderes Augenmerk auf die Hüften zu legen, sodass die Frage der Bürgersteighöhe automatisch an Bedeutung verliere.

SECHSTER TAG

Die Schöpfung des Menschen steht auf dem Programm. Die ist aber nicht finanzierbar, weil SPD und LINKE ausschließlich Menschen erschaffen wollen, die mehr als zehn Euro pro Stunde verdienen. Die CDU will den Mindestlohn gegenfinanzieren, indem man einfach auf die Schöpfung von Griechenland verzichtet.

Nach einer Protestnote von Costa Cordalis legen die Grünen ein Kompromiss-Papier vor: Besserverdiener ja, aber nur Vegetarier.

Der Vorschlag ist aber schnell vom Tisch, weil man ja noch gar keine Pflanzen erschaffen hat ... Was im Übrigen auch den erbärmlichen Zustand der frei laufenden Hühner erklärt.

Ein erbitterter Streit entbrennt, an dessen Ende Heiner Geißler als Schlichter eingesetzt wird. Geißler ist der Ansicht, dass ein so komplexes Problem eigentlich nur von Frank Plasberg gelöst werden kann.

Da Plasberg aber dringend eine *Hart, aber fair*-Sendung zum Thema »Hühner im Dämmerlicht« moderieren muss, setzt der Bundestag schließlich ein kreatives Kompetenz-Team ein, das sich mit der Erschaffung des Menschen beschäftigen soll: Peter Maffay, Herbert Grönemeyer und Udo Lindenberg – unter dem Vorsitz von Jan Delay.

Jan Delay eröffnet das Treffen, indem er unverständliche Sätze in den Raum quakt. Lindenberg, Grönemeyer und Maffay schauen einander irritiert an, bis Lindenberg schließlich seine Sonnenbrille abnimmt und sich nur unwesentlich verständlicher äußert als sein Vorredner:

»Also, ich hab da mal 'ne Idee: Wir erschaffen panikmäßig Menschen, die weniger nuscheln als Jan Delay.«

Maffay wirkt nachdenklich:
»Ja, ich muss zugeben, ich habe sprachlich gerade nicht so viel mitbekommen. Herbert, hast du etwas verstanden?«
Grönemeyer kneift das Gesicht zusammen und nuschelt:
»Nee, der Jan Delay, der nuschschscheltimmerso.«
Maffay hat kein Wort verstanden:
»Äh – wie bitte?«
»Na, der Jan, der nuscheltimmerso-versssstehtmankeinwwwort ...«
Nun kommt es zu einem für Außenstehende völlig unverständlichen Dialog zwischen Lindenberg und Grönemeyer:
»Dübndüdüüüüüdübdübndüüü ...«
»Hsstfffkkschhtbochumichkommausdirssstfff ...«
»Dübndübndüüü ...«
»Hfffksss ...«
Da nach zwei Stunden immer noch niemand Jan Delay versteht, wird er durch Karl Lagerfeld ersetzt, der sich mit einem Fächer aus Ballonseide und Blattgold hektisch Luft zuwedelt und noch hektischer redet:
»Also der Mensch muss schlank sein, das ist schon mal klar, und die Klamotten müssen stilvoll sein, und auf Schuppen kann ich auch gerne verzichten, aber ansonsten – wie soll er denn aussehen, wie soll er denn sein, der Mensch?«
Nach einer kurzen Pause meldet sich Udo Lindenberg zu Wort:
»Also, 'ne zweite Leber fänd ich panikmäßig praktisch ...
Und 'n Hut könnte auch schon direkt mit dran sein.«
Lagerfeld schnaubt despektierlich:
»Also, ich finde, wir sollten uns lieber ums Gehirn kümmern ...«
Auf Lindenbergs Gesicht zeigt sich ein Lächeln:
»Ey, geile Idee. Vielleicht kann man das Synapsen-technisch so regeln, dass man schon besoffen auf die Welt kommt.«
Maffay ist besorgt:
»Aber Udo, wohin soll das denn führen?«
»Ja, da kann man sich in der Jugend besser aufs Kiffen konzentrieren.«

Lagerfeld redet jetzt noch schneller:

»Gut, der Vorschlag ist notiert. Aber nach wessen Ebenbild sollen wir den Menschen denn erschaffen? Ich finde ja, die Frauen sollten so aussehen wie Claudia Schiffer und die Männer wie Claudia Schiffer ohne Titten.«

Maffay setzt seine pathetischste Miene auf:

»Also, ich stehe als Ebenbild freiwillig zur Verfügung.«

Lindenberg ist irritiert:

»Sorry, Peter, ich dachte, wir reden hier von der Krone der Schöpfung und nicht von irgendwelchen rumänischen Primaten ...«

Lagerfeld hat schon keine Lust mehr – Menschen einzukleiden macht definitiv mehr Spaß, als sie zu erschaffen. Er schnaubt genervt aus:

»Also, jetzt reißen Sie sich aber mal am Riemen! Meine Herren, wir haben hier eine ehrenvolle Aufgabe! Herr Grönemeyer, Sie haben doch ein Album zum Thema ›Mensch‹ herausgebracht. Geht das denn erkenntnistheoretisch über Glückskekse hinaus?«

»Oooooh MenschistMensch – wie lachtundwieerlebt! Weltall, ich komm aus dihiiiir! Ooooo wannisteinMensch ein Mensch??? Geschöpft, geschröpft, tut alles weh. Geh voran bleibtallesanders. Je eeeeher, je eeeeher er lebt, umsoleichter umsoleichteeeeeeeeeer wird's fürmich.«

Lagerfeld schaut jetzt leicht angewidert und fächert sich Luft zu:

»Ja, was will er uns damit denn sagen?«

Maffays Miene wird nachdenklich:

»Ich glaube, er will ausdrücken, dass das Existenzielle im Menschsein ... nee, keine Ahnung.«

Lindenberg lässt seine Sonnenbrille auf- und abwandern:

»Äh, können wir vielleicht vor dem Menschen erst mal Eierlikör erschaffen – ich hab panikmäßig Durst.«

SIEBTER TAG

Der Bundestag ruht sich aus, und das Kompetenz-Team ist inzwischen so besoffen, dass es aus einer albernen Laune heraus den Menschen nach dem Ebenbild von Florian Silbereisen erschafft.

Die neu geschöpfte Menschheit ist dann leider zu dumm, um sich die Erde Untertan zu machen – und so wird der Planet fortan von frei laufenden Hühnern regiert.

Kapitel 18

● ● ● ● ● ● ● ● ● ● ● ● ● ● ● ● ● ● ●

Die Liebe zu Zahlen

Wenn wir überhaupt an etwas glauben, dann an Zahlen. Wir *lieben* Zahlen. Sie haben so etwas Objektives, Konstantes, Beherrschbares. Keine Sendung von *Hart, aber fair*, *Maischberger* oder *Anne Will*, wo sich die Gäste nicht voller Freude irgendwelche auswendig gelernten Ziffern an die Köpfe werfen:

»Von 2010 bis 2013 gab es eine Steigerung von knapp 25 000, das sind über 30 %!«

»Aber das ist doch völlig aus dem Zusammenhang gerissen! Die 25 000 werden doch durch die 78 000 relativiert, und wenn Sie dann noch die 3000 aus dem ersten Halbjahr 2014 berücksichtigen, waren es höchstens 20 %.«

»Moment, die 78 000 haben doch nichts mit den 25 000 zu tun, die sind doch auf die 320 000 zurückzuführen, und die sind seit 2011 um 17 % *gesunken*.«

»Also, das schlägt aber dem Fass den Boden aus! Ohne die 320 000 wären die 25 000 doch höchstens 10 000 gewesen, also unter 15 %! Sie können doch nicht auf der einen Seite die 78 000 anprangern und dann die Auswirkung der 320 000 auf die 30 % leugnen.«

»Ich sage hier klar und deutlich: Die 30 %, das sind 25 000 *trotz* der 78 000, und die 320 000 machen nicht einmal 1 % der 5 Millionen aus, während die 3000 aus dem ersten Halbjahr 2014 eindeutig auf die 3,8 % aus dem 10-Punkte-Plan von 2012 zurückzuführen sind, der obendrein mindestens 0,32 % der 5 Millionen verursacht hat, und das hat sich massiv auf über 45 % der 320 000 ausgewirkt.«

»Dazu kann ich nur sagen: Erstens: 39 %. Zweitens: 475 000, und drittens: 0,76 %.«

»Ha! Also, da kann doch jedes Schulkind sofort im Kopf nachrechnen, dass das vollkommener Unsinn ist.«

Bei solchen Diskussionen habe ich oft das Gefühl, dass die Zahlen ein Eigenleben führen. Und ... auf eine gewisse Art tun sie das ja auch. Schon als ich ein Kind war, habe ich zwischen Zahlen und anderen Erdenbewohnern keinen Unterschied gemacht: Ich fütterte die Vögel auf unserer Terrasse, versuchte die Fische in unserem Aquarium zu dressieren – und ich hatte Mitleid mit den Lottozahlen, die nicht gezogen wurden. Ich dachte, die sind bestimmt traurig. (Vielleicht habe ich mich auch mit ihnen identifiziert, weil ich beim Fußball meistens als Letzter gewählt wurde, wenn die Mannschaften gebildet wurden.)

Dafür freute ich mich immer für die Kugeln, die in die Glasbehälter plumpsten und so ins Licht der Öffentlichkeit gerieten, während der Kommentator ihre Namen aussprach: 17, 33, ... Was wirklich in diesen Kugeln vor sich geht, wissen wir natürlich nicht. Oder doch?

Lottokugeln

Während sich der Behälter mit den 49 Kugeln dreht und die altbekannte Lottoziehungsmusik erklingt, verspürt die 33 ein aufgeregtes Kribbeln: Heute wird sie es endlich wieder schaffen! Seit über zehn Ziehungen nicht mehr gezogen – das nagt am Selbstvertrauen. Ihre Partnerin, die 17, war erst letzte Woche unter den Glücklichen. Das ist nicht gut für das Gleichgewicht einer Beziehung, wenn einer erfolgreicher ist als der andere. Die 17 hat gemeint, es liege an der Psyche:

»Wenn man so lange nicht gezogen wird, dann setzt sich das im Kopf fest, dann glaubt man nicht mehr an die Ziehung. Und wenn man verkrampft, dann findet man das Loch nicht, selbst wenn es direkt vor einem liegt.«

»Blöde Klischeesprüche«, dachte die 33. »Wer gezogen wird, hat immer gut reden ...« Egal, heute muss sie sich konzentrieren. Die Glaskugel stoppt. Da öffnet sich der Boden direkt unter ihr, und ... sie fällt!

»Jaaaaaaaaaaaaaaaaaaaaaaaaaaaaaaaaaaaaaaaaaaaaaaaaaaaaa!!!«

Nichts ist mit diesem triumphalen Glücksgefühl zu vergleichen, nach einer derart langen Durststrecke gezogen zu werden. Und schon wird ihr Name genannt:

»Die 33.«

Olé, olé, olé, oléeeeeeeee ... Sie könnte jetzt die ganze Welt umarmen. Endlich, endlich, endlich! Bevor sie völlig begreifen kann, was gerade passiert ist, macht es ›klack‹, und neben ihr liegt die nächste Kugel. Ausgerechnet ihre Partnerin. Ausgerechnet die 17 ... Natürlich gönnt sie es ihr. Aber irgendwie hätte sich der Triumph größer angefühlt, wenn sie ihre Partnerin diesmal großzügig hätte trösten können. Die 17 hingegen lässt ihrer Freude freien Lauf:

»Hey, Wahnsinn! Wir beide hintereinander gezogen! Super! Ich freu' mich so für dich.«

»Ja, ich freu' mich auch für dich.«

»Ist was? Du klingst irgendwie merkwürdig.«

»Ich hab genau gesehen, wie du mit der 21 rumgemacht hast!«

Eigentlich wollte sie der 17 keine Eifersuchtsszenen mehr machen, aber in diesem Moment kann sie einfach nicht anders:

»Ihr seid mindestens eine Minute Seite an Seite nebeneinander hergerollt.«

»So ein Quatsch, ich hab die 21 nur ganz kurz berührt.«

»Wie du sie angesehen hast. Außerdem hat mir die 26 erzählt, dass sie euch gestern zusammen gesehen hat. Die 14 war auch dabei.«

Anstatt sich weiter zu verteidigen, geht die 17 nun zum Gegenangriff über:

»Aber du mit deiner 45! ›Ooooh, deine 4, haaach, deine 5 ...‹ Ich kann's nicht mehr hören.«

»Du weißt genau, dass die 45 nur auf Schnapszahlen steht.«

»Du BIST eine Schnapszahl.«

»Quatsch, meine erste Ziffer ist eine drei und meine zweite ... okay, ich bin eine Schnapszahl ... Aber du willst doch nur von deiner 21 ablenken. Als ob die Geschichte mit der 8 nicht genug war – geht mit ihrer eigenen Quersumme ins Bett!«

»Es tut mir ja auch leid – das sind die Gene. Wir Primzahlen sind nun mal so.«

»Und die Erziehung unserer 4 ist dir doch auch scheißegal.«

»Weil sich deine 49 in alles einmischen muss!«

»Ich hätte auf meine 49 hören sollen! Lass die Finger von den Primzahlen, hat sie gesagt. Die gehen mit jeder Zweierpotenz ins Bett, die bei drei noch nicht gezogen ist!«

»Wär ich doch im Spiel 77 geblieben – dann müsste ich mir diesen Mist nicht anhören.«

»Von mir aus kannst du als Zusatzzahl im Mittwochslotto versauern – ist mir scheißegal!«

Während die Ziehung zu Ende geht und die Kamera jeder gezogenen Zahl noch mittels einer Großaufnahme einen Moment des Ruhms gewährt, schmollen die 33 und ihre Freundin, die 17, still vor sich hin. Wie bei jeder ihrer gelegentlichen Streitereien muss eine den ersten Schritt tun. Diesmal ist es die 17:

»Weißt du, wie süß du aussiehst, wenn du wütend bist? Wie eine junge Quadratwurzel!«

Die 33 seufzt:

»Du bist gemein. Du weißt, dass du mich so immer rumkriegst.«

»Soll ich unser Lied singen?«

Als Antwort lässt die 33 einen erotischen Grunzlaut vernehmen:

»Rrrrrrrrrr ...«

Die 17 summt sich ein wenig ein und trällert dann mit einer wunderschönen Sopranstimme zur Melodie von Peter Maffays »Und es war Sommer«:
»Ich war 17 und sie 33
Und von Lotto wusste ich nicht viel
Sie wusste alles – und sie ließ mich fühlen
Dass ich 'ne Zahl bin ...«

Kapitel 19

Episches Theater

Unbestritten gibt es in Deutschland eine wunderbare Theatertradition. Goethe, Schiller, Lessing, Brecht ... Ach ja, Brecht. Dieser Mann erfand den sogenannten »Verfremdungseffekt«.

Gemeint sind Kommentare, Lieder oder andere Stilmittel, mit denen die Handlung so unterbrochen wird, dass die Zuschauer eine kritische Distanz zum Dargestellten einnehmen können.

Zugegeben, auch in *Der Herr der Ringe* trägt Bilbo Beutlin am Anfang ein paar Gedichte vor. Aber wenn mitten in der finalen Schlacht von Minas Tirith plötzlich das Kampfgeschehen stoppen würde, ein Ork hervorträte, aus seiner Unterhose eine Klampfe hervorholte und sänge ...

»Ich bin ein fieser Ork
und lebe ohne Sorg'.
Denn in Mordor, in jedem Tal,
da blüht das Kapital.«

... und anschließend Frodo mit einer Laute nach vorne käme ...

»Der Ring ist ein Symbol für Gier.
Ich kämpf' zwar wie ein wildes Tier,
doch kann der Ring mich nicht verführ'n –
denn schließlich hab' ich mein Gehirn.«

... dann wäre ich unsicher, ob das Werk in den Top Ten der erfolgreichsten Filme aller Zeiten gelandet wäre.

Es ist kein Zufall, dass der Verfremdungseffekt in Deutschland erfunden wurde, schließlich ist das Distanzieren von Emotionen unser liebstes Hobby. Der Verfremdungseffekt liegt uns im Blut. Meine Nichte hat bereits mit sechs Jahren beim Film *Barbie und die geheime Welt der Glitzerfeen* die Entführung von Ken mit den Worten kommentiert: »Der ist gar nicht wirklich in Gefahr. Das ist ja nur ein Film.«

Mit anderen Worten: Sie hat Brecht schon verstanden, bevor sie seinen Namen kannte. Bringt man sich nicht selbst um den Spaß, wenn man beim Anschauen eines Theaterstücks ständig den Verstand einschaltet? Ich möchte es einmal so formulieren: Ja.

Es ist oft hilfreich, seinen Verstand einzuschalten. Zum Beispiel, wenn man eine Doktorarbeit schreibt, einen Hauptstadtflughafen plant, den Friedensprozess im Nahen Osten vorantreiben will oder eine App programmiert, die Menschen warnt, bevor sie mit dem Smartphone gegen Laternen laufen. Aber definitiv nicht, wenn man ein Theaterstück anschaut. *Nach* der Vorstellung, da wäre ein guter Zeitpunkt. Da kann man sich mit seinen Freunden in die Theaterkneipe setzen und in aller Ruhe diskutieren, was sich der Autor wohl gedacht hat. Aber während des Stückes? Das ist so, als würde man beim Sex kurz vorm Orgasmus innehalten, um mit dem Partner über die politische Dimension von Geschlechtsverkehr zu diskutieren.

Ich weiß, meine ehemaligen Deutschlehrer werden mich für diesen Satz verfluchen, aber es ist die Wahrheit: Ich hasse den Verfremdungseffekt. Einem Volk mit schwerer emotionaler Störung das epische Theater aufzubürden – das ist so, als würde man einem Verdurstenden eine Entwässerungskur verschreiben.

Meiner Meinung nach hat Brecht dem deutschen Theater bis heute großen Schaden zugefügt. Okay, vielleicht hat man es Ende der Sechziger- oder Anfang der Siebzigerjahre als befreiend empfunden, dass nackte Leute auf die Bühne pinkeln und sich gegenseitig anschreien.

Brecht hat zu dem Zeitpunkt längst nicht mehr gelebt – und wenn er das gesehen hätte, hätte er wahrscheinlich selbst gedacht: »Auweia – was habe ich da nur angerichtet?«

Aber warum im Jahre 2014, wo Prüderie nun wirklich nicht zu den drängendsten Problemen dieser Zeit zählt, immer noch nackte Leute auf die Bühne pinkeln und brüllen, und welchen künstlerischen Wert das haben soll – das muss mir mal jemand erklären. An dieser Stelle darf ich den großen Marcel Reich-Ranicki zitieren: »Diese Regisseure ... warum haben sie diesen Beruf ergriffen? Es gibt doch so viele schöne andere Berufe.«

Brecht wollte ja »Volkstheater« machen. Dann schauen wir doch mal, wie das Volk auf die Inszenierung eines seiner Nachfolger reagiert ...

············· Romeo und Julia ···············

Es ist der 45. Hochzeitstag, als Lisbeth Breuer ihrem geliebten Ehemann Karten für das Kölner Schauspielhaus schenkt. Hartmut ist von drei Flaschen Pils und zwei Doppelkorn schon leicht angeheitert und freut sich aufrichtig:

»*Romeo und Julia* – dat is aber lieb, Lisbeth. Man hat ja schon viel davon jehört, aber wenn man et mit eigenen Augen jesehen hat, kann man auch besser mitreden.«

Auch Lisbeth ist dank einer halben Flasche *Asti Spumante* und zwei Gläsern *Baileys* nicht mehr zu hundert Prozent nüchtern:

»Du sagst et, Hartmut. Dat is' ja ein Klassiker wie *Die Schwarzwaldklinik* oder *Dalli Dalli* ... Isch meine, dat muss man einfach mal jesehen haben.«

Hartmut döst einige Sekunden lang vor sich hin, während sich Lisbeth noch ein Glas *Asti* nachschenkt.

»Weißte, Hartmut: Damals wollten wir doch immer ins Millowitsch-Theater, und bevor wir da waren, is' der jestorben. Da hab' isch jedacht: Nit, dat uns dat noch mal passiert.«

»Aber der Shakespeare, der is' doch auch schon tot.«

»Noch ein Grund mehr, mal ins Theater zu gehen.«

»Haste recht, Lisbeth. Wer weiß, wer demnächst noch alles stirbt.«

»Ja, wie alt sind denn die beiden, die da die Hauptrollen spielen?«

»Keine Ahnung. Aber den Günther Strack hat's ja auch schon erwischt.«

»Schlimm. Janz schlimm is' dat.«

Hartmut rührt mit einer Salzstange in seinem Pilsglas, bis wieder Schaum entsteht, und gibt sich seinen Gedanken hin:

»Isch glaube, Schauspieler sterben öfter als andere. Isch meine, wie oft liest man in der Zeitung, dat ein Klempner stirbt? Janz selten. Aber Schauspieler fast jeden Tag.«

»Cary Grant zum Beispiel. Der sieht in seinen Filmen immer so jesund aus. Dat hab' isch nie verstanden, warum der überhaupt jestorben is'.«

»Ein janz jefährlicher Beruf is' dat ... Wann ist denn überhaupt die Vorstellung?«

»In zwei Wochen.«

»Na ja, dann drücken wir mal die Daumen, dat da so lange nix passiert.«

Zwei Wochen später sind Hartmut und Lisbeth bereits um zwölf Uhr losgefahren, denn Hartmut wollte auf jeden Fall in Köln sein, bevor der Berufsverkehr losgeht. Allerdings braucht man von Manderscheid nach Köln nur knapp zwei Stunden – selbst wenn man auf der Autobahn konsequent neunzig fährt wie Hartmut mit seinem dreißig Jahre alten Mercedes. So stehen die beiden um vierzehn Uhr 01 vor der Schranke des Parkhauses am Dom. Hartmut kurbelt das Fenster runter.

»Moment, da steht wat ... Holste mal meine Lesebrille raus, Lisbeth?«

»Die hab' isch nit.«

»Natürlisch hast du die. Isch hab dir die doch extra jejeben.«

»Nein, dat waren die Prostatatabletten.«

»Die Prostatatabletten? Wat soll isch denn in Köln mit Prostatatabletten? Dat erjibt doch keinen Sinn.«

»Ja, dat hab isch mir ja auch gedacht, Hartmut, aber du warst so anjespannt, da hab isch überlegt: Steckste die Prostatatabletten ein – wer weiß, wozu et noch jut is'...«

Inzwischen stehen mehrere Autos hinter den beiden und hupen. Hartmut lehnt sich aus dem Fenster und ruft:

»Keine Sorge, wir kriegen dat jeregelt. Meine Frau hat lediglisch meine Lesebrille mit den Prostatatabletten verwechselt ...«

Dann wendet er sich Lisbeth zu:

»So, dann lies' du dat halt.«

Lisbeth beugt sich über Hartmut und liest:

»*Parkschein hier drücken. Parkgebühren: 2 € pro Stunde.*«

»Aha. Gilt dat auch für Rentner?«

»Hier steht nix von Rentnern.«

»Dat is' wieder mal typisch. Behinderte, Ausländer und Transvestiten kriegen alles in den Hintern jeschoben, aber wir Rentner müssen sogar Parkplätze aus der eigenen Tasche zahlen ...«

»Aber von Ausländern und Transvestiten steht da auch nix.«

»In Köln passiert dat sowieso alles unter der Hand.«

»Hier soll es ja viele Transvestiten geben.«

»Klüngel nennt man dat hier. Aber eigentlisch isset Korruption.«

»In der Eifel wohnen gar keine Transvestiten, glaube isch.«

»Ja. Aber dafür haben wir im Winter mehr Schnee ... Äh, worüber reden wir überhaupt, Lisbeth?«

Die Autoreihe hinter Harmut und Lisbeth umfasst mittlerweile zehn Fahrzeuge. Der Fahrer eines BMW direkt hinter ihnen hat sein Fenster runtergefahren und brüllt:

»Ey, Opa, wird's bald?!«

Dann drückt der BMW-Fahrer mehrfach auf die Hupe. Hartmut schüttelt den Kopf und ruft zurück:

»Entschuldigung, man wird ja wohl noch ein finanzielles Angebot abwägen dürfen, ohne gleich die Pistole auf die Brust jesetzt zu bekommen. Als Sie Ihren BMW jekauft haben, da hab' isch doch auch nit jehupt!«

Knapp fünf Minuten später verhindert Lisbeth eine Schlägerei, indem sie endlich den grünen Knopf drückt, den Parkschein zieht und damit der Diskussion ein Ende setzt. Die Schranke hebt sich, und Hartmut fährt kopfschüttelnd ins Parkhaus:

»Zwei Euro pro Stunde ... Dat sind 48 Euro am Tag ... Dat sind fast 1500 Euro im Monat. Dafür kriegt man in Manderscheid eine Villa mit beheiztem Swimmingpool und Top-Ausblick über die halbe Eifel. Hier in Köln wird man mit einem unterirdischen Parkplatz abjespeist, von dem man noch nit mal nach draußen sehen kann ... Von Dom- oder Rheinblick mal janz zu schweigen ...«

Lisbeth seufzt:

»Hätten wir dat vorher jewusst, hätten wir die Villa in Manderscheid jemietet ...«

Fünfeinhalb Stunden später, nachdem Hartmut und Lisbeth sich über das Fehlen eines Aufzugs im Kölner Dom, die Kaffee- und Kuchenpreise der Rheinterrassen sowie die Konsistenz der Kirschen in der Schwarzwälder Kirschtorte im Café Reichard, die mangelhaften Deutschkenntnisse eines japanischen Touristen, die Fließgeschwindigkeit des Rheins, die schlechte Ausschilderung des Kölner Schauspielhauses und 387 weitere Details der Stadt Köln beschwert haben, sitzen sie auf ihren Plätzen in der zehnten Reihe, und Hartmut schaut verwirrt auf die Bühne.

»Wo is' denn der Balkon? Isch dachte immer, Julia steht auf dem Balkon und lässt dann ihr Haar herunter.«

»Unsinn, Hartmut, dat war doch Rapunzel.«

»Stimmt, dat mit dem Haar kann sein. Aber Julia steht trotzdem auf 'nem Balkon, da bin isch mir zu hundert Prozent relativ sischer.«

»Ja, isch mein auch. Ein Balkon irgendwo in Spanien, Italien oder Südfrankreisch – auf jeden Fall am Mittelmeer.«

Jetzt wendet sich Greta Poggenpohl an die beiden, eine Geschichtslehrerin mit Halbbrille und kurzen grauen Haaren, die neben Hartmut sitzt:

»Haben Sie denn das Programmheft nicht gelesen?«

Hartmut zeigt stolz die Broschüre, die er auf Lisbeths Wunsch nach einer mittellangen Diskussion über den unangemessen hohen Preis von drei Euro widerwillig erworben hat:

»Doch. Da ist eine Werbung für *Süffels* Kölsch drin: ›*Süffels* Kölsch – echt typisch Kölsch‹. Toller Werbespruch, finde isch. Wer sisch wohl so wat ausdenkt?«

»Aber ich meine: Haben Sie denn nicht die Erläuterungen zur Inszenierung gelesen?«

»Ach so, dat. Äh, nein, dat habe isch wohl überblättert.«

»Gut, dann erkläre ich es Ihnen. Also: Sie haben recht, in Shakespeares Original gibt es eine Balkonszene, und das Stück spielt in Verona. Regisseur Dimiter Zilnik hat die Handlung allerdings ins serbische Knin des Jahres 1991 versetzt.«

Hartmut ist perplex:

»Ja, wie? Hat der dat denn mit dem Shakespeare abgesprochen?«

»Wohl kaum.«

Jetzt mischt sich Lisbeth ein:

»Aber wenn auf der Bühne jetzt Serbien ist, dann kriegen wir ja gar nit mit, wat in Verona passiert.«

Hartmut pflichtet seiner Frau bei:

»Wenn der 1. FC Köln zu Hause gegen Mönchengladbach spielt, dann gehe ich doch auch nit nach Bochum ins Stadion.«

Lisbeth ergänzt:

»Außerdem: In dem Stück geht et doch um die ewige Liebe – dat kann doch nit in Serbien spielen ... Also, janz ehrlich, isch kannte von Serbien bis heute nur die Bohnensuppe, aber wenn isch dat hochrechne, wat isch da auf der Bühne sehe, dann muss dat Land ja furchtbar hässlich sein.«

Geschichtslehrerin Greta Poggenpohl seufzt:

»Das Bühnenbild ist natürlich nicht realistisch, sondern stilisiert.«

Hartmut horcht auf:

»Wer wurde sterilisiert?«

Greta Poggenpohl ist jetzt schon ein wenig genervt:

»Nein, das Bühnenbild ist stilisiert. Also abstrakt. Auf das Wesentliche reduziert.«

Hartmut schüttelt mit dem Kopf:

»Isch glaube eher, die hatten kein Geld für ein richtiges Bühnenbild. Liest man doch immer in der Zeitung, dat an der Kultur verkürzt wird. Isch meine, in wat für einer Welt leben wir eigentlisch, wenn nit mal mehr Jeld für einen Balkon übrig is'?«

Die Geschichtslehrerin wendet sich frustriert ab. Hartmut redet sich in Rage:

»1500 Euro kassieren die jeden Monat für einen einzigen Parkplatz, und dann ersetzen sie Verona durch osteuropäische Billig-Städte ... Serbien – dat sieht ja schlimmer aus als Leverkusen.«

Lisbeth stimmt zu:

»Dat is' so schade. Dabei hat mir die Bohnensuppe immer jut jeschmeckt.«

Hartmut holt einen Flachmann aus seiner Jacketttasche und nimmt einen kräftigen Schluck. Dabei erspäht er Alice Schwarzer, die in diesem Moment den Saal betritt.

»Guck mal, Lisbeth, da kommt Alice Schwarzer. Wat will die denn hier?«

»Ja, heute is' doch Premiere. Da kommt immer Prominenz. Vielleicht ist Andrea Berg ja auch da.«

»Und da in der ersten Reihe, dat sind ... eins, zwei, drei Ausländer. Die sehen aus wie Türken, aber die Frauen tragen keine Kopftücher.«

»Bestimmt, weil Alice Schwarzer da is'. Die mag ja keine Kopftücher.«

»Erst beantragen die hier Asyl, und wenn sie dann da sind, setzen die sisch in die erste Reihe ... Da reichste den kleinen Finger, und die nehmen ...«

Lisbeth unterbricht ihren Mann:
»Hartmut, jetzt lass die armen Türken in Ruhe – die hatten früher ein Weltreich, und heute verkaufen sie Döner ... und wenn die beten wollen, müssen die sich vorher die Füße waschen. Dat is' auch nit einfach.«

Nachdem Regisseur Dimiter Zilnik, ein hustender Mann mit schwarzem Rollkragenpullover, im Auditorium Platz genommen hat, wird es dunkel, und ein Spot leuchtet mit kalkweißem Licht auf das balkonfreie Bühnenbild. Während Kampfgeräusche eingespielt werden, die sich vortrefflich mit dem Husten des Regisseurs vermengen, kriecht eine nackte alte Frau, die Schauspielerin Ingeborg Trutz, auf allen vieren quälend langsam in Richtung Rampe, bleibt dann zusammengekrümmt liegen und wimmert. Hartmut flüstert empört in Lisbeths Ohr:
»Dat die sisch nit mal mehr Kostüme leisten können, dat is' doch ein Skandal! Die armen Schauspieler.«

Lisbeth flüstert zurück:
»Im Karneval haben die Kölner immer so tolle Verkleidungen – dat verstehe isch gar nit.«
»Also, dat die Kirschen in der Schwarzwälder Kirschtorte matschig waren, da hab' isch ja nix jesagt. Aber dat hier, dat schlägt doch der Krone den Boden aus dem Fass.«

Jetzt flüstert die Geschichtslehrerin zurück:
»Die Frau ist nicht aus Geldmangel unbekleidet. Der Regisseur will damit die Nacktheit des Menschen im Krieg symbolisieren, das Zurückgeworfensein auf die nackte Existenz.«

Hartmut ist verblüfft:
»Wat? Die besitzen Kostüme, ziehen sie aber nit an? Wo is' denn da die Logik?«

Lisbeth stimmt zu:
»Also, bei Adam und Eva hätte isch jesagt: Okay, die waren nackt. Aber Romeo und Julia hatten auf jeden Fall Kleidung an, dat weiß isch.«

»Guck mal, Lisbeth – auf dem Hintern von der Frau steht irgendwat, dat kann isch nit lesen.«

»Moment, da muss isch kurz die andere Brille ... so. Also, da steht ... ›Ficken‹.«

»Dat glaub' isch nit. Dat heißt vielleicht ›Chicken‹. Wenn auf der anderen Backe ›Kentucky fried‹ steht, dann is' dat Werbung.«

»Nein, Hartmut, da steht ›Ficken‹. Ehrlisch.«

Greta Poggenpohl unternimmt einen weiteren Versuch, aufklärerisch tätig zu werden:

»Ich glaube, das ist eine ironische Brechung der klassischen Julia-Figur.«

Hartmut nickt:

»Da habense recht. Isch muss auch gleich brechen.«

In diesem Moment erhebt sich die Frau und brüllt so laut, dass Hartmut sein Hörgerät leiser stellen muss:

»ICH – BIN – EINE – HUUUUREEEEEEEE!!!!!
ICH – HABE – EINE – MÖÖÖÖÖÖÖÖÖÖSEEEEEEEEE!!!!!!«

Hartmut wendet sich verblüfft an seine Frau:

»Isch wusste gar nit, dat der Shakespeare so versaut jeschrieben hat.«

»Vielleicht is' dat ja auch ein Übersetzungsfehler. Der Shakespeare war doch Engländer.«

Die Geschichtslehrerin korrigiert:

»Im Programmheft steht: ›Dimiter Zilnik hat die subtile Erotik der Shakespeare'schen Originalsprache ins 21. Jahrhundert transferiert‹.«

Lisbeth nickt:

»Sag' ioch doch. ein Übersetzungsfehler.«

Hartmut runzelt die Stirn:

»Moment, da muss isch mal kurz nachhaken, Frau äh ... also Sie da mit der Halbbrille ... wie hat der Shakespeare dat denn jeschrieben?«

»Tja, den Originaltext habe ich jetzt selbst nicht so präsent ...«

»Also, isch meine, beim Shakespeare hätte sisch dat jereimt. ›Isch habe eine Möse‹ – dat reimt sisch nit.«*

In diesem Moment springt die nackte Schauspielerin von der Bühne und rennt schreiend durchs Publikum. Als sie direkt an Lisbeth und Hartmut vorbeikommt, zeigt sich recht eindeutig, dass sie die sechzig bereits hinter sich gelassen hat. Hartmut trinkt den Rest seines Flachmanns auf ex. Lisbeth schaut interessiert:

»Guck mal, Hartmut: Genauso eine Krampfader hab' isch auch am rechten Oberschenkel ...«

Inzwischen hängt auf der Bühne ein Transvestit kopfüber von der Decke und hämmert wild auf ein Klavier ein. Lisbeth triumphiert:

»Da! Isch habbet doch jesagt, in Köln gibt et jede Menge Transvestiten.«

Hartmut schüttelt den Kopf:

»Isch könnte auch nit Klavier spielen, wenn isch kopfüber von der Decke hängen würde.«

»Du kannst auch kein Klavier spielen, wenn du auf 'nem Klavierhocker sitzt.«

»Aber kopfüber von der Decke noch weniger.«

»Also, dat kann Udo Jürgens besser, janz ehrlisch.«

»Der hängt ja auch nit kopfüber von der Decke.«

»Hartmut, isch hab 'ne Idee: Wenn wir jetzt nach Hause fahren, sparen wir doch jede Menge Parkjebühren. Dafür könnten wir doch dann im Sommer die Villa mit beheiztem Swimmingpool mieten ...«

Zwanzig Minuten später zahlt Hartmut widerwillig 14 Euro Parkgebühr. Weitere anderthalb Stunden später, nachdem er sich mehrfach verfahren und standhaft geweigert hat, nach dem Weg zu fragen, wobei er die Kölner Stadtteile Deutz, Kalk, Esch, Pesch, Porz und Mülheim sowie Leverkusen-Opladen und Teile des Bergischen Landes kennengelernt hat, fährt Hartmut endlich auf

---

* Anmerkung des Autors: Der Originaltext lautet *nicht*: »Ich habe eine Eingangspforte, für die gibt es nur böse Worte« – und auch nicht: »Ich hab' da eine Öffnung fein, wo manchmal kommt der Romeo rein.«

die A1 in Richtung Eifel – und Lisbeth ist sich nicht sicher, wie sie die Erfahrung dieses Abends einordnen soll:

»Also, dat war ja dat erste Mal, dat wir im Schauspielhaus waren. Wat meinst du denn, Hartmut?«

»Also, isch muss sagen, isch war positiv überrascht.«

»Echt, Hartmut? Wieso dat denn?«

»Also, die sanitären Anlagen sind 1a, da kannst du nix sagen.«

»Stimmt, und der Fußboden is' auch sorgfältig jekachelt.«

»Wohlriechende Urinalsteine. Spülung funktioniert elektronisch. Wirklich 1a.«

»Der Spiegel war auch sehr elegant.«

»Und der Händetrockner, dat war ein Dyson Airblade. 1a, dat Teil. In zehn Sekunden hast du die Hände trocken ...«

»Und wat meinst du zu der Theateraufführung?«

»Ach so. Nee, die war scheiße.«

»Ja, fand isch auch.«

»Nächstes Mal gehen wir lieber zum Grab von Willy Millowitsch.«

Kapitel 20

• • • • • • • • • • • • • • • • • •

Der Deutsche und die Ordnung (2)

»Ordnung ist das halbe Leben. Die andere Hälfte verbringt man mit Aufräumen.«

Das ist die Einstellung, für die Deutschland zumindest früher berühmt war. Wenn man wie ich von Alt-68ern erzogen wird, ist das ungefähr so traditionell deutsch wie im Darth-Vader-Kostüm auf der Halloween-Party eines Irish Pubs nach drei Gläsern Jamaika-Rum mit einer Koreanerin auf dem Perserteppich griechische Sexualpraktiken auszuprobieren.

Ich habe das traditionelle Deutschland immer dann erlebt, wenn ich meine Tante und meinen Onkel in Stuttgart besuchte. Mein Onkel gehört noch zu den Menschen, die die Rollläden runterlassen, wenn die Sonne scheint – damit das Ledersofa nicht ausbleicht. Die eine leere Suppendose erst spülen, dann das Papier abtrennen und das Metall in Streifen schneiden, um ja keinen Platz in der gelben Tonne zu verschwenden.

Einmal war ich mit meiner Frau bei ihm zu Besuch, und nach dem Abendessen blieben zwei Scheiben Brot übrig. Darüber lamentierte mein Onkel minutenlang:

»Das gibt's doch net ... Jetzt hab' ich zu viel abgeschnitten ... Das ärgert mich jetzt ... Da hab' ich glatt zu viel abgeschnitten ... So was ärgert mich ... Weißt du, ich hab' gedacht, die Frauen essen je zwei Scheiben, und wir Männer je drei, deshalb hab ich zehn Scheiben abgeschnitten, und jetzt haben wir nur acht gegessen. Das ärgert mich jetzt ... Na ja, ist nicht schlimm – ich frier's ein.«

Und dann, nach einigen Sekunden Stille, fügte er hinzu:

»Aber es ärgert mich trotzdem.«

In Kapitel 8 habe ich das Ehepaar Heinz und Gisela Grundmann vorgestellt, das unsere DIN-Normen so heroisch in Pamplona und Kos verteidigt hat. Am Ende des Kapitels deutete sich an, dass der Sexualtrieb die für DIN-Normen zuständige Hirnregion überlagern kann. So kam Gisela Grundmann zu dem Schluss, dass sich lästige DIN-Norm-Diskussionen mit ihrem Gatten erledigten, wenn sie sich einfach ein durchsichtiges Negligé und Strapse besorgte.

Der folgende E-Mail-Wechsel bestätigt eindrucksvoll den Erfolg von Giselas Maßnahme ...

########## Aufreizende Reizwäsche ##########

Gesendet: Montag, 10. Februar 2014 um 08:06 Uhr
Von: »Heinz Grundmann« hegru@gmx.de
An: »Reible Miederwaren« miederwaren@reible.de
Betreff: Reklamation

Sehr geehrte Damen und Herren,
meine Gattin Gisela Grundmann hat am vorigen Donnerstag, 06.02.2014, in Ihrem Internet-Geschäft »Reible Miederwaren online« ein durchsichtiges Negligé, Farbe: schwarz (Artikel-Nr.: 25-384) sowie einen Strapsgürtel, Farbe: schwarz (Artikel-Nr. 25-582) und dazu passende Nylonstrümpfe, Farbe: schwarz (Artikel-Nr. 26-618) bestellt.

Die Ware wurde am Samstag, 08.02.2014, um 09 Uhr 23 vom

Mitarbeiter der DHL, Herrn Yilmaz Burgulu, ordnungsgemäß ausgeliefert und traf in vollzähliger Anzahl sowie korrekter Farbe und Größe bei uns ein. Diese Angaben sind von meiner Gemahlin, da ich mich zu diesem Zeitpunkt aushäusig befand.

Ich selbst erfuhr sowohl von der Bestellung als auch von der Beschaffenheit der Ware erst am gestrigen Abend, Sonntag, 09.02.2014, um 22 Uhr 25, als meine Frau, lediglich mit den oben genannten Bekleidungsutensilien bekleidet, zu mir ins Wohnzimmer trat. Nach einer angemessenen Würdigung des erotisch-sinnlichen Effektes der genannten Bekleidungsutensilien bestand ich selbstverständlich auf einem Farbechtheitstest nach DIN-Norm DIN EN ISO 105.

Auch wenn Schwarz physikalisch gesehen die Abwesenheit sichtbaren Lichts jeglicher Wellenlänge darstellt und somit de facto als die Abwesenheit von Farben definiert werden kann, wird Schwarz in den DIN-Normen der Bekleidungsindustrie stets als Farbe aufgeführt, sodass ein Farbechtheitstest nach DIN-Norm DIN EN ISO 105 zulässig ist.

Um das Testergebnis nicht zu verfälschen, bat ich meine Ehefrau, sich vollständig zu entkleiden, was diese, nach anfänglichem Widerwillen, auch tat. Glücklicherweise befanden sich unsere Rollläden zu diesem Zeitpunkt bereits in geschlossenem Zustand, sodass der Anblick seitens der Nachbarn nicht einsehbar war.

Nach dem Aufsprühen des künstlichen Schweißes trat an den entsprechenden Stellen eine gräuliche Verfärbung auf, die auf der RAL-Farbtabelle zwischen den Farbtönen RAL 7003 (Moosgrau), RAL 7005 (Mausgrau), RAL 7012 (Basaltgrau), RAL 7032 (Kieselgrau) sowie RAL 7037 (Staubgrau) changiert.

Diese mangelhafte Farbechtheit stellt einen Mangel dar und verhinderte aufgrund des daraus resultierenden Ärgers die eigentlich von meiner Ehefrau beabsichtigte geschlechtliche Vereinigung, was ausgesprochen ärgerlich war.

Ich bitte um Stellungnahme.

Hochachtungsvoll,
Heinz Grundmann

Gesendet: Mittwoch, 12. Februar 2014 um 13:12 Uhr
Von: »Reible Miederwaren« miederwaren@reible.de
An: »Heinz Grundmann« hegru@gmx.de
Betreff: Re: Reklamation

Sehr geehrter Herr Grundmann,
wir bedauern, dass Sie mit unserer Ware unzufrieden sind, da die Befriedigung unserer Kunden stets unsere oberste Maxime ist. Nach Rücksprache mit der Produktionsfirma Rösch Textilien wurde mir versichert, dass für die betroffene Ware korrekte Farbechtheitsprüfungen durchgeführt wurden. Deshalb bitte ich Sie um Zusendung der Ware zwecks Feststellung der Fehlerquelle.

Mit freundlichen Grüßen,
Johanna Reible

Gesendet: Mittwoch, 12. Februar 2014 um 15:21 Uhr
Von: »Heinz Grundmann« hegru@gmx.de
An: »Reible Miederwaren« miederwaren@reible.de
Betreff: RE: Re: Reklamation

Sehr geehrte Frau Reible,
ich habe die fehlerhaften Waren soeben per Einschreiben an Ihre Firma gesendet. Beim Einpacken hat sich leider der Strapsgürtel an einem der Nylonstrümpfe verheddert, was im Verlaufe meiner Enthedderungsbemühungen zu einem Loch führte, woraufhin ich aus Wut den Strapsgürtel in zwei Teile riss. Dies nur zu Ihrer Information. Die mangelnde Farbechtheit bleibt hiervon unberührt.

Hochachtungsvoll,
Heinz Grundmann

Gesendet: Donnerstag, 27. Februar 2014 um 15:04 Uhr
Von: »Reible Miederwaren« miederwaren@reible.de
An: »Heinz Grundmann« hegru@gmx.de
Betreff: Re: RE: Re: Reklamation

Sehr geehrter Herr Grundmann,
die Firma Rösch Textilien hat inzwischen an der von Ihnen zugesandten Ware eine Farbechtheitsprüfung an den noch nicht farbveränderten Stellen durchgeführt, wobei das Auftragen des Kunstschweißes zu keiner weiteren Farbveränderung an der Ware führte. Dies lässt nur den Schluss zu, dass Sie einen anderen Kunstschweiß verwenden als die Firma Rösch Textilien. Bitte teilen Sie mir Marke und Artikelnummer des von Ihnen verwendeten Kunstschweißes mit, damit die Prüfung abgeschlossen werden kann.

Mit freundlichen Grüßen,
Johanna Reible

Gesendet: Donnerstag, 27. Februar 2014 um 15:05 Uhr
Von: »Heinz Grundmann« hegru@gmx.de
An: »Reible Miederwaren« miederwaren@reible.de
Betreff: RE: Re: RE: Re: Reklamation

Sehr geehrte Frau Reible,
ich verwendete sprühgetrocknetes Schweißkonzentrat der Firma Ronotol GmbH, Artikel-Nr. 297776648213 und verdünnte es ordnungsgemäß im Gewichtsverhältnis 1:20 mit Wasser.

Hochachtungsvoll,
Heinz Grundmann

Gesendet: Freitag, 28. Februar 2014 um 14:28 Uhr
Von: »Reible Miederwaren« miederwaren@reible.de
An: »Heinz Grundmann« hegru@gmx.de
Betreff: Re: RE: Re: RE: Re: Reklamation

Sehr geehrter Herr Grundmann,
da die Firma Rösch Textilien den identischen Kunstschweiß der Firma Ronotol verwendet, bitte ich Sie um Zusendung Ihres Schweißkonzentrats zwecks Ermittlung der Fehlerquelle.
　Als kleine Entschädigung für Ihre Unannehmlichkeiten sende ich Ihnen und Ihrer Frau ein paar halterlose Strümpfe zu, Farbe: schwarz.

Mit freundlichem Gruß,
　Horst Reible (meine Frau leidet an einem grippalen Infekt und lässt herzlich grüßen)

Gesendet: Freitag, 28. Februar 2014 um 16:01 Uhr
Von: »Heinz Grundmann« hegru@gmx.de
An: »Reible Miederwaren« miederwaren@reible.de
Betreff: RE: Re: RE: Re: RE: Re: Reklamation

Sehr geehrter Herr Reible,
ich habe den Kunstschweiß soeben per Einschreiben an Ihre Firma gesendet. Falls die Sendung nicht innerhalb der nächsten Tage eintrifft, geben Sie bitte Bescheid. Ich hatte den Eindruck, dass der Schalterbeamte, Herr Rüdiger Voltz, die Briefmarke etwas schluderig aufgeklebt hat – was mir allerdings erst auffiel, als ich den Paketaufgabevorgang zu Hause noch einmal vor meinem geistigen Auge Revue passieren ließ.
　Ich wünsche Ihrer Frau gute Besserung und danke im Voraus für die Zusendung der halterlosen Strümpfe.

Hochachtungsvoll,
Heinz Grundmann

Gesendet: Montag, 3. März 2014 um 08:14 Uhr
Von: »Heinz Grundmann« hegru@gmx.de
An: »Reible Miederwaren« miederwaren@reible.de
Betreff: RE: Re: RE: Re: RE: Re: Reklamation

Sehr geehrtes Ehepaar Reible,
ich hoffe, der grippale Infekt ist inzwischen überstanden. Ich wollte nur den Empfang der halterlosen Strümpfe bestätigen, die nach Auskunft meiner Frau am Samstag um 9 Uhr 02 vom Mitarbeiter der DHL, Herrn Yilmaz Burgulu, ordnungsgemäß ausgeliefert wurden. (Ich befand mich zu diesem Zeitpunkt erneut aushäusig.)

Da ich mich ja aufgrund der Versendung an die Firma Rösch Textilien nicht mehr im Besitz meines Kunstschweißes befand, musste ich in diesem Fall auf eine Farbechtheitsprüfung nach DIN-Norm DIN EN ISO 105 verzichten.

Außerdem überzeugte meine Frau mich nach einer kurzen Diskussion von ca. 35-40 Minuten von dem Prinzip, einem geschenkten Gaul nicht ins Maul zu schauen, sodass die erotisch-sinnliche Wirkung, die die Anprobe Ihrer Kulanzgabe seitens meiner Gattin auf mich auswirkte, diesmal in ihrer Wirkung nicht durch Ärger beeinträchtigt wurde. So konnte die von meiner Frau bereits am Sonntag, 09.02.2014 beabsichtigte geschlechtliche Vereinigung nun endlich über die Bühne gehen.

Hochachtungsvoll,
Heinz Grundmann

Gesendet: Donnerstag, 6. März 2014 um 14:41 Uhr
Von: »Reible Miederwaren« miederwaren@reible.de
An: »Heinz Grundmann« hegru@gmx.de
Betreff: Re: RE: Re: RE: Re: RE: Re: Reklamation

Sehr geehrter Herr Grundmann,
es freut mich sehr, dass unsere Kulanzgabe einen solch positiven Effekt hatte. Ich bin wieder gesund – danke der Nachfrage.

Die Firma Rösch Textilien hat derweil die Fehlerquelle ermittelt: Der von Ihnen verwendete Kunstschweiß hat das Verfallsdatum um exakt 22 Jahre, 3 Monate und 25 Tage überschritten. Die chemische Beschaffenheit Ihres Kunstschweißes entsprach somit nicht mehr der DIN-Norm, weshalb die von Ihnen durchgeführte Farbechtheitsprüfung unzulässig war.

Mit freundlichen Grüßen,
Johanna Reible

Gesendet: Donnerstag, 6. März 2014 um 14:51 Uhr
Von: »Heinz Grundmann« hegru@gmx.de
An: »Reible Miederwaren« miederwaren@reible.de
Betreff: RE: Re: RE: Re: RE: Re: RE: Re: Reklamation

Sehr geehrte Frau Reible,
in diesem Fall betrachten Sie bitte meine Reklamation als gegenstandslos und senden mir die Rechnung für die halterlosen Strümpfe zu, da Ihre Kulanzgabe auf einer fehlerhaften Farbechtheitsprüfung basierte.

Hochachtungsvoll,
Heinz Grundmann

Gesendet: Freitag, 7. März 2014 um 14:24 Uhr
Von: »Reible Miederwaren« miederwaren@reible.de
An: »Heinz Grundmann« hegru@gmx.de
Betreff: Re: RE: Re: RE: Re: RE: Re: RE: Re: Reklamation

Sehr geehrter Herr Grundmann,
betrachten Sie die halterlosen Strümpfe als Geschenk des Hauses.

Herzliche Grüße, auch an Ihre Frau,
Johanna Reible

Gesendet: Samstag, 8. März 2014 um 16:41 Uhr
Von: »Gisela Grundmann« gigru@gmx.de
An: »Reible Miederwaren« miederwaren@reible.de
Betreff: Einladung

Sehr geehrtes Ehepaar Reible,
ich möchte mich an dieser Stelle herzlich für die halterlosen Strümpfe bedanken. Sie wissen es vielleicht nicht, aber Sie haben damit meine Ehe gerettet – da ich kurz davor war, aus Frustration einen schrecklichen Fehler zu begehen und die sexuellen Avancen unseres DHL-Paketlieferanten, Herrn Yilmaz Burgulu, zu erwidern.

Herzliche Grüße,
Gisela Grundmann

Kapitel 21

• • • • • • • • • • • • • • • • • •

Entertainment made in Germany (3)

Das Privatfernsehen sendet in der Regel Schwachsinn für Schwachsinnige – so weit sind wir uns einig. Eine vernünftige Reaktion auf diese Erkenntnis wäre der Satz: »Dann guck' ich eben kein Privatfernsehen.«

Aber unsere normale Reaktion lautet: »Dann rege ich mich eben über das Privatfernsehen auf.«

Das hat zwei Ursachen: Erstens regen wir uns einfach gerne auf.

Zweitens leiden wir unter der neurotischen Vorstellung, dass alles und jedes ein Niveau haben muss. Nur in Deutschland sind Sätze denkbar wie »Ich habe gelacht, aber unter meinem Niveau«.

Nehmen wir als Beispiel den Fall Mario Barth. Mario Barth ist der erfolgreichste Comedian unseres Landes.

Falls Sie sich mit Comedy nicht so gut auskennen: Der Beruf eines Comedians besteht darin, Menschen zum Lachen zu bringen. Diese Aufgabe erfüllt Mario Barth geradezu perfekt: Wo er auftritt, lachen Menschenmassen Tränen. Echt? Wow. Super. Für einen Amerikaner wäre das Kapitel an dieser Stelle zu Ende. Aber bei uns Deutschen gab es irgendwann einmal eine genetische Mutation in der Großhirnrinde, die uns zwanghaft den Satz sagen lässt: Aber das ist doch total niveaulos!

Tatsächlich habe ich selten so viele Intellektuelle

wütend erlebt wie angesichts des Mega-Erfolgs von Mario Barth. Nicht einmal religiöse Fundamentalisten lösen so viel Hass bei der Elite des Landes aus. Intellektuelle können es nicht fassen, dass Menschenmassen schreiend lachen über Sätze, in denen nicht einmal der Ansatz eines intelligenten Gedankens zu stecken scheint. Es geht ihnen wie dem Kritiker, der einmal über ein Comedy-Programm schrieb: »Um mich herum haben dreihundert Menschen Tränen gelacht. Ich habe keine Ahnung, warum.«

Dabei ist die Erklärung simpel: Lachen und Nachdenken schließen sich gegenseitig aus. Ebenso wenig wie ein Linienrichter gleichzeitig den Moment der Ballabgabe *und* eine Abseitsstellung optisch erfassen kann, kann man über eine Pointe gleichzeitig nachdenken und lachen. Und wir Deutschen denken nun einmal zwanghaft nach ...

Nehmen wir als Beispiel folgenden Witz: »Was ist schwarz und klebt an der Decke? Ein schlechter Elektriker.« Abgesehen von der Qualität des Witzes, die ich irgendwo im gesicherten Mittelfeld ansiedeln würde, zeigt die Pointe exemplarisch, dass der Witz an sich von der Realität völlig unabhängig ist. Ein schlechter Elektriker wäre in Wirklichkeit nicht schwarz, sondern ein leichenblasser Hartz-IV-Empfänger und würde auch nicht an der Decke kleben, sondern das Nachtprogramm von RTL2 gucken.*

Diese Natur des Gags hat in Deutschland zur Folge, dass die Kritik in der Regel Unterhaltung nur dann lobt, wenn sie eben *nicht* funktioniert: »Toll, wie wenig Gags da drin waren, das hat mich irgendwie nachdenklich gemacht.« – »Ein tolles Programm. Man musste fast gar nicht lachen.« Harald Schmidt z. B. hat es zwischenzeit-

---

* Siehe hierzu auch die Erklärung von Rigobert Hagenberger zum Blondinenwitz auf Seite 178.

lich mal geschafft, seine Gag-Frequenz so nach unten zu fahren, dass sogar das Feuilleton ihn mochte.

Aber zurück zum Thema Niveau. Sicher, wir leben in einer Demokratie, also Herrschaft des Volkes. Und wenn das Volk durch Privatsender systematisch verdummt wird, ist das schon irgendwie politisch.

Andererseits: Vielleicht war die Zielgruppe des Privatfernsehens ja auch schon vorher dumm und hat einfach nur ein auf sie zugeschnittenes Programm bekommen. Wenn man sich manche Gestalten so ansieht, ist man froh, wenn sie RTL gucken und ihre Zeit nicht mit Hobbys verbringen wie Hamster-an-die-Wand-tackern oder Zwergpudel-Weitwurf.

Immer wieder gibt es Forderungen von Seiten der Politik oder anderen wohlmeinenden Instanzen, RTL, SAT1 und Konsorten sollten gezwungen werden, sich anspruchsvollen Themen zu widmen. Aber wäre das wirklich wünschenswert? Kann man einem Sender wie RTL ein Thema wie Antifaschismus anvertrauen? Schau'n mer mal ...

########## Die Antifa-Show auf RTL ##########

Es ist ein nasskalter 9. November, aber Ewald Klorke will es sich nicht nehmen lassen, wie an jedem 9. November Flagge gegen die Nazis zu zeigen. Zumal es in Brandenburg schon wieder ausländerfeindliche Attacken gab. Also zieht er seine Jack-Wolfskin-Jacke über, um wie verabredet mit seinen Freunden von der antifaschistischen Liga die Zülpicher Straße hinunter bis zur Synagoge in der Roonstraße zu marschieren.

Dort soll der Sternmarsch traditionell mit einer kleinen Kundgebung enden. Das Schild mit der Aufschrift »9.11.1938 – nie wieder!!!« passt nicht in den Ford Ka, deshalb wird Ewald die Straßenbahn benutzen. Als er gerade die Wohnungstür abschließt, klingelt sein zwölf Jahre altes Mobiltelefon. Es ist Saskia, die Leiterin seiner Antifa-Gruppe:

»Hallo, Ewald. Pass auf, Planänderung: Die Kundgebung findet heute bei RTL statt.«

Ewald ist irritiert:

»Du Saskia, ich finde, bei einem so sensiblen Thema wie der Pogromnacht sind Scherze irgendwie unangebracht.«

»Nein, wirklich wahr. Der Peter hat den Deal gemacht. Ich war erst auch irritiert, aber dann hab' ich gedacht: Wenn RTL das sendet, umso besser. Dann erreichen wir doch viel mehr Menschen.«

»Stimmt, da haste auch wieder recht. Wo soll ich hinkommen?«

»Das Studio ist in Ossendorf.«

»Ossendorf? Das wird aber ein langer Sternmarsch.«

»Kein Problem. RTL hat einen Shuttle-Service, der alle zehn Minuten von der Synagoge zum Studio B pendelt.«

Mit mulmigem Gefühl im Magen steht Ewald anderthalb Stunden später vor Studio B und wartet gemeinsam mit seinen Kollegen von der Antifa-Bewegung auf Einlass. Thorben, ein etwa 19-jähriger Praktikant, kommt mit einer Flasche Aldi-Sekt zu ihm, reicht ihm einen Plastikbecher und schenkt ein:

»So, damit ihr ein bisschen lockerer werdet.«

Ewald ist sofort genervt:

»Und wenn ich gar nicht locker werden *will*?«

Thorben lacht:

»Hey, der war gut. Also, Humor habt ihr.«

Thorben hält seine Hand zum Einschlagen hin. Als nichts passiert, klopft er Ewald auf die Schulter und geht weiter.

Wenig später werden die Antifaschisten ins Studio gebeten. Sandy, eine 22-jährige Aufnahmeleiterin mit dem obligatorischen Headset, nimmt Ewalds Schild an sich und drückt ihm dafür ein T-Shirt mit der Aufschrift »Rassismus sucks« in die Hand. Noch bevor er weiß, was er davon halten soll, dirigiert Sandy ihn und die übrigen Antifaschisten auf ihre Plätze – wobei auffällt, dass die jüngeren nach vorne und die älteren nach hinten geschickt werden.

Ewald, Ende vierzig, kommt in den mittleren Bereich. Etwas unschlüssig streift er sich das T-Shirt über, wobei ihn irgendwie stört, dass die Worte »Rassismus sucks« vielfarbig glitzern. Einige Minuten später werden die hinteren drei Reihen nach draußen geführt, und gut hundert Teenager in hautengen »My friend is Ausländer«-Shirts setzen sich ganz nach vorne – weshalb Ewald jetzt drei Reihen weiter nach hinten muss. Als er sich irritiert an Sandy wendet, erklärt sie ihm den Sinn der Aktion:

»Sorry, unser Producer meint, die alten Leute stören den jugendlich-frischen Gesamteindruck des Antifaschismus.«

»Was?«

»Deshalb nehmen wir ein paar abgelehnte Superstar-Kandidaten dazu.«

»Was??«

»Ja, das Casting findet gerade in Studio A statt.«

»Was???«

»Ich meine, die können zwar nicht singen, aber gegen Nazis sein könnense hoffentlich – ich mein, das ist ja wohl nicht so schwer, oder?!«

Als Ewald gerade seiner Empörung Luft zu machen versucht, wird er von einem ca. 25-jährigen Typ unterbrochen, der mit einem Mikrofon die Bühne betreten hat. Es handelt sich um einen Stimmung-im-Publikum-Erzeuger, neudeutsch: Warm-Upper.

»Okay, Leute, bevor's losgeht, noch ein paar Infos: RTL sendet das hier direkt nach der Bülent-Ceylan-Show, das heißt: Immer schön lächeln, damit die Leute nicht umschalten. Und noch was: Wenn ich das Schild hier hochhalte ...«

Jetzt präsentiert er ein Pappschild mit der Aufschrift »Nazis raus«.

»... na, was macht ihr dann wohl?«

Während Ewald und die anderen Antifaschisten mit weiterem Aldi-Sekt versorgt werden, hält der Warm-Upper das Mikrofon Kevin hin, einem 19-jährigen blonden Schönling mit gegelten Haaren und gezupften Augenbrauen – offensichtlich nicht von Haus aus Antifaschist. Dieser denkt angestrengt nach:

»Äh, ja ich denk mal ... äh ... dann müssen die Nazis raus aus dem Studio.«

»Falsch. Wir haben nämlich gar keine Nazis im Studio.«

»Echt nicht?«

»Nein. Denn wir sind hier alle Antifaschisten. Guck doch mal, was auf deinem T-Shirt steht ...«

Der Möchtegern-Superstar schaut auf sein T-Shirt und liest:

»My friend is Ausländer«... Ey, das stimmt. Der Azad ist Türke.«

Jetzt meldet sich Azad zu Wort, ein schwarzhaariger Typ, der mit ebenso gegelten Haaren und ebenso gezupften Augenbrauen neben Kevin sitzt.

»Ey, ich bin kein Türke, ich bin Iraner, du Penner. Ich find' Türken voll Scheiße.«

Kevin ist perplex:

»Echt, du bist Iraner? Ey, ich dachte immer, Iraner sind voll die Betrüger.«

Der Warm-Upper zieht schnell sein Mikrofon zurück und muss sich, während Kevin von seinem Freund, dem Ausländer, eine Ohrfeige kassiert, kurz sammeln:

»Also, äh ... wie gesagt: Wenn ich dieses Schild hier hochhalte, dann brüllt ihr alle im Chor ›Nazis raus! Nazis raus!‹... Okay, können wir das bitte mal probieren? Und auf drei: zwei, drei ...«

Es folgt ein müdes »Nazis-raus«-Gemurmel. Ewald hat bisher immer gerne »Nazis raus« gebrüllt, aber heute kommt es ihm irgendwie schwer über die Lippen. Zumal er das Gefühl hat, dass es dem Warm-Upper relativ egal ist, ob die Parole »Nazis raus« lautet oder »Wer nicht hüpft, der ist kein Kölner«. Der Warm-Upper schüttelt den Kopf und erhebt seine Stimme:

»Hey Leute, wir sind hier nicht auf dem Friedhof! Also: zwei, drei ...«

Jetzt schallt ein passables »Nazis raus« durchs Studio.

»Na also, geht doch. Und jetzt viel Spaß!«

Während sich der Warm-Upper schnell verzieht, verwandelt sich das RTL-Studio dank einer Light-Show in eine Konzertbühne. Zu sphärischen Klängen ertönt eine kernige Männerstimme:

»Meine Damen und Herren ... RTL, die antifaschistische Liga und Vodafone präsentieren: ›Demo‹ – die Live-Party gegen Faschismus.«

Es folgt eine noch kernigere Männerstimme:

»Gemeinsam gegen rechte Gewalt – ein Genuss mit Schöfferhofer Weizen.«

Jetzt marschieren zwei leicht bekleidete Tänzerinnen in roter Corsage sowie roten Nuttenstiefeln auf die Bühne und tanzen einige Sekunden zu einem saftigen Hip-Hop-Beat, der die Titelmelodie untermalt:

»Lehn dich auf – schalalalaaa!

Das wird ein Spaß – wu u uh!

Wir demonstrier'n – schalalalaaa!

Gegen die Naa-haa-ziiiiiis!«

Die Musik stoppt, und die Tänzerinnen verharren kurz in einer Schlusspose, nur um sich danach einen Zungenkuss zu geben. Die Superstar-Kandidaten in den ersten Reihen johlen – selbst der Streit zwischen Kevin und seinem persischen Freund ist beigelegt: Sie klatschen sich begeistert ab. Als sich Ewald leicht irritiert fragt, was lesbische Erotik am Gedenktag der Pogromnacht verloren hat, ertönt wieder die kernige Männerstimme:

»Und hier ist ihr Moderator: Sven Schlonz.«

Sven Schlonz betritt die Bühne. Vier Anklatscher im Publikum sorgen für angemessenen Begrüßungsapplaus. Sven Schlonz ist rein äußerlich kaum von Kevin und Azad zu unterscheiden, nur auf seinem T-Shirt prangt anstelle der Schrift ein in den Mülleimer geworfenes Hakenkreuz.

»Guten Abend ... Danke schön ... Danke ... Danke ... Wuuh, ihr seid geile Antifaschisten, ganz ehrlich. Find ich ganz ganz toll. Wuuuuh!«

Er bleibt neben den immer noch zungenküssenden Tänzerinnen stehen.

»Das sind Deborah und Lissie ... Deborah ist eine amerikanische Jüdin, und Lissie ist Deutsche ... Tja, that's tolerance, liebe Zuschauer. Find' ich ganz ganz toll. Das kann dabei herauskommen, wenn man seinen Glauben und seine Sexualität frei und selbstbestimmt ausleben darf. Und genau darum soll es ja auch heute gehen! Danke, Deborah und Lissie!«

Unter dem Gejohle der abgelehnten Superstar-Kandidaten verschwinden die beiden Frauen knutschend in den Kulissen. Ewald hat seine Zweifel, ob die jüdischen Gemeinden in Deutschland diese Szene tatsächlich als Akt der Toleranz bewerten, aber er spürt auch, dass sein Hirn sich inzwischen schon ein wenig matschig anfühlt.

Unterdessen nimmt die Stimme des Moderators endlich einen angemessen betroffenen Tonfall an.

»Aber, liebe Antifaschisten hier im Studio und liebe Zuschauer zu Hause, heute ist ja auch ein Tag des Gedenkens an schreckliche Ereignisse, die sich nie wiederholen dürfen und die wir nie vergessen dürfen ...«

Während die ersten Reihen nun ratlos gucken, ertönt Beifall aus den mittleren und hinteren Rängen. Der Tonfall von Sven Schlonz wird nun plötzlich wieder fröhlich:

»... und damit Sie's auch wirklich nie vergessen, können Sie sich den Titelsong dieser Show ›Lehn dich auf‹ für nur 2 Euro 99 auf Ihr Smartphone laden.«

Allein an der Tatsache, dass er eine halbe Sekunde lang tatsächlich darüber nachdenkt, den Titelsong zukünftig als Klingelton zu benutzen, erkennt Ewald Klorke, dass sein Hirn kurz davor ist, endgültig zu kapitulieren. Vielleicht hätte er doch nicht so viel vom Aldi-Sekt trinken sollen. Unterdessen hat Sven Schlonz die erste Rednerin angesagt: Eine Schauspielerin, die angeblich gerade bei *Gute Zeiten, schlechte Zeiten* eingestiegen sei und auf die eine Weltkarriere warte. Die mittlerweile vertraute kernige Männerstimme ertönt erneut:

»Und hier ist Ihre erste Rednerin. Erleben Sie ehrliche Betroffenheit von Melody Zimbel – ein Genuss mit Beck's.«

Gegen ihre Tränen ankämpfend liest Melody die Worte vom Teleprompter ab, die ihr Freund, Filmproduzent Friedemut Honkenberg, aufgeschrieben hat:

»Wenn ich daran denke, woran wir heute alle denken, dann denke ich, dass ich bestürzt bin und fassungslos ... und ...«

Obwohl ihr Kamera-Coach gesagt hat, dass sie erst nach dem nächsten Satz weinen soll, bricht es spontan aus ihr heraus. Es entsteht eine Pause von circa zehn Sekunden, in denen Melody Zimbel in Panik gerät.

Nach den furchtbaren Kritiken, die sie für den Pilcher-Film *Emotionale Gefühle* bekam, musste sie ihren Künstlernamen, den sie zuvor von »Sheila Moonshine« in »Lucy Spiriakis« geändert hatte, erneut wechseln. Honkenbergs Medienberater meinte, dass der griechische Nachname durch die Athener Schuldenkrise ohnehin zu einem zweifelhaften Image geführt habe, und war diesmal der Ansicht: »Made in Germany ist in«, wobei er für die internationale Karriere auch weiterhin einen englischen Vornamen empfahl. Der Casting-Erfolg bei *Gute Zeiten, schlechte Zeiten,* dem Honkenberg mit seinen Kontakten ein wenig nachgeholfen hatte, war immerhin ein Anfang. Aber wenn Melody Zimbel jetzt die Nerven versagen, fährt sie ihre Schauspiel-Karriere endgültig an die Wand! Dann wäre der schlechte Sex mit dem RTL-Redakteur am Ende ganz umsonst gewesen ... Nein, das darf sie nicht zulassen. Sie reißt sich zusammen und redet weiter. Das hört jedoch niemand mehr, denn ihr Mikro ist bereits aus, und die kernige Männerstimme übernimmt:

»Das war Bestürzung und Fassungslosigkeit mit Melody Zimbel – präsentiert von Amnesty International und Coca-Cola.«

Der Regisseur hat, als er die Panik bei Melody sah, blitzschnell reagiert. Während Antifaschist Ewald nach dem inzwischen vierten Plastikbecher Aldi-Sekt belustigt in sich hineinkichert und Melody Zimbel sich einen neuen Künstlernamen überlegt, hat der Moderator schon einen Stargast auf dem Sofa: Jürgen Drews.

»Jürgen, du bist der Vorsitzende der ›Initiative Ballermann‹ mit dem Motto ›Besoffen gegen rechts‹. Wie kam es zu der Aktion?«

»Also, ehrlich gesagt, hab' ich bei RTL angerufen, in welcher Sendung ich meine neue CD promoten kann, und bei Promi-Wer-wird-Millionär war kein Platz mehr frei. Dann kam mir diese Idee, weil ich dachte: Ab zwei Promille ist man nicht mehr Deutscher oder Ausländer – da ist man einfach nur noch besoffen.«

»Ja, finde ich ganz toll, dass du Farbe bekennst. Gut, dann kommen wir zu deiner neuen CD ...«

»Die heißt: ›Möpse, Ficken, Arschgeweih‹, hat aber auch melancholische Momente.«

»Find' ich ganz ganz toll. Vielen Dank, Jürgen, dass du extra nach Köln geflogen bist, um hier Flagge zu zeigen.«

In den eher spärlichen Applaus mischt sich einmal mehr die kernige Männerstimme:

»Der Auftritt von Jürgen Drews wurde präsentiert von ›Der kleine Feigling‹. Und jetzt geht's weiter mit der Demo – gleich nach der Werbung ...«

Während sich Ewald langsam den von Jürgen Drews geforderten zwei Promille nähert, wird der Moderator nachgeschminkt, und die Zuschauer zu Hause sehen ein McDonald's-Restraurant. Eine süßliche Frauenstimme singt:

»Stell dir mal vor,
da ist ein Platz, du weißt schon wo,
da ist man gegen Nazis und so ...
Einfach Mut –
bei McDonald's kriegst du einfach Mut.
Denn McDonald's hat die Faschos jetzt satt,
setzt die Skinheads schachmatt ...«

Jetzt ertönt eine Sprecherstimme:
»Nur noch bis zum 15.10.: Antifaschistische Wochen bei McDonald's!«

Und wieder die süßliche Frauenstimme:

»McDonald's macht einfach Muuuuuuuuuuut.«

Im Bild wird nun das Mc-Kosher-Menü präsentiert, wobei mehrere Pommes einen Davidstern formen.

Kurz darauf machen die Anklatscher im Studio B ihren Job, und die kernige Männerstimme läutet die letzte Runde ein:

»Erleben Sie nun noch einmal the sexy side of tolerance: Lissie und Deborah ... Präsentiert von Burger King, dem noch antifaschischtischeren Restaurant.«

Die beiden Tänzerinnen vom Anfang betreten nun erneut die Bühne. Offenbar zum Zeichen, dass sie ebenso bestürzt und fassungslos sind wie Melody Zimbel, haben sie die roten Corsagen und roten Nuttenstiefel vom Anfang gegen schwarze Corsagen und schwarze Nuttenstiefel eingetauscht. Sie legen zu sanften Lounge-Klängen eine Tanz-Performance hin, die man getrost in die Kategorie Softporno einsortieren kann, und die darin gipfelt, dass sie ein aus acht Dildos bestehendes Hakenkreuz in seine Einzelteile zerlegen, die Dildos an kreischende abgelehnte Superstar-Mädels im Publikum verteilen und sich dann erneut die Zungen in den Hals stecken.

Das ist zwar dramaturgisch redundant, aber der RTL-Redakteur war der Ansicht, dass Redundanz bei Erotik grundsätzlich egal ist. Und das johlende Publikum gibt ihm recht.

Dreißig Sekunden später versammeln sich alle Mitwirkenden zum großen Abschluss-Song auf der Bühne. Dazu kommen zehn Tänzerinnen in Strapsen, deren Brüste nur von winzigen Aufklebern mit durchgestrichenen Hakenkreuzen bedeckt sind.

Selbst Ewald Klorke johlt und klatscht begeistert. Der Durchschnittsalkoholpegel im Studio liegt inzwischen bei 1,94 Promille – sodass die ideologischen Grenzen zwischen Antifaschisten und abgelehnten Superstar-Kandidaten kaum noch zu erkennen sind und frenetischer Jubel ausbricht, als der Sohn von Wolfgang Petry zum Mikrofon greift:

»Das ist Wahnsinn
warum jagt ihr nachts Asylanten?«

Petrys Sohn hält das Mikrofon zum Publikum, das wie aus einer Kehle ruft:

»Lanten, lanten, lanten, lanten!«
»Eiskalt schlagt ihr auf die Schwaaaaahachen ein.
Das ist Wahnsinn
Ihr tötet Aserbaidschaner ...«

Das Publikum antwortet:

»Dschaner, dschaner, dschaner, dschaner!«
»Skrupellos zeigt ihr euer Kreuz ...«

Die Zuschauer grölen:

»Kreuz, Hakenkreuz!«
»In Brandenburg und Köln-Deutz –
Ihr seid out!«

Als am Tag nach der Sendung bekannt wird, dass die Einschaltquote der Demo das Supertalent getoppt hat, kauft RTL umgehend alle Rechte am Antifaschismus, kündigt eine Staffel von 24 Demonstrationen an und engagiert nebenbei eine Horde Neonazis, die durch weitere Anschläge das Interesse an der Antifa-Show steigern soll.

Melody Zimbel, ehemals Sheila Moonshine und Lucy Spiriakis, bürgerlich Tanja Stortz, benutzt seit den frühen Morgenstunden einen neuen Künstlernamen: Melissa Bolschowa.

Und als Ewald Klorke gegen 13 Uhr mit einem mächtigen Kater aufwacht, kann er sich nicht entscheiden, ob er RTL in die Luft sprengen, transzendentale Meditation erlernen oder einen Lesben-Porno gucken soll.

Kapitel 22

Deutschland und seine Märchen (2)

Wer denkt, dass meine intellektuellen Eltern Märchen abgelehnt haben, weil sie einer faktischen Prüfung nicht standhalten, der täuscht sich. Meine Eltern haben durchaus Sinn für die Freiheit der Kunst. Nein, sie lehnten Märchen aus einem ganz anderen Grund ab: Weil sie alt und deutsch waren. Und alles, was alt und deutsch war, hatte in den Siebzigern noch einen Nazi-Beigeschmack.

Alte deutsche Dinge waren nur wertvoll, wenn sie unter Hitler verboten oder verbrannt worden waren. Die Schriften der Familie Mann oder Bilder von Max Ernst – die waren wertvoll. Aber Märchen? Die waren ideologisch suspekt. Zum Beispiel *Der Froschkönig*: Da besteht das Happy End darin, dass ein Frosch König wird. Das hat meinen Vater nicht überzeugt:

»Was soll daran toll sein, wenn sich eine Amphibie dem Absolutismus zuwendet? Frösche leben in Sümpfen – da sollten sie sich doch besser mit der Arbeiterklasse solidarisieren!«

Er hat das Märchen dann umgeschrieben. Es hieß danach *Der Frosch-Demokrat*: Einer Gewerkschaftlertochter fällt ihr pädagogisches Lernspielzeug in den Brunnen ... Und der Frosch wird am Ende IG-Metall-Vorsitzender. Immerhin konnte ich dabei unheimlich gut einschlafen.

Auf jeden Fall: Geschichten über Prinzen und Prinzessinnen erfreuen meinen Vater nur dann, wenn diese am Ende geköpft werden.

So wundert es nicht, dass mein Alter Ego Daniel Hagenberger in seiner Kindheit von seinem Vater keine Märchen hörte ...

·········· Daniels Jugendjahre (3) – ··········
Schlafen gehen

Ich war sechs Jahre alt, lag in meinem Bett und unterhielt mich mit der Stoff-Schildkröte, die mir Oma Bertha zum Geburtstag geschenkt hatte. Ich hatte sie »Schildi« getauft, und mein Vater hatte den Namen als »uninspiriert« abgelehnt:

»Erst nennt man seine Schildkröte Schildi – dann fängt man an, billige Schlager zu komponieren, und am Ende kommt man ohne harte Drogen auf keinen einzigen originellen Gedanken mehr.«

Er bestand darauf, das Stofftier nach einer Jungfrau der griechischen Mythologie zu benennen, die von Hermes dem Götterboten in eine Schildkröte verwandelt wurde, weil sie als Einzige nicht zur Hochzeit von Zeus und Hera erschienen war. So hieß Schildi offiziell »Chelone«. Ich nannte sie aber heimlich weiter Schildi.

Ich lag also auf meinem Bett und redete mit Schildi, äh, pardon, mit Chelone:

»Na gut, Schildi, ich erzähle dir jetzt eine Gutenachtgeschichte, aber nur eine kurze, und dann musst du wirklich schlafen, okay?«

»Ottibotti.«

Die Schildkrötenstimme sprach ich sehr hoch und fiepsig, und ich hatte mir eine eigne Sprache für sie ausgedacht: »Ottibotti« hieß so viel wie »okay«; »Nüschndübäbäbäää« war ein unbestimmter Laut der Unzufriedenheit; und wenn sie »Schnaschndabüüü« sagte, war sie müde genug, um einzuschlafen. Das hört sich jetzt alles ein bisschen bescheuert an, und äh ... ja gut, es *war* auch bescheuert. Aber so was macht man halt, wenn man Einzelkind ist.

»Also, Schildi, es war einmal ein kleiner Pups. Er war ganz leise und kaum zu hören. Und das machte ihn sehr traurig, denn sein Vater war der lauteste Pups der ganzen Welt ...«

»Chchchchch.«

»Chchchchch« war der Schildi-Ausdruck für »Hahahaha«. Damals fand ich alles rund ums Furzen unglaublich lustig. Wenn jemand das Wort »Pups« nur sagte, kriegte ich schon einen Lachkoller ... Humor kann so einfach sein.

»Und dann ... hihihihihaahahaaaaa ...«

Ich konnte die Geschichte vor Lachen nicht weitererzählen und kringelte mich vergnügt auf dem Bett, als mein Vater das Zimmer betrat:

»So, Daniel, Zeit zum Schlafen ...«

»Hahahaihihihihihihihihi ...«

»Was ist denn so lustig?«

»Der lauteste Pups der Weehehehehahahihihihi ...«

Mir liefen die Lachtränen ins Gesicht. Mein Vater seufzte:

»Daniel, ich habe dir doch schon mehrfach erklärt, dass Fürze nicht per se lustig sind, sondern nur im Kontrast zur bürgerlichen Engstirnigkeit ... Zum Beispiel als dein Großvater im Richard-Clayderman-Konzert furzte, *das* war lustig.«

»Stimmt, das war ... hahahahahahihihihihihi ...«

»Aber der lauteste Pups der Welt – das ist einfach nur albern.«

Mein Vater schaute mir tief in die Augen und stoppte damit tatsächlich mein Kichern. Dann lächelte er und gab mir einen Kuss auf die Stirn.

»Gute Nacht, Daniel. Schlaf schön. Und vergiss nicht, morgen früh deine Träume zu notieren.«

»Oh Mann! Warum muss ich denn immer meine Träume notieren, Rigobert?«

»Das ist erstklassiges Material. Wenn du deinen ersten Roman schreibst, wirst du mir dankbar sein.«

Mein Vater stand auf und wollte das Licht löschen. Aber ich war noch nicht müde und wagte einen Versuch:

»Erzählst du mir ein Märchen?«
»Ein Märchen? Wie kommst du denn plötzlich auf Märchen?«
»Mark sagt, dass sein Vater ihm ganz oft Märchen erzählt.«
»Marks Vater ist Beamter. Der kann das doch literarhistorisch gar nicht einordnen.«
»Zum Beispiel *Hänsel und Gretel*. Alle kennen das, nur ich nicht.«
»Ausgerechnet *Hänsel und Gretel*! Da wird die Hexenverbrennung verherrlicht.«
»Was war denn die Hexenverbrennung?«
»Na ja, eine Frau, die so klug war wie deine Mutter und unbequeme Fragen gestellt hat, die kam früher nicht zur Presse, sondern auf den Scheiterhaufen.«

Ich wusste zwar nicht, was ein Scheiterhaufen war, aber ich gab mich mit der Erklärung zufrieden. Trotzdem steckte ich noch nicht auf:

»Dann erzähl mir halt ein anderes Märchen.«
»Glaub mir, mein Sohn: Märchen sind nichts für Kinder. Ich könnte dir aber eine Geschichte von Franz Kafka erzählen.«
»Och nee, nicht schon wieder Kafka. *Der Prozess* war total verwirrend.«
»Exakt. Verwirrend! Genau wie das Leben. Du hast es absolut auf den Punkt gebracht, mein Junge. Ich bin stolz auf dich.«

Mein Vater rieb sich begeistert die Hände und rief in Richtung Wohnzimmer zu meiner Mutter:

»Erika, Daniel hat Kafka korrekt interpretiert! Er hat ein außerordentliches literarisches Gespür!«

Meine Mutter rief zurück:

»Ich hab' ja immer gesagt: Er ist hochbegabt.«

Meine Eltern hatten schon meine ersten Sprechversuche als dadaistische Spielerei gedeutet. Und mit zehn Monaten bekam ich angeblich exakt in dem Moment einen Heulkrampf, als im Radio James Last ein Bach-Konzert spielte – was mir als feines Gespür für Schund ausgelegt wurde.

Aber an diesem Abend wollte ich einfach nur eine schöne Gutenachtgeschichte:

»Dann denk' dir doch ein Märchen aus, Rigobert.«

»Ich bin Literaturprofessor und kein Märchenerfinder.«
»Biiitteee!«
»Kompromiss: Ich singe dir ein Lied.«

Mein Vater stand auf und holte seine Gitarre. Ich wollte seine Gefühle nicht verletzen, deshalb protestierte ich nicht. Obwohl ich lieber einen Vortrag über Friedrich Nietzsche gehört hätte, als einem Lied meines Vaters beizuwohnen. Er war ein lausiger Gitarrenspieler, und Singen war auch nicht seine Spezialdisziplin – wobei ihm vor allem das Tönetreffen Probleme bereitete. Seine gefürchteten improvisierten Darbietungen waren eine Mischung aus Wolf-Biermann-Konzert und Urschreitherapie. Sie fanden zum Glück nur alle zwei bis drei Monate statt – meistens unter Alkoholeinfluss. Meine Mutter hatte ihm in der Verliebtheitsphase einmal gesagt, dass sie seine Lieder großartig fand, und dann den Zeitpunkt verpasst, das wieder zurückzunehmen. Immerhin schaffte sie es meistens, ihn rechtzeitig zu stoppen, wenn Gäste im Haus waren. Nur einmal, beim Besuch eines jüdischen Bekannten, war er nicht davon abzuhalten, sich über eine halbe Stunde lang musikalisch für die Nazizeit zu entschuldigen – bis der Bekannte ihn mit dem Satz stoppte:

»Ich glaube, mein Volk hat jetzt lange genug gelitten.«

Während ich noch insgeheim hoffte, der Kelch möge an mir vorüberziehen, trat mein Vater schon voller Energie und Tatendrang zurück in mein Zimmer – mit der Gitarre um den Hals – und setzte sich auf die Bettkante.

»Nun, mein Sohn, wovon soll ich denn heute Abend mal singen?«

»Och, vielleicht so von Kühen ... und Bergen ... und Wiesen?«

»Bitte – wie du meinst ...«

Er schloss die Augen bedeutungsvoll, konzentrierte sich und setzte dann die Gitarre einem Belastungstest aus, der in einem Kindergarten für Hyperaktive nicht heftiger ausgefallen wäre. Anschließend machte er eine Kunstpause von knapp drei Sekunden, in der er mich intensiv mit dem Blick fixierte, und fing schließlich an zu singen:

»Es war einmal 'ne schöne Kuh.
Hieß Aline, machte Muh.
Auf der grünen Wiiiieeeehiiiieeeeseeeeeee
Stand sie, doch ihr ging's miiiihiiiieeeeseeeeeee!«

Mein Vater liebte es, beim Singen einige ausgewählte Vokale bedeutungsvoll in die Länge zu ziehen. Seine Stimme pendelte dabei zwischen dem Jaulen eines Hundewelpen und dem Gesang der Buckelwale hin und her.

»Denn das Gras, es schmeckte schal.
Schließlich herrscht das Kapital
auch hier oben auf der Alm.
Nach Leid und Tod schmeckt jeder Haaahaaahaaaallllllmmm.«

Jetzt folgte ein erneuter Akkord der Marke »ich hasse meine Gitarre«, gefolgt von einer Kunstpause mit bedeutungsvollem Blick gen Himmel inklusive hochgezogenen Augenbrauen.

»Sie machte Muh, doch jetzt ist Ruh.
Dank sei dafür der CDU.
In Tirol und in der Pfalz –
Kühen wird durchtrennt der Haaaahaaaaaahaaaaalllllls.«

Höllen-Akkord. Kunstpause. Bedeutungsvoller Blick.

»Bei McDonald's in der Truhe
Findet sie noch keine Ruhe.
Aline, die ist längst schon tot –
Bestattet in 'nem Labberbroooohooooohooooooooot.«

Bei dem Wort »Labberbrot« mischte sich in den Gesang zu den Hundewelpen und den Buckelwalen überraschenderweise ein Schuss Mireille Mathieu. Nach der obligatorischen Abfolge Höllen-Akkord/Kunstpause/bedeutungsvoller Blick verdoppelte mein Vater urplötzlich das Tempo und bekam Schweißperlen auf der Stirn sowie einen leicht wahnsinnigen Gesichtsausdruck.

»Da liegt Fury – oh wie nett
Als Tagesdecke auf dem Bett.
Schau nur: Bambi, eieiei
In der Fleischereeeeeeiiiiiiiiheeeeiiiiiheeeeiiiii ...«

Zu meiner Überraschung folgte auf diese Strophe kein Höllen-Akkord. Stattdessen brach das Lied abrupt ab. Mein Vater atmete schwer und schien nur langsam wieder im Hier und Jetzt anzukommen. Dann zupfte er plötzlich leise und zärtlich an der Gitarre, lächelte mich an und sang mit sanfter Stimme:

»Drum schließ die Augen jetzt geschwind ...«

Die letzten beiden Worte flüsterte er nur noch. Obwohl ich ein ungutes Gefühl im Bauch hatte, schloss ich die Augen. In den nächsten zehn Sekunden passierte gar nichts. Ich blinzelte kurz und sah, wie mein Vater mit sich selbst kämpfte: Einerseits wollte er, dass ich schlafe. Andererseits schrie die Dramaturgie seines Liedes sowohl textlich als auch musikalisch nach einem Schluss. Dieser Konflikt schien meinen Vater innerlich zu zerreißen, weshalb ich die Augen öffnete und ihm zunickte – zum Zeichen, dass er sein Werk vollenden durfte.

Mein Vater lächelte kurz und holte tief Luft. Dann spielte er einen Schlussakkord, der sich anhörte, als würden zehn Flamenco-Gitarristen mitsamt ihren Gitarren von einem riesigen Presslufthammer in den Boden gerammt. Dazu schickte er seine Stimmbänder in eine Art Selbstmordkommando zu folgenden Worten:

»... UND
SCHLAAAAAAAAAAAAHAAAAAAHAAAAAAF
MEIN KIIIIIIIIIIIIIIIIIIIIIIIIIIIIIIIIIIIIIIIIIIIIIIIII
IIIIINNNNNNNND!«

Ich applaudierte begeistert. Ich fand das Lied zwar misslungen, wollte aber honorieren, dass mein Vater sich ernsthaft bemüht hatte. Meine Mutter betrat kopfschüttelnd das Zimmer:
»Rigobert, wie soll der Junge denn bei dem Krach schlafen?«
»Er hat sich das Lied gewünscht, was soll ich machen?«
Ich protestierte zaghaft:
»Also, eigentlich hatte ich mir das Lied nicht ...«
Die Türklingel unterbrach mich. Zwei Polizisten standen am Eingang. Die Nachbarn hatten sich über die Ruhestörung beklagt. Dazu muss man wissen: Es war bereits ein Uhr nachts. (Meine Eltern waren der Ansicht, dass ich selbst entscheiden müsse, wann ich ins Bett gehe, da ich die Konsequenzen am nächsten Tag, die Müdigkeit in der Schule, ja auch selbst zu tragen hatte.)

Ich packte Schildi und lief schnell aus meinem Zimmer, um den Dialog meiner Eltern mit den Polizisten nicht zu verpassen. Es war bereits das zweite Mal, dass die Polizei wegen Ruhestörung zu uns kam, und das erste Mal war höchst unterhaltsam gewesen: Meine Mutter hatte in einem New-Age-Roman gelesen, dass man Migräne durch Masturbation heilen könne, und beim Überprüfen dieser Theorie die Anweisung, man solle dabei nichts zurückhalten, vor allem in Bezug auf die Stimmbänder sehr exakt befolgt. Die Gesichtsausdrücke der Gesetzeshüter, als meine Mutter die Ursache des Lärms wahrheitsgemäß erklärte, waren faszinierend. Ich wusste damals nicht, worum es eigentlich ging, war aber stolz, dass meine Mutter Polizisten zum Lachen bringen kann – sogar wenn sie eigentlich sauer sind.

Das war ein gutes Jahr zuvor gewesen, und diesmal standen andere Beamte da. Mein Vater baute sich empört vor ihnen auf:
»Also, wo leben wir eigentlich, wenn man seinem Sohn nicht mal ein Gutenachtlied singen darf, ohne dass gleich die Polizei gerufen wird?!«
Die Polizisten schauten ungläubig. Der ältere Kollege fand als erster die Sprache wieder:
»Das war ein Gutenachtlied? Für Ihren Sohn?«
Der Polizist schaute mich mitleidig an. Ich winkte ihm fröhlich zu und zeigte ihm meine Stoff-Schildkröte:

»Dudnaaaboo.« (Das hieß »Guten Abend« in Schildi-Sprache.)
Die Polizisten schauten irritiert, deshalb erklärte ich:
»Das ist Schil... äh, Chelone. Die heißt so, weil eine Griechin nicht zur Hochzeit gekommen ist, und dann wurde sie in eine Schildkröte verwandelt.«

Auf die ratlosen Blicke der Polizisten stellte mein Vater klar:
»Mein Sohn spielte eben auf eine Geschichte der griechischen Mythologie an. Aber darum geht es jetzt nicht. Ich finde es einfach empörend, wenn ein Vater seinen Sohn nicht mal in den Schlaf singen darf, ohne dass ...«

Der ältere Polizist fiel meinem Vater ins Wort:
»Also, jetzt passen Sie auf: Wenn Ihr Sohn noch einmal so spät ins Bett geht, dann singen Sie ihm kein Lied, dann erzählen Sie ihm ein Märchen. Und zwar so, dass die Nachbarn weiterschlafen können. Haben wir uns verstanden?«

Mein Vater wollte etwas erwidern, aber ich kam ihm zuvor:
»Oh ja, ein Märchen, ein Märchen! Hurra!!!«

Mein Vater wollte immer noch protestieren – schließlich war ihm die Obrigkeit per se suspekt. Aber meine Mutter schickte die Beamten mit beschwichtigenden Worten davon.

Dann setzte sich mein Vater zu mir ans Bett und erzählte mir die *Verwandlung* von Kafka: Ein Mann wacht morgens auf und stellt fest, dass er sich in einen Käfer verwandelt hat. Das, so meinte mein Vater, gehe auf jeden Fall als Märchen durch. Ich wusste ja inzwischen, dass es mir Pluspunkte einbringt, auf Kafka mit Verwirrung zu reagieren, und so bemühte ich mich, möglichst verwirrt zu gucken. Meine Eltern waren zufrieden, und ich bin nach wenigen Sätzen eingeschlafen. Ich habe zwar nie Märchen gehört, aber wer braucht schon fiktive Geschichten, wenn er reale Polizisten erleben kann?

Kapitel 23

• • • • • • • • • • • • • • • • • •

Der deutsche Ehrgeiz

Ehrgeiz ist neben der Disziplin (Kapitel 15) die Eigenschaft der Deutschen, die international die höchste Anerkennung findet. Es ist schon erstaunlich, wie viele sportliche Erfolge ein vergleichsweise kleines Land wie unseres regelmäßig einfährt. Auch wenn zu diesem Zweck gelegentlich verbotene Substanzen benutzt wurden. Gerade die Verwendung verbotener Substanzen weist ja darauf hin, *wie* groß unser Ehrgeiz ist.

Dabei kann sich der Ehrgeiz grundsätzlich auf alles erstrecken: Wer läuft schneller? Wer hat den grüneren Rasen? Wer hat das größere Haus? Wessen Kind ist besser in der Schule? Wer sammelt mehr Treuepunkte? Wer gewinnt mehr Literaturpreise? Wer hat mehr Überraschungseier-Schlümpfe? Wer hat den kräftigeren Pinkelstrahl? Wer verkauft mehr Heizdecken? Wer exportiert mehr Plutonium? Wer spendet mehr an die »Aktion Fischotterschutz«? Wer verträgt mehr Doppelkorn? Wer hat die bessere Religion? Wer kann lauter pupsen?

Wie Sie vielleicht gemerkt haben, kann unser Ehrgeiz sowohl produktiv sein als auch gänzlich absurde Formen annehmen.

Die folgenden Tagebucheinträge des 29-jährigen Lars Piepenbrink, der seit Kurzem im »Frankfurter Fantasy-Fun-Fort-Freizeit-Resort« arbeitet, zeigen auf, wie wahnhafter Ehrgeiz bei uns quasi aus dem Nichts heraus entstehen kann. Lars Piepenbrink hat den Job aus einem einzigen Grund angenommen: Um sein Philosophie-Studium zu finanzieren. Ansonsten geht seine Motivation, acht Stunden lang in einem Eichhörnchen-Kostüm herumzulaufen, gegen null. Bis seine germanischen Gene ihm etwas anderes einflüstern ...

######### Tagebuch eines Eichhörnchens #########

Samstag, 26. Mai
Mein erster Arbeitstag als »Tippeldipp«, das Eichhörnchen. Der dämlichste Job, den man sich vorstellen kann: Den ganzen Tag neben irgendwelchen Kindern stehen und dämlich in die Kamera winken. Zum Glück muss ich wenigstens nicht lächeln – die »Tippeldipp«-Maske besticht durch ein überaus dümmliches Dauergrinsen. Überhaupt: »Tippeldipp« ... Wer sich diesen Namen ausgedacht hat, sollte gesteinigt werden. Wahrscheinlich dasselbe Arschloch, dem auch der Begriff »Frankfurter Fantasy-Fun-Fort-Freizeit-Resort« zu verdanken ist.

Wenn man acht Stunden in einem Eichhörnchen-Kostüm gesteckt hat, versteht man plötzlich Sartre und Camus: Diese Existenz kann unmöglich einen Sinn besitzen. Habe aus lauter Langeweile die Kinder gezählt, die sich mit mir fotografieren ließen: 127. Habe Muskelkater vom Winken.

Sonntag, 27. Mai
Zweiter Arbeitstag. Habe Schokoladeneis und Zuckerwatte im Fell. Zwei Elfjährige haben an meinem Schweif gezogen und einige Büschel herausgerissen. Ich hasse diese antiautoritär erzogenen Pissnelken. Konnte ab 15 Uhr vor lauter Muskelkater kaum noch winken.

Heute wollten 151 Kinder Fotos mit mir. Habe mich beim

128. Kind kurz gefreut, weil ich die Marke von gestern übertraf. Eine alberne Gefühlsregung.

Morgen romantisches Abendessen mit Sarah. Soll ich ihr einen Heiratsantrag machen oder lieber noch warten?

Montag, 28. Mai
Dritter Arbeitstag. 162 Foto-Kinder. Aufregung, als ich mich der Marke von gestern näherte. Dann seltsame Euphorie, als der neue Rekord da war ... Habe ich echt »Rekord« geschrieben? Oh Mann! Wahrscheinlich weicht mein Gehirn langsam auf! Muss nämlich den ganzen Tag unerträgliche Fun-Resort-Trallala-Musik hören, die aus den Lautsprechern im »Tippeldipp-Tannen-Tree« dröhnt.

Habe Sarah noch keinen Heiratsantrag gemacht. Wenn ich noch ein paar Wochen das Eichhörnchen gebe, kann ich mir einen schönen Ring für sie leisten.

Dienstag, 29. Mai
Vierter Arbeitstag. Kurz vor dem Ende der Öffnungszeiten erst 160 Kinder. Kurzer Anflug von Panik. Machte durch alberne Comic-Geräusche auf mich aufmerksam, wodurch noch fünf Kinder kamen. Neuer Rekord: 165. Hurra, ich bin der Beste!
00 Uhr 12:
Habe das gerade noch mal gelesen und schäme mich. Konnte mich außerdem nicht konzentrieren, als Sarah mit mir über ihre Aristoteles-Dissertation sprechen wollte. Hatte eine Endlosschleife der Rekordszene im Kopf.

Ab morgen höre ich auf, Kinder zu zählen. Das ist doch albern.

Mittwoch, 30. Mai
Fünfter Arbeitstag. Habe mich die erste halbe Stunde gezwungen, die Kinder nicht zu zählen, und mich dann dabei erwischt, dass ich es doch tat. Ach, was soll's. So ist die verdammte Langeweile besser zu ertragen. Heute waren es auch nur 137 Foto-Kinder. Weniger als gestern. Na und? Wen interessiert das überhaupt?

Ich bin definitiv beliebter als das Streifenhörnchen »Hiffelhaff«, das dreihundert Meter vom Tippeldipp-Tannen-Tree vor der »Hiffelhaff-Holz-Höhle« winken muss.
2 Uhr 27:
Liege seit zwei Stunden wach. Denke darüber nach, warum es heute weniger Kinder waren. Ich weiß, das ist Blödsinn – aber es fühlt sich wie eine Niederlage an. Oh Mann, das darf doch nicht wahr sein. Ich muss schlafen.
3 Uhr 41:
Vielleicht sollte ich's noch mal mit lustigen Comic-Geräuschen versuchen? Das könnte meine Quote verbessern. Wie redet überhaupt ein Eichhörnchen? Egal, ich denke mir einfach was aus.
4 Uhr 12:
Habe A-Hörnchen und B-Hörnchen geyoutubed. Die reden extrem hoch. Habe es ausprobiert. Sarah hat sich beschwert, weil meine Eichhörnchenstimme sie geweckt hat. Oh Mann, ich vernachlässige meine Freundin. Ich sollte das mit dem Zählen einfach sein lassen und Sarah einen Heiratsantrag machen.

Donnerstag, 31. Mai
Sechster Arbeitstag. 171 Foto-Kinder – Rekord!!! Fühle mich großartig. Die nächtlichen Stimmübungen haben sich bezahlt gemacht. Habe mir als Standardtext »Herzlich Willkommen beim Tippeldipp-Tannen-Tree« zurechtgelegt, dann muss ich nicht improvisieren. Aus lauter Freude Sarah zum Essen eingeladen. Hat sich beschwert, dass ich die ganze Zeit nur von Tippeldipp erzähle. Ich dachte, sie würde sich für mich freuen. Oder gönnt sie mir den Erfolg nicht?
00 Uhr 31:
Habe die ganze Zeit Tippeldipp-Tannen-Tree-Musik im Kopf. Das bringt mich noch um den Verstand. Muss schlafen, sonst kann ich neuen Rekord morgen vergessen.
01 Uhr 17:
Ab morgen sage ich »Terzlich Tillkommen beim Tippeldipp-Tannen-Tree«. Das ist putziger und eichhörnchenhafter.

02 Uhr 05:
Nein, ich sage: »Tippellich Dippelkommen beim Tippeldipp-Tannen-Tree«. Das ist noch putziger und noch eichhörnchenhafter.
03 Uhr 29:
Nein, ich sage: »Tippeldippellich Tillkommen beim Tippeldipp-Tannen-Tree«. Das ist am putzigsten und eichhörnchenhaftesten.

Freitag, 1. Juni
Siebter Arbeitstag. 183 Foto-Kinder! Olé, olé, olé, olé – ich bin der Champion, olé! Der neue Text kam super an. Fleiß zahlt sich aus. Habe bei »Tippeldipp« kurz gestottert, aber das Kind hat gelacht.

Heute die Darstellerin des Streifenhörnchens »Hiffelhaff« kennengelernt. Heißt Melissa Bolschowa und steht angeblich vor ihrem großen Durchbruch in Hollywood. Komisch – dachte, ich hätte sie in diesem beschissenen *Titanic*-Film gesehen. Als Streifenhörnchen ist sie jedenfalls eine Fehlbesetzung.

Samstag, 2. Juni
Mein freier Tag. Nutze die Zeit zur Optimierung meiner Eichhörnchenstimme. Werde das Stottern ab morgen bewusst einbauen: »Ti-ti-ti-ti-Tippeldipp«. Vier Stotter-Tis sind optimal (habe drei und fünf ausprobiert, aber das fühlt sich nicht organisch an).

Abends mit Sarah den neuen *Bond* geguckt. Sie ist genervt von mir. Angeblich wirkt es sich negativ auf die Spannung aus, wenn ein stotterndes Eichhörnchen neben einem sitzt. Sarah hat einfach kein Verständnis für meine Karriere.

Sonntag, 3. Juni
Achter Arbeitstag. 186 Foto-Kinder – Reeeeekoooooooooooord!

Habe das Stottern jetzt auch in die anderen T-Worte eingebaut – die Kinder lieben es! Als der Rekord beim 184. Kind fiel – das war pures Adrenalin ...

In der Euphorie habe ich Sarah gerade spontan den Heiratsantrag gemacht. Sie meinte, es war nicht romantisch genug. Dabei hatte ich extra ein paar Kerzen angezündet. Versteh' einer die Frauen ...

Montag, 4. Juni
Neunter Arbeitstag. 182 Foto-Kinder! Extrem ärgerlich, dass ich den Rekord von gestern so knapp verpasst habe. Ich muss härter an mir arbeiten, viel härter! Vielleicht sollte ich ein paar Kunststücke einüben ...
1 Uhr 13:
Gerade erst gemerkt, dass Sarah ausgezogen ist. Sie hat mir einen Zettel hinterlassen. Angeblich rede ich seit Tagen nur noch mit Eichhörnchenstimme. Sie hätte den Heiratsantrag auch lieber von mir bekommen und nicht von »Tippeldipp«. Ach, *das* meinte sie mit »nicht romantisch genug«.
1 Uhr 20:
Habe Sarah eine Entschuldigung auf die Mailbox gesprochen. Ich muss mit der Rekordjagd aufhören, bevor ich mein Leben zerstöre.

Dienstag, 5. Juni
Noch vor dem Frühstück Rückruf von Sarah: Offenbar habe ich auch die Entschuldigung mit der Eichhörnchenstimme gesprochen. Das kann doch einfach nicht wahr sein! Werde mich vor lauter Frust in die Arbeit stürzen.

Zehnter Arbeitstag: 191 Foto-Kinder – Reeeeeeeekooooooord!!! Habe alles gegeben: gestottert wie ein Weltmeister und witzige Tanzeinlagen eingebaut. Obwohl ich körperlich am Ende bin, platze ich fast vor Adrenalin. Sarah kann mich mal! Wenn sie mit meinem Erfolg nicht umgehen kann, soll sie sich irgendeinen Loser wie Sartre holen, der das Leben für sinnlos hält. Mein Leben ist höchst sinnvoll und wunderbar. Vielleicht sollte ich Hiffelhaff mal zum Essen einladen?
01 Uhr 23:
Nein! Ich muss mich auf meine Karriere konzentrieren und habe keine Zeit für minderbegabte Streifenhörnchen.

Mittwoch, 6. Juni
Elfter Arbeitstag. 173 Foto-Kinder. Bin frustriert. Habe zwanzig wichtige Minuten verpasst, weil ich ins Chef-Büro gerufen wurde: Die Mutter eines Stotterers hat sich beschwert, ich hätte

mich über ihren Sohn lustig gemacht. Dabei stottere ich seit Tagen! Jetzt habe ich eine Abmahnung und Stotterverbot. Oh Mann, ich hasse diese Political-Correctness-Scheiße! Das Kind stottert bestimmt nur, weil es so eine überfürsorgliche Mutter hat. Man sollte überfürsorgliche Mütter verbieten, anstatt die Performance eines armen Eichhörnchens zu zensieren!
01 Uhr 56:
Ich vermisse Sarah.
02 Uhr 37:
Muss mir eine Alternative fürs Stottern überlegen.
03 Uhr 14:
Ich hab's: eine lustige Lache: Hihihihihihi ...

Donnerstag, 7. Juni
Zwölfter Arbeitstag: 213 Foto-Kinder!!! Triumph!!! Hurra!!! Ich glaube, ich war noch nie so glücklich. Meine Lache ist DER Hit!!! Habe mit Excel einen Foto-Kinder-Index (FKI) erstellt, der meinen Triumph dokumentiert:

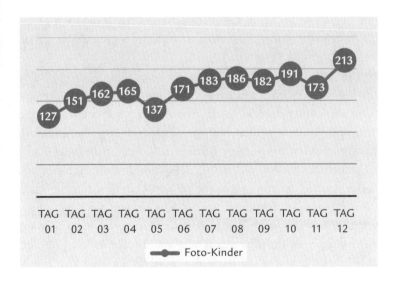

Werde meinen alten Schulkumpel Peter anrufen. Der arbeitet bei McKinsey. Er soll mir ein Strategiepapier entwerfen. Müssen die

Effizienz der einzelnen Faktoren (Stimmlage, Lache, Tanzbewegungen) überprüfen. Nur durch klare Analyse aller Indikatoren kann eine weitere Produktivitätssteigerung erreicht werden, damit der FKI in Zukunft ein stabiles Wachstum verzeichnet.

Freitag, 8. Juni
Mein freier Tag. Peter meinte, für so eine alberne Scheiße habe er keine Zeit. Unverschämtheit! Dieser Pisser hält sich für was Besseres, nur weil er irgendwelchen reichen Mistsäcken dabei hilft, noch reichere Mistsäcke zu werden ... Soll er doch! Ich kann meinen FKI auch allein steigern.

Samstag, 9. Juni
Alles aus! Ich wurde gefeuert. Dabei war ich sooooooooooo kurz vor einem neuen Rekord. Es war fast Feierabend, und mir fehlten nur noch drei Kinder. Also habe ich mich vielleicht ein kleines bisschen vom Tippeldipp-Tannen-Tree entfernt, um eine Familie mit vier Kindern auf dem Weg zum Ausgang abzufangen und höflich um ein Foto zu bitten. Und als der Vater sich geweigert hat, bin ich vielleicht ein kleines bisschen wütend geworden. Herrgott noch mal, dafür muss man doch nicht sein bestes Nagetier feuern!
00 Uhr 13:
Ein Parkbesucher hat meinen Konflikt mit dem Familienvater gefilmt und unter dem Titel »Eichhörnchen rastet aus« auf YouTube gestellt. Schon über 500 000 Klicks. Offenbar habe ich die Kinder gewaltsam an mich gerissen und mit stotternder Eichhörnchenstimme gedroht, sie in der Hiffelhaff-Holz-Höhle einzusperren, wenn der Vater nicht auf der Stelle ein Foto macht. Dann habe ich meinen Eichhörnchenkopf ausgezogen, den Vater damit verprügelt und anschließend versucht, ihn mit meinem Schweif zu erwürgen. Schließlich wurde ich von drei Sicherheitsbeamten abgeführt. Komisch, ich hatte das irgendwie anders in Erinnerung.

Sonntag, 10. Juni
Mein erster Tag als Arbeitsloser. Will Sarah anrufen, aber ich werde wohl noch zwei, drei Tage brauchen, um die Eichhörnchenstimme loszuwerden.
15 Uhr 11:
Wie habe ich eigentlich gesprochen, bevor ich Tippeldipp wurde?
16 Uhr 23:
Bekam Anruf eines Fernsehproduzenten: Friedemut Honkenberg. Offenbar bin ich dank YouTube jetzt ein Star.
Kriege eigene TV-Show als cholerisches Eichhörnchen. Habe zugesagt. Vielleicht nimmt Sarah die Eichhörnchenstimme in Kauf, wenn ich zum Ausgleich ein Superstar bin? Tja, Leben ist Risiko. Ich bin gespannt ...
18 Uhr 17: Jetzt sind es 925 000 Klicks – Reeeeeekoooooooord!!!

Kapitel 24

● ● ● ● ● ● ● ● ● ● ● ● ● ● ● ● ● ● ●

Historische Komplexe

Im Grunde ist es eine positive Entwicklung, dass sich unsere Weltherrschaftsansprüche heutzutage auf DIN-Normen und Fußball beschränken.

Wir Deutschen tragen immer noch schwer an der Last unserer Geschichte. Als meine Ehefrau ihren deutschen Pass bekam, fühlte sie sich noch am selben Abend ein paar Kilo schwerer. Ich dachte natürlich sofort: Aha. Die Last der Geschichte. Allerdings hatten wir als Einbürgerungs-Initiationsritual im Café Jansen Schwarzwälder Kirschtorte gegessen, und es könnte auch *daran* gelegen haben.

Aber bereits beim Kampfeinsatz in Krakachochstan in Kapitel 4 wurde deutlich, dass unsere Nation unter einem historischen Komplex leidet. Es fängt schon damit an, dass die deutsche Geschichte gerne auf die Jahre 1933–45 reduziert wird. Dabei sind ja auch noch ein paar andere Dinge passiert, seit es sich die ersten Neandertaler bei Düsseldorf bequem gemacht haben. Wir konzentrieren uns mit Tunnelblick auf die düsterste Epoche. Vielleicht mit Ausnahme der Bayern, die mit Ludwig II eine depressive Klemmschwuchtel verehren, die durch sinnlose Protzbauten sämtliche Staatsgelder verschleudert hat.

Als ich aufgewachsen bin, da hatten nicht nur

Märchen einen Nazi-Beigeschmack. Alles Deutsche war per se suspekt. Zumindest in den Kreisen, in denen ich mich bewegte. Wenn ein Café so wie heute üblich damit geworben hätte, nur regionale Produkte zu verwenden – es wäre sofort unter Faschismus-Verdacht geraten:

»Was haben Sie denn gegen ausländische Produkte?«

»Gar nichts. Es ist mir nur lieber, wenn ich den Bauern kenne, von dem ich meine Produkte beziehe.«

»Aha. Griechische und spanische Bauern sind also weniger vertrauenswürdig?!«

»Darum geht es doch gar nicht ...«

»Sparen Sie sich die Ausflüchte. Dieses Nazi-Café betrete ich sowieso nie wieder.«

Tja, als ordentlicher Deutscher hatte man sich gefälligst für sein Vaterland zu schämen.* Und als ordentlicher Deutscher verwendete man nur Produkte aus dem Ausland. Französischer Käse, der schmeckte nach Demokratie. Griechische Oliven – darin waren die Gedanken von Plato und Aristoteles enthalten. Aber wenn jemand es wagte, Moselwein auszuschenken – der hatte einfach nichts aus der Geschichte gelernt.

Auch heute noch ist Nationalstolz bei uns ein Tabu. Viele sagen: »Wie kann ich denn stolz auf Deutschland sein – es ist doch Zufall, dass ich hier lebe.« Okay. Gut. Und warum schämen Sie sich dann für die deutsche Geschichte? Ha! Erwischt.

Wenn überhaupt, erlauben wir uns Patriotismus nur während einer Fußball-WM – oder lokal begrenzt. Ich zum Beispiel bin stolz auf meine Heimatstadt Köln. Einfach so. Weil's Spaß macht. Und weil ich gehört habe, Patriotismus stärke die Magen-Darm-Flora. Mein Stolz auf Köln ist unbedenklich – erstens wird er durch die Hässlichkeit des Barbarossaplatzes abgemildert – und

---

* Siehe hierzu auch Seite 291.

zweitens halte ich die Gefahr für gering, dass wir irgendwann in Düsseldorf einmarschieren.

So kann man uns Deutschen heute sicher einiges vorwerfen – aber überzogenen Patriotismus bestimmt nicht. Während andere Völker ihre historischen Verbrechen unter den Teppich kehren, haben wir sie mit deutscher Gründlichkeit und Präzision aufgearbeitet: In der Schule, im Radio, im Fernsehen, in der Kunst, im Kino.

Diese Aufarbeitung haben wir uns nie leicht gemacht. Als der Film *Der Untergang* ins Kino kam, in dem Bruno Ganz den alten Adolf Hitler im Führerbunker spielt, ging ein Aufschrei durch die Nation: Da wird Hitler ja vermenschlicht. Das geht gar nicht! Die Wellen der Empörung schlugen hoch, und man war sich kollektiv einig, dass Hitler nicht als Mensch gezeigt werden darf. Die einzig sinnvolle Äußerung dazu kam einmal mehr von Marcel Reich-Ranicki:

»Aber er *war* doch ein Mensch! War er ein Elefant? Nein. War er eine Giraffe? Nein, er war ein Mensch.«

Auch heute ist die Darstellung der Nazi-Verbrechen für einen Künstler mit ausgeprägtem historischem Gewissen eine äußerst komplizierte Angelegenheit – wie die nächste Geschichte zeigt ...

############## Kultur in Flammen ##############

»Das Feuer brennt, wir können drehen.«

»Okay. Sag' dem Rolf, er soll sich das Koks für heute Abend aufheben und seinen Arsch vor die Kamera bewegen.«

Der Aufnahmeleiter schaut kurz zur Uhr und spricht dann in sein Headset:

»Peter, ab jetzt darf niemand mehr durch die Absperrung. Wenn ich im Jahre 1933 noch eine einzige Jack-Wolfskin-Jacke sehe, dann krieg' ich einen Tobsuchtsanfall.«

Es ist der erste Drehtag für den TV-Film »Kultur in Flammen«, der die Geschichte des fiktiven Studenten Heinrich Bock erzählt. Dieser soll im Rahmen der Bücherverbrennung auch einen Roman seiner eigenen Geliebten, der ebenso fiktiven jüdischen Schriftstellerin Esther Grünberg, in die Flammen werfen. Regisseur Thorwald Zusel legt seinem Hauptdarsteller, der eine SA-Uniform trägt, den Arm um die Schulter:

»Also Rolf, denk' daran: Du bist von den skrupellosen Nazi-Arschlöchern zu dieser Aktion gezwungen worden. Deine Mitstudenten haben bereits einige Bücher ins Feuer geworfen. Du schaltest deine Gefühle ab. Aber in dem Moment, wo du das Buch deiner Geliebten in den Händen hältst, meldet sich dein Gewissen ... okay?«

Thorwald Zusel ist angespannt. Bisher hat er es immer abgelehnt, Filme über die Nazizeit zu inszenieren, es ging ihm einfach zu nahe. Sein Vater war NSDAP-Mitglied, und obwohl er selbst – 1951 geboren – frei von jeder Schuld ist, hat er doch zeitlebens mit einem schlechten Gewissen gekämpft.

»Kamera?«

»Läuft.«

»Ton?«

»Läuft.«

»Uuuuunnnd ...«

Der Aufnahmeleiter unterbricht:

»Stopp! Fahrrad!«

In diesem Moment fährt ein Fahrradfahrer in einem rosafarbenen Trikot direkt vor der Kamera durchs Bild. Der Aufnahmeleiter schimpft ins Headset:

»Peter, das hat Konsequenzen.«

»Sorry, aber der hat mich fast umgefahren.«

Jetzt mischt sich der Produzent höchstpersönlich ein: Friedemut Honkenberg.

»So, wir machen direkt weiter. Na los, die Flammen schwächeln schon, und wir wollen noch mindestens dreißig Bücher verbrennen.«

Honkenberg ist ebenso angespannt wie sein Regisseur – wenn

auch aus anderen Gründen. Nach dem *Titanic*-Flop, dem Pilcher-Desaster und der geplatzten Finanzierung von *Rana, Tempelhure, Kriegsheldin, Mutter, Teil 3: Die Rückkehr der Gemüse-Fischsuppe* ist ein Nazi-Drama der letzte Strohhalm für ihn. Die Dreißigerjahre verknüpft er weniger mit grausamen Verbrechen als mit der Möglichkeit, Trophäen einzuheimsen. Wenn er zumindest den Grimme-Preis bekommt, kann er sein ramponiertes Image aufpolieren.

Derweil startet Regisseur Thorwald Zusel einen neuen Versuch:

»Kamera?«

»Läuft.«

»Ton?«

»Läuft.«

»Uuuuuuuunnnnnd bitte!«

Thorwald Zusel gibt ein schwungvolles Handzeichen, fast wie ein Dirigent, und Hauptdarsteller Rolf Retzig nimmt das erste Buch in die Hand:

»Gegen Dekadenz und moralischen Zerfall! Für Zucht und Sitte in Familie und Staat! Ich übergebe der Flamme die Schriften von Heinrich Mann ...«

Rolf Retzig will das Buch ins Feuer werfen, diesmal unterbricht ihn sein Regisseur:

»Stooooooooopp!!!«

Der Hauptdarsteller erklärt sich:

»Ich dachte, ich werfe das Buch direkt nach dem Namen. Oder sollte ich erst alle Namen sagen und dann die Bücher zusammen werfen?«

»Nein, mich stört was ganz anderes ... Bücher verbrennen ... Da ist mir irgendwie nicht wohl bei.«

»Ähm ... Aber es geht doch in dem Film ums Bücherverbrennen.«

»Ja schon, aber ich meine ... Du kannst doch nicht einfach ein Buch von Heinrich Mann ins Feuer werfen, das ... das ... ist doch total Nazi-mäßig.«

»Ähm ... Ich trage eine SA-Uniform. Ist das nicht auch irgendwie Nazi-mäßig?!«

Thorwald Zusel wird kurz stutzig.

»Richtig. Hatte ich kurz verdrängt. Aber ein Buch von Heinrich Mann verbrennen ... Das geht doch total in eine faschistische Richtung hier ...«

»Aber meinst du nicht, es wäre besser, wenn in einem Film über die Bücherverbrennung auch Bücher verbrannt werden?«

»Jaja, schon, aber ausgerechnet Heinrich Mann ... Also, das bereitet mir Bauchschmerzen ... Was haben wir denn hier noch?«

Der Regisseur wühlt unter den irritierten Blicken der Filmcrew hektisch im vorbereiteten Bücherhaufen.

»Sigmund Freud ... Kurt Tucholsky ... Karl Marx ... Nee, die sind doch alle viel zu gut zum Verbrennen ... Was lesen Sie denn da?«

Thorwald Zusel zeigt auf Vanessa, die zweite Maskenbildnerin, die gerade nichts zu tun hat, und etwas abseits vom Drehgeschehen ein Buch liest.

»Wer? Ich?«

»Ja, Sie. Was haben Sie denn da für ein Buch?«

»Das neue von Daniela Katzenberger: *Katze küsst Kater.*«

»Darf ich mal kurz?«

Ohne die Antwort abzuwarten, reißt er ihr das Buch aus der Hand.

»Na, das ist doch die Lösung. Perfekt.«

Er gibt das Buch seinem Hauptdarsteller.

»Wir tauschen Heinrich Mann gegen Daniela Katzenberger.«

»Was? Aber ...«

»Das Buch kann man guten Gewissens verbrennen. Das nehmen wir.«

Masken-Vanessa protestiert:

»Hey, das ist *mein* Buch!«

»Dafür kriegen Sie das von Heinrich Mann. Ein guter Tausch, finde ich. Also: Kamera?«

»Läuft.«

»Ton?«

»Läuft.«

»Uuuuuuuuuuuunnnnnnd bitte!«

Hauptdarsteller Rolf Retzig ist immer noch irritiert. Nach ein paar Sekunden sammelt er sich und findet in die Rolle:

»Gegen Dekadenz und moralischen Zerfall! Für Zucht und Sitte in Familie und Staat! Ich übergebe der Flamme die Schriften von ... Daniela Katzenberger ...«

Unter dem entsetzten Blick von Masken-Vanessa wirft er das Buch ins Feuer.

»... Erich Kästner ...«

Rolf Retzig will das Buch von Erich Kästner werfen, wird aber erneut von seinem Regisseur unterbrochen.

»Stoooooooooooooopp!!! Kästner, das geht natürlich auch nicht.«

Thorwald Zusel scannt den Drehort und erblickt Patrick, einen 18-jährigen Praktikanten, der gerade ein Sudoku ausfüllt.

»Sehr gut, das nehmen wir!«

Er reißt Praktikanten-Patrick das Buch »Sudoku 2 – der superdicke Zahlenrätsel-Spaß« aus der Hand und überreicht es seinem Hauptdarsteller:

»Das nimmst du anstelle von Erich Kästner.«

»Hier steht kein Autor drauf.«

»Doch, hier: Premio ... Ach nee, das ist der Verlag.«

»Soll ich dann einfach sagen: ›Ich übergebe der Flamme die Werke von Daniela Katzenberger und von einem anonymen Sudoku-Autor‹?«

»Perfekt ... Ach, und wenn du beim nächsten Mal das Katzenberger-Buch ins Feuer wirfst, bring bitte einen Hauch mehr Verachtung in die Bewegung, ja?«

»Äh, es tut mir leid, Thorwald, aber das Katzenberger-Buch kann ich nicht noch mal ins Feuer werfen.«

»Was? Wieso das denn nicht?«

»Weil es verbrannt ist.«

Erschrocken schaut Thorwald Zusel ins Feuer – von *Katze büsst Kater* ist nur noch ein Haufen Asche übrig geblieben. Hilflos schaut er zu Masken-Vanessa:

»Äh ... Du hast nicht zufällig noch ein Exemplar dabei?«

»Doch, natürlich. Wenn ich ein Buch kaufe, nehme ich immer mehrere Exemplare. Es passiert ja oft, dass mal eins ins Feuer fliegt.«

Obwohl sein Ironieverständnis normalerweise nicht sehr ausgeprägt ist, kann er den verächtlichen Blick von Masken-Vanessa in diesem Fall richtig einordnen:

»Tja, ich fürchte, jetzt haben wir ein Problem ...«

Nun bringt sich Produzent Friedemut Honkenberg wieder ins Spiel, der die letzten Minuten in einer Art Schockstarre erlebt hat:

»In der Tat, Thorwald, wir haben ein Problem.«

Honkenberg muss sich kontrollieren, um seinem Regisseur nicht vor der gesamten Crew eine Ohrfeige zu verpassen – schließlich war Thorwald Zusel der Grund dafür, dass er von seiner Freundin Tanja Stortz verlassen wurde. Honkenberg hatte ihr die Rolle der Esther Grünberg versprochen, der fiktiven jüdischen Schriftstellerin, deren Buch von ihrem eigenen Geliebten verbrannt werden sollte. Als Tanja unter ihrem neuen Pseudonym Melissa Bolschowa zum Casting erschien, bescheinigte ihr Thorwald Zusel, dass ihr Talent vielleicht für eine Vorabendserie reiche, aber auf keinen Fall für einen wichtigen Geschichtsfilm unter seiner Regie. Honkenberg versuchte vergeblich, seinen Regisseur umzustimmen, was zu folgendem Satz von Thorwald Zusel führte:

»Ich bin ein Künstler und lasse mir kein untalentiertes Flittchen aufzwingen, nur weil es über die Besetzungscouch des Produzenten gerutscht ist.«

Honkenberg erlebte daraufhin in seinem Kopf den erbitterten Kampf zweier Gedanken: Einerseits würde er Tanja wohl verlieren, wenn sie die Rolle nicht bekäme, andererseits war Thorwald Zusel seine Grimme-Preis-Garantie. Quasi jeder seiner Problemfilme wurde mit diesem Gütesiegel des Deutschen Fernsehens ausgezeichnet – egal, ob es um die Glasknochenkrankheit, radioaktive Verseuchung oder die Depressionen kirgisischer Landarbeiter ging.

Honkenberg gab seiner Beziehung noch eine Chance und schickte Tanja am nächsten Tag mit schwarzer Echthaarperücke und dem neuen Künstlernamen Elfriede Bolinak erneut zum Casting. Er wusste, dass Thorwald Zusel ein Elfriede-Jelinek-Fan war – doch die Namensähnlichkeit mit seiner Lieblingsautorin führte nicht etwa zu Wohlwollen, sondern vielmehr zu der Feststellung, es bestehe eine eklatante Diskrepanz zwischen der Schönheit des Namens und der gleichzeitigen totalen Abwesenheit von Talent. Am Ende hat sich Honkenberg für seinen Regisseur und gegen seine Geliebte entschieden und sich gleichzeitig geschworen, Thorwald Zusel umzubringen, wenn dieser Entschluss keinen Grimme-Preis zur Folge haben sollte.

»Was meinen Sie damit, wir haben ein Problem, Herr Honkenberg?«

Thorwald Zusel schaut Friedemut Honkenberg unschuldig an. Der Produzent steht kurz vor einem Tobsuchtsanfall, reißt sich aber mit letzter Kraft zusammen:

»Wir haben ein Problem, weil wir die Bücherverbrennung im Jahr 1933 zeigen wollen, und wenn wir nicht noch eine Zeitreise ins Drehbuch schreiben, ist es dem Publikum wohl kaum zu vermitteln, dass Katzenberger-Bücher und Sudokus verbrannt werden!«

Thorwald Zusel runzelt nachdenklich die Stirn:

»Zeitreisen ... hmmm ...«

Friedemut Honkenberg atmet tief ein und wiederholt in seinem Kopf ein Mantra: Grimme-Preis, Grimme-Preis, Grimme-Preis, Grimme-Preis ... Dann atmet er langsam und tief aus und redet mit dem Mute der Verzweiflung auf seinen Regisseur ein:

»Ich bitte Sie, lieber Herr Zusel. Sie würden mir und dem Sender und allen Beteiligten wirklich einen Riesengefallen tun, wenn in dieser Szene die Werke von Heinrich Mann und Erich Kästner verbrannt werden.«

»Bitte. Wie Sie meinen. Ich ziehe mich nur kurz mit dem Hauptdarsteller zurück, um die Szene noch einmal durchzugehen.«

Honkenbergs Fäuste ballen sich in den Hosentaschen. Er zischt durch die Zähne:

»Na gut. Aber nur fünf Minuten.«

Eine halbe Stunde später geht es endlich weiter. Der Hauptdarsteller steht mit Büchern von Heinrich Mann und Erich Kästner vor dem Feuer.

»Kamera?«

»Läuft.«
»Ton?«
»Läuft.«
»Uuuuuuuuuunnnnnd bitte!«
»Gegen Dekadenz und moralischen Zerfall! Für Zucht und Sitte in Familie und Staat! Ich übergebe der Flamme ein nicht ganz so bedeutendes Frühwerk von Heinrich Mann – also eine Schrift, von der er sich selbst später distanziert hat und deren Verbrennung den Fokus umso stärker auf die überragende Qualität seines Gesamtwerkes ...«
»Aaaaauuuuss!!! Stoooooooopp!!!«
Friedemut Honkenberg kann nicht fassen, was er da gehört hat. Nach dem kurzen Impuls, Thorwald Zusel die Werke von Heinrich Mann und Erich Kästner in den Hintern zu stopfen, beherrscht er sich jedoch: Grimme-Preis, Grimme-Preis, Grimme-Preis, Grimme-Preis, Grimme-Preis, Grimme-Preis ... Dann wendet er sich mit hochrotem Kopf an Thorwald Zusel:
»Herr Zusel, Sie können doch nicht einfach so ...«
»Das gefällt Ihnen nicht? Hm, ich bin selbst noch nicht ganz zufrieden. Geben Sie mir fünf Minuten ...«

»Kamera?«
»Läuft.«
»Ton?«
»Läuft.«
»Uuuuuuunnnnd bitte!«
»Gegen Dekadenz und moralischen Zerfall! Ich übergebe der Flamme die Werke von Adolf Hitler, Joseph Goebbels und allen anderen menschenverachtenden Kriegsverbrechern!«
»Auuuuuuuuuuusssss!!!«

»Uuuuuuunnnnd bitte!«
»Gegen Dekadenz und die Fast-Food-Industrie: Ich übergebe den Flammen diese Folienkartoffel, die nach einer Backzeit von dreißig Minuten mit Kräuterquark und einem Stich Butter hervorragend zu einem saftigen Steak passt ...«

Der Hauptdarsteller zögert. Dann pfeffert er die Kartoffel wütend ins Feuer.

»Entschuldigung, das geht alles überhaupt nicht so, ich habe mich für diese Rolle in die seelischen Abgründe eines Studenten zur Nazizeit hineinversetzt, ich habe mit Zeitzeugen gesprochen, ich habe über 50 Bücher gelesen ...«

Friedemut Honkenberg steht apathisch an der Seite: Grimme-Preis, Grimme-Preis, Grimme-Preis, Grimme-Preis, Grimme-Preis, Grimme-Preis, Grimme-Preis, Grimme-Preis, Grimme-Preis, Grimme-Preis, Grimme-Preis, Grimme-Preis, Grimme-Preis, Grimme-Preis ...

Während der Hauptdarsteller vor sich hin lamentiert und der Produzent vor den Trümmern seiner Karriere und seines Privatlebens steht, strahlt Thorwald Zusel plötzlich über das ganze Gesicht:

»Ich hab's! Ich hab' die Lösung!«

Drei Stunden später ist die Crew wieder drehfertig.
»Kamera?«
»Läuft!«
»Ton?«
»Läuft!«
»Uuuuuuuuuuuuuuuuunnnnd bitte!«

Hauptdarsteller Rolf Retzig hat auf seiner Armbinde anstelle des Hakenkreuzes jetzt eine Friedenstaube und spricht mit unterdrückter Wut:

»Gegen Dekadenz und Trivialliteratur: Heute *lesen* wir die Werke von Heinrich Mann und Erich Kästner. *Der Untertan*, Kapitel 1: Diederich Heßling war ein weiches Kind, das am liebsten träumte und viel an den Ohren litt. Ungern verließ er im Winter die warme Stube ...«

Als Rolf Retzig weiter aus dem Werk von Heinrich Mann vorliest, treten Thorwald Zusel Freudentränen ins Gesicht. Und während Honkenbergs Hände sich langsam um seinen Hals legen, um ihn zu erwürgen, flüstert er ergriffen:

»Das ist es. Perfekt. Absolut perfekt.«

Kapitel 25

● ● ● ● ● ● ● ● ● ● ● ● ● ● ● ● ● ●

Heimatliebe

Mit der Liebe haben wir dasselbe Problem wie mit Gott: Es gibt keine klare Definition. Jetzt sagt die Kirche: »Gott ist Liebe.« Dieser Satz macht uns wahnsinnig. Zwei schwammige Begriffe, die einander entsprechen – aaaaaaaaaaaaaaaaaaah!

Etwas leichter tun wir uns da beim Begriff »Heimatliebe«. Da ist plötzlich alles ganz klar: Heimatliebe gleich rechtsradikales Gedankengut. Das ist natürlich völliger Quatsch. Hätten die Nazis ihre Heimat geliebt, hätten sie wohl kaum deren Kultur vernichtet.

So leid es mir tut, aber ich muss an dieser Stelle darauf hinweisen, dass »Heimat« ebenfalls ein unklarer Begriff ist.

Aaaaaaaaaaaaaaaaaaaaaaaaaaaaaaaaah!!! Drei schwammige emotional aufgeladene Begriffe in einem Kapitel! Und dann auch noch ein Verweis auf die Nazizeit! Will uns dieser Netenjakob am Ende umbringen??? Natürlich nicht. Jetzt lassen Sie mich doch erst mal weiterschreiben:

Im Bezug auf Deutschland hat man beim Begriff »Heimat« wohl am ehesten einen röhrenden Hirsch vor einer Bergkulisse im Kopf (Konservative) oder marschierende SA-Truppen (Linksintellektuelle und Neonazis) oder die WM 2006 (Generation »Irgendwas mit Medien«) oder den Auftritt von Guildo Horn beim Eurovision Song Contest 1998 (ich).

Aber Heimat kann genauso gut sein: ein Wohnzimmer in Manderscheid in der Eifel, ein Büro im Ordnungsamt Köln-Süd, ein Après-Ski-Schuppen namens »Huberts Humba-Hütte«, die Bar im Hotel Atlantic, ein Glasbehälter mit eifersüchtigen Lottokugeln, ein Kinderzimmer in München, wo der Vater *Hänsel und Gretel* erzählt, ein Ehebett voller Prinzessin-Lillifee-Utensilien, in dem ein römischer Feldherr einmal vergeblich versuchte, eine Sklavin zu dominieren, ein Fantasy-Fun-Fort-Resort mit cholerischem Eichhörnchen, das Zimmer von Gaby Haas, in dem ein Pubertätstraum wahr wurde, eine Bühne, auf der nackte Schauspieler »Ich bin eine Hure« brüllen, ein Miederwarengeschäft mit farbechter Reizwäsche – oder ein Kinderbett mit einer Stoffschildkröte, die »Schildi« heißt.

Insofern muss wohl jeder seine Heimatliebe selbst definieren. Eins ist aber sicher: Wenn man im Ausland ist, ändert sich manchmal die Perspektive ... Zum Abschluss dieses Buches folgen wir deshalb meinem Alter Ego Daniel Hagenberger nach Antalya, wo er mit seiner Frau Aylin und seinen Eltern Urlaub macht.

••••••••••••• Urlaub in Antalya •••••••••••••

»Where are you from?«

»Ben ... Almanya'dan ... äh ... Moment ... ›Kommen‹ heißt ›gelmek‹ in erste Person Singular ... ah ... geli ... -yo ... äh ... -yor ... äh nein ... -yorum.«

Mein Vater hat den Ehrgeiz, seine Türkischkenntnisse aus der Volkshochschule um jeden Preis in der Türkei anzuwenden. An der Hotelrezeption hat er geschlagene zehn Minuten gebraucht, um der Empfangsdame des *Rixa Diva* auf Türkisch zu erklären, dass »Diva« der lateinische Begriff für Göttin ist. Und auch der Verkäufer von *Ahmed Souvenirs* in der Altstadt von Antalya zeigt wenig Interesse an einer Konversation in seiner Heimatsprache.

»Oh, Sie kommen von Deutschland. Ich auch gewohnt in Deutschland sechs Jahre. Gelsenkirchen.«

»Interessant. Wussten Sie, dass Claire Waldoff aus Gelsenkirchen stammt?«

»Spielt der bei Schalke 04?«

»Nein, *sie* war eine bekannte Kleinkunst-Sängerin und hat unter anderem Werke von Tucholsky interpretiert.«

Eine kurze peinliche Pause entsteht, dann reicht der Verkäufer meinem Vater ein »Blaues Auge«:

»Hier, ist typisch original Souvenir von Antalya: Nazar Boncu.«

Das kann mein Vater unmöglich so stehen lassen:

»Nun, da der Begriff ›Nazar‹ aus dem Arabischen stammt und diese Art von Amuletten im gesamten Orient verbreitet sind, scheint mir der einzige Antalya-Bezug darin zu bestehen, dass Sie es hier verkaufen.«

»Hä?«

»Wussten Sie, dass das Nazar-Amulett auch ›Auge der Fatima‹ genannt wird – nach der jüngsten Tochter des Propheten Mohammed? Wobei der angebliche Schutz vor dem bösen Blick kein Bestandteil des islamischen Glaubens ist, sondern ...«

Jetzt fühle ich mich genötigt einzugreifen:

»Rigobert, du willst jetzt nicht wirklich einem Türken seine eigene Kultur erklären?«

»Nun ja, äh ...«

Meine Frau Aylin unterdrückt mühsam ein Kichern und nimmt meine Hand, während meine Mutter das Gespräch an sich reißt:

»Also, dieser ganze Kitsch, den Sie hier verkaufen, der wirkt so authentisch. Da fühlt man sich, als wäre man mitten in der Türkei ... Und wir *sind* ja auch mitten in der Türkei, haha ... Das ist ja das Tolle. Aber allein diese Kacheln, die Sie da an der Wand hängen haben ...«

»Wollen Sie kaufen? Ich mache guten Preis: Eine Kachel 30 Lira, zwei Kacheln 50.«

»Um Himmels willen, nein! Ich finde das nur so ... orientalisch. Es ist einfach toll, dass das alles in Ihrem Laden ist ... und da sollte es auch bleiben. Es ist quasi ein Gesamtkunstwerk.«
»Okay. Ich gebe drei Kacheln für 60 Lira.«
»Nein, ich meinte ...«
»Na gut. Vier Kacheln für 60 Lira.«
»Nein, ich ...«
»Allah Allah – Sie verhandeln härter als persischer Teppichhändler! Letzte Angebot: fünf Kacheln für 55 Lira.«
Jetzt erklärt Aylin dem Verkäufer auf Türkisch, dass meine Mutter tatsächlich nicht verhandeln, sondern lediglich Konversation betreiben wollte. Immerhin ist es nicht ganz so peinlich wie gestern, als mein Vater vor der Moschee einem Mann Kleingeld in die zum Gebet geöffneten Hände legte.

Meine Eltern sind zum ersten Mal in der Türkei – die zwei Wochen haben Aylin und ich ihnen zum 40. Hochzeitstag geschenkt. Wir haben sie an den Ort eingeladen, an dem ich meiner Frau zum ersten Mal begegnet bin: das *Rixa Diva* in Antalya.

Am Abend sitzen wir auf der Hotelrestaurant-Terrasse und sehen zu, wie die Sonne filmreif im Meer versinkt. Die wenigen Wolkenschleier strahlen in leuchtendem Orangerot, was wiederum einen exquisiten Kontrast zum Hellblau des Himmels bildet. Als Soundtrack dazu könnte ich mir ein Konzert von Mozart vorstellen oder Vivaldis Sommer aus den *Vier Jahreszeiten* (den 1. Satz – Allegro non molto in g-moll) – in diesem Fall übernimmt jedoch ein älteres Ehepaar aus der Eifel, das am Nachbartisch sitzt, die akustische Untermalung:

»Komisch, Hartmut, wenn isch den Sonnenuntergang fotografiere, sieht dat gar nit so schön aus wie in echt.«
»Zeig mal her, Lisbeth ...«
Der Mann greift sich die Digitalkamera seiner Frau.
»Stimmt, dat sieht von den Farben her janz anders aus. Vor allem von der Helligkeit her viel dunkler ... Aha. Der Blitz war abgeschaltet.«

Der Mann fotografiert jetzt den Sonnenuntergang mit Blitz, überprüft das Foto und wundert sich:

»Nee, dat is' noch dunkler.«

»Versteh' isch nit.«

»Ach, Moment mal ... Wir sind ja vielleicht blöd ...«

»Wieso?«

»Na, dat Licht braucht doch von der Sonne immer acht Minuten, bis dat auf der Erde eintrifft. Wegen der Lichtjeschwindigkeit.«

»Acht Minuten? Echt? Isch dachte immer, dat Licht wär viel schneller.«

»Ja guck mal, Lisbeth, in acht Minuten kommen wir mit dem Mercedes gerade mal bis Deudesfeld. Und die Sonne is' ja gar nit so nah, wie man meint. Die is' weiter weg als Australien.«

»Wat du alles weißt, Hartmut ...«

»Ja, dat war neulich mal eine Frage bei ›Wer wird Millionär‹. Oder beim Pilawa. Ach nee, dat hat dieser Wissenschafts-Inder erzählt ... Jogischwogi oder so ähnlich heißt der.«

»Ranga Yogeshwar.«

»Woher weißt du dat denn?«

»Der war mal dat Lösungswort im Kreuzworträtsel von der *Fernsehwoche*.«

»Ach so. Auf jeden Fall hat der Jogischwogi jesagt: Dat Licht braucht von der Sonne acht Minuten.«

»Acht Minuten bis zur *Eifel*. Bis Antalya bestimmt noch länger.«

»Ja, lass es neun sein. Aber dat heißt ja, dein Blitz braucht auch neun Minuten, bis er bei der Sonne ankommt.«

»Wat will mein Blitz denn auf der Sonne?«

»Und für den Rückweg wieder neun. Dat heißt, der is' jetzt erst mal zwanzig Minuten unterwegs.«

»Na gut, Hartmut, dann hol' isch mir grad' noch en Likörchen, bis unser Blitzlicht wieder da is'.«

»Moment, jetzt kommt mir grad' noch ein anderer Jedanke: Wird die Sonne durch unseren Blitz überhaupt heller? Isch mein, die hat ja an sich schon relativ viel Licht.«

Leider hat mein Vater diesen Satz auch gehört und mischt sich jetzt ein:

»Die Reichweite eines normalen Fotoblitzes beträgt normalerweise nicht mehr als vier Meter, im Falle Ihrer Kamera höchstens zwei bis drei. Am besten schalten Sie die ISO-Automatik aus und stellen manuell auf 50 oder 100.«

Hartmut ist perplex:

»Tja, äh ... Eigentlich wollte isch nur ein Foto machen und nit Physik studieren.«

Ich ahne, dass mein Vater sich in der nächsten halben Stunde mit der Bedienung von Lisbeths und Hartmuts Digitalkamera beschäftigen und das Problem definitiv erst *nach* Sonnenuntergang lösen wird. Also verabschiede ich mich mit Aylin aufs Zimmer, wo wir unserem Bedürfnis nach körperlicher Nähe, das wir schon den ganzen Tag verspüren, ungestört nachgehen können.

Eine halbe Stunde später müssen wir feststellen, dass die Wände des *Rixa Diva* offenbar sehr viel dünner sind, als wir gedacht hatten – vom Dialog des Paares im Nachbarzimmer versteht man jedes Wort. Zunächst ist eine Frauenstimme zu hören:

»Das ist so deprimierend, wenn nebenan die pure Leidenschaft herrscht, und wir sind total verkrampft.«

Aylin und ich verstecken uns schuldbewusst lächelnd unter dem Laken, das auf südländische Art über das Doppelbett gespannt ist. Offenbar ist unser Liebesspiel nicht unbemerkt geblieben. Jetzt vernehmen wir ebenso kristallklar eine Männerstimme:

»Komm, Kerstin, lass uns einfach daran denken, was unsere Therapeutin gesagt hat: Rollenspiele sind einfach nicht unser Ding, dazu sind wir zu klug. Aber auf unserer Hochzeitsreise waren wir voller Leidenschaft und hatten jeden Tag Sex ...«

»... und deshalb sind wir jetzt im selben Hotel und erleben alles noch mal so wie damals, ich weiß. Aber das war vor über zehn Jahren, Brummselbärchen. Diesmal frage ich mich die ganze Zeit, ob die Kinder eine Woche mit Oma klarkommen.«

»Ja, ich mich doch auch. Und ich weiß. Damals hatten wir Zimmer 69, heute Zimmer 71 ... Aber das ist doch nun wirklich egal.«

»Es ist nicht egal, es ist ein Zeichen: 69 ist eine Sexstellung, 71 die Postleitzahl von Böblingen.«

»Ich glaube nicht an Zeichen und so einen Quatsch. Wir machen jetzt einfach alles so wie damals. Weißt du noch? Ich habe uns Sekt aus der Minibar geholt, dann habe ich ihn dir in den Bauchnabel geschüttet, und dann ...«

»Oh ja, ich erinnere mich ... Mmmmmmm ...«

Aylin und ich müssen kichern. Aylin flüstert mir ins Ohr: »Jetzt bin ich aber gespannt, wie's weitergeht.«

»Ich auch ...«

Während Aylin sich sanft an mich schmiegt, hören wir, wie im Nachbarzimmer die Minibar geöffnet wird.

»Guck mal, Kerstin: *Henkell Trocken*. Genau wie damals.«

»Ich meine, es war damals *Mumm*.«

»Nein, ich weiß noch genau, wie du gesagt hast: ›Der *Henkell* ist trocken, aber ich bin schon feucht.‹ Und dann habe ich gelacht.«

»Falsch, Brummselbärchen. *Du* hast gesagt: ›In den Bauchnabel kommt *Mumm* – und was kommt in die Mumu?‹ Und dann habe *ich* gelacht.«

»Stimmt, es war *Mumm*. Aber habe ich das wirklich so gesagt? Das kommt mir jetzt irgendwie so ... niveaulos vor.«

»Na ja, du warst Mitte zwanzig und angetrunken ... Ist doch egal.«

»Nein, es ist nicht egal. Man sollte nie sein eigenes Niveau unterschreiten. Auch nicht beim Vorspiel.«

»Jörg, mach es jetzt nicht wieder kaputt.«

»Du hast recht. Also dann ... mach' den Bauchnabel frei.«

Aylin und ich halten unseren Atem an. Einige Sekunden lang hören wir gar nichts. Dann ertönt die Männerstimme:

»Tut mir leid, meine Schuld, ich ...«

»Nein, ich bin zusammengezuckt, weil der Sekt so kalt war. *Deshalb* ist es rausgelaufen.«

»Egal, ich versuch's noch mal.«

»Hahaha, das kitzelt.«

»Nein, Kerstin, es klitzelt nicht, es *prickelt*. Und genau das ist doch das Erotische.«

»Aber es kitzelt ... Hihihi ...«

»Wenn du lachst, läuft es auch wieder raus. Außerdem hast du damals lustvoll aufgestöhnt.«

»Stimmt. Los, Brummselbärchen, gieß' noch mal ... Oh ja ... Oh, wie das prickelt ... Mmmmm ... oooooh ...«
»Hahahahahahaaa ...«
»Was ist denn?«
»Entschuldigung, jetzt hast du mich angesteckt.«
»Also findest du mein Stöhnen nicht erotisch.«
»Doch, Kerstin, absolut, es ist nur ...«
»Hihihihiiii ...«
»Was denn?«
»Ach, weißt du ... hihihiiii ... Du bist so süß, wenn du lügst. Hihihiii ...«
»Hahahaha ...«
»Hihihihiiii ...«
»Komm, wir trinken aus der Flasche.«
»Genau. Und Sex wird auch irgendwie überbewertet, finde ich.«

Aylin und ich grinsen uns an. Aber wir sind uns einig, dass wir genügend Einblick in das Intimleben unserer Zimmernachbarn gewonnen haben, also schalte ich den Flachbildfernseher ein, der dem Bett gegenüber an der Wand hängt, zappe auf RTL, wo gerade die zweite Staffel der »Antifa-Show« angepriesen wird, und wechsele umgehend zu ZDF Kultur, um mitanzusehen, wie eine Frau theatralisch auf dem Friedhof zusammenbricht und um einen Edward trauert. Ihr Heulkrampf ist so künstlich, dass ich kurz hoffe, Edward würde aus dem Grab steigen und sie mal kräftig durchschütteln. Ich switche weiter zu NTV. Dort wird über eine Demonstration von Asylanten aus Krakachochstan in Berlin berichtet, die von einer Gruppe ebenfalls aus Krakachochstan stammender Asylanten mit Gülle beworfen wurden – wobei sich beide Gruppen gegenseitig beschuldigen, den Gott »Klokksch« beleidigt zu haben. Einig sind sie sich nur, dass Deutschland in Krakachochstan entweder militärisch intervenieren sollte oder nicht. Dann bleibe ich beim ARD-Boulevardmagazin *Brisant* kurz hängen, weil die Moderatorin mit ihren langen braunen Haaren meiner Ehefrau ein klein wenig ähnlich sieht. Aylin kann leider meine Gedanken lesen:

»Gefällt sie dir?«
»Vielleicht ein bisschen.«
»Ist nicht schlimm. Du kannst andere Frauen ruhig schön finden.«
»Okay, sie gefällt mir.«
»Mistkerl!«
Derweil geht die Moderatorin ihrem Job nach:
»... Wir kommen jetzt zu einem Mann, der nach dem Jahrhundertflop *Titanic* kurz vor dem Ruin stand und für *Kultur in Flammen* wegen der Verharmlosung der Bücherverbrennung von der Kritik geviertelt wurde, der aber in den letzten Wochen und Monaten wieder auf einer Welle des Erfolgs schwimmt: Friedemut Honkenberg.«

Jetzt werden Bilder einer Luxusvilla am Meer gezeigt, inmitten von Palmen, mit Swimmingpool, goldenen Armaturen und Marmorfußboden. Dazu erklingt eine kernige Männerstimme:
»Das bescheidene Feriendomizil von Friedemut Honkenberg auf Hawaii – hier haben wir Deutschlands Top-Produzenten zu einem exklusiven Interview getroffen, und er konnte uns erklären, wie ihm die Idee zu ›Tippeldipp, das cholerische Eichhörnchen‹ kam ...«

Wir sehen jetzt Friedemut Honkenberg lässig mit Sonnenbrille am Pool liegen, während ihm Bikini-Schönheiten einen Cocktail und Meeresfrüchte servieren:
»Nun, ich sah diesen völlig durchgeknallten Typen auf YouTube. Ich dachte, jetzt hat er die Wahl: entweder Psychiatrie oder TV-Karriere. Aber dass die Show bei RTL so einschlagen würde, hat sogar mich überrascht. Und dann habe ich mir gesagt: Okay, wenn das mit 'nem Eichhörnchen funktioniert, warum nicht auch mit 'nem Streifenhörnchen? Also bin ich zu RTL2 und hab' mir meine eigene Konkurrenz erschaffen.«

Während sich eine der Bikini-Schönheiten auf Honkenbergs Schoß setzt, erläutert die kernige Männerstimme, was Honkenberg meint:
»Und so kam es, dass ›Hiffelhaff, das Streifenhörnchen – cholerisch und sexy‹ mit über acht Millionen Zuschauern pro Folge so-

gar noch erfolgreicher wurde als ›Tippeldipp, das cholerische Eichhörnchen‹. Honkenberg erklärt uns völlig offen seine Strategie ...«

»Nun, die entscheidende Idee bestand in der erotischen Komponente. Mir war von Anfang an klar, dass das Streifenhörnchen weibliche Formen haben sollte. Und da kam mir die Idee: ein Playboy-Bunny mit etwas längerem Wuschelschwanz und gestreifter Korsage.«

Während wir im Bild sehen, wie Honkenberg den ersten Hiffelhaff-VIP-Club mit Streifenhörnchen-Kellnerinnen eröffnet, ist wieder die kernige Männerstimme zu hören:

»... Aber die Serie brachte Honkenberg nicht nur den Erfolg, sondern auch die Liebe zurück: Die Darstellerin von ›Hiffelhaff, das Streifenhörnchen‹, Melissa Bolschowa, ist seit einer Woche mit ihrem Produzenten verlobt ...«

Nach diesem erneuten Beweis, dass sich unsere Kultur dem Ende naht, schalte ich den Fernseher aus. Das Paar im Nachbarzimmer scheint zu schlafen; just in dem Moment, als Aylin und ich ebenfalls langsam wegdösen, wird die Tür des Zimmers auf der anderen Seite aufgeschlossen, und die leicht schwäbelnde Stimme einer Frau um die sechzig ist zu hören:

»Ach, Heinz, jetzt lass doch endlich gut sein. Ich fand das antike Theater von Aspendos faszinierend.«

»Sicher, Gisela, vor 2000 Jahren war es faszinierend. Aber in puncto Brandschutz, Fluchtwege und Behindertentoiletten ist es eine absolute Katastrophe. Eine ab-so-lute Katastrophe.«

»Ach, Heinz ...«

»Gut, dass ich alles fotografiert habe. Die Bilder schicke ich morgen nach Brüssel.«

»Aber die Türkei ist doch gar nicht in der EU.«

»Wenn die in Brüssel meine Bilder sehen, wird's dabei auch bleiben. Eine ab-so-lute Katastrophe.«

Aylin hat ihre Gehörgänge bereits mit Ohrstöpseln versiegelt, aber da ich ein neugieriger Mensch bin, kriege ich auch den weiteren Gesprächsverlauf mit:

»Guck mal, Heinz, das habe ich extra für diesen Urlaub bei *Miederwaren Reible* bestellt.«

»Rote Straps-Strümpfe? Also, wenn die eine Farbechtheitsprüfung nach DIN-Norm DIN EN ISO 105 bestehen, dann bin ich Bruce Willis.«

»Pass auf: Wir verzichten auf eine Prüfung, und ich ziehe sie jetzt einfach mal an.«

»Gisela, hier sind über 30 Grad. Wenn du dann noch Strümpfe anziehst, wird dir heiß.«

»Vielleicht will ich ja, dass der Urlaub heiß wird? Außerdem: Unsere Zimmernummer ist 69. Das könnte ein Zeichen sein.«

»Was denn für ein Zeichen? Ach so. Du meinst ... Verstehe. Ich weiß nicht, aber irgendwie finde ich es zu Hause in Heilbronn auf unserer Sieben-Zonen-Matratze erotischer. Die hat eine hohe Produktelastizität, und dennoch verhindert der formstabile Kaltschaumkern unangenehme Liegekuhlen. Außerdem verteilt die Funktionsoberfläche entstehende Feuchtigkeit viel effi... äh... effi... äh, was machst du da?«

»Ich teste die Produktelastizität deiner Unterhose ...«

»Prinzipiell eine gute Idee, aber du weißt doch gar nicht, welche DIN-Norm ... oooooh .... oooooh ja, das ... Okay, vielleicht sollten wir der Zwei-Zonen-Billig-Matratze dieses Hotels doch eine Chance ... Ooooh ja. Kleinen Augenblick, ich gehe mich nur kurz frisch machen ... Hast du eigentlich die Steckdose im Bad gesehen? Die entspricht in keinster Weise ...«

»Oh Mann, Heinz ...«

»Okay, darum kümmere ich mich später.«

Kurz darauf nehme auch ich mir Oropax und kuschele* mich an Aylin.

Als wir am nächsten Morgen den Frühstücksraum betreten, sitzt mein Vater mit dem Ehepaar aus der Eifel am Tisch und hält einen Vortrag über die Geschichte der Fotografie, während meine Mutter zwei Tische weiter mit einem Paar Mitte dreißig zusammensitzt. Als sie mich sieht, winkt sie aufgeregt:

»Daniel! Aylin! Kommt her! Das sind Kerstin und Jörg. Ein unheimlich nettes Paar. Stellt euch vor, die haben vor zehn Jahren

---

* Ich meine »kuscheln« natürlich in einem ausgesprochen männlichen Sinn.

ihre Hochzeitsreise hierher gemacht, nur waren sie damals in Zimmer 69 und hatten wilden Sex, aber diesmal sind sie in Zimmer 71, und es herrscht eine böse Flaute ...«

Ich weiß nicht, wie sie das immer schafft, aber meine Mutter kann innerhalb von kürzester Zeit völlig Fremden die intimsten Geständnisse entlocken. Kerstin und Jörg lächeln verkrampft, weil dank der nicht eben dezenten Lautstärke meiner Mutter nun das gesamte Hotel über ihr Sexualleben Bescheid weiß. Ich gebe den beiden seufzend die Hand:

»Ich bin Daniel. Und das ist meine Frau Aylin.«

Kerstin nickt, ebenfalls seufzend:

»Ich weiß: Du warst mit acht Jahren in deine lesbische Klassenlehrerin verliebt, mit der deine Mutter dann ein kurzes Verhältnis hatte. Aber bis du Aylin kennengelernt hast, warst du sexuell frustriert.«

Jörg schiebt sich ein Stück Schafskäse in den Mund.

»Dafür warst du jahrelang in dieses Mädchen verliebt ... wie hieß sie noch gleich?«

Wie aus der Pistole geschossen kommt die Antwort meiner Mutter:

»Gaby Haas.«

Ich bin entsetzt:

»Was? Das habe ich dir nie erzählt.«

»Wirklich nicht? Na ja, vielleicht habe ich zufällig mal einen zerrissenen Liebesbrief in deinem Papierkorb entdeckt und ihn aus Versehen wieder zusammengeklebt ...«

Eine peinliche Stille entsteht und wird nach knapp zehn Sekunden von einem schrillen Schrei Aylins unterbrochen:

»Aaaaaaaaaaaaaaaaaaaaaaaaaaaaaaaaaaaaaaaaaaaaaaaaaaaaaah!«

Da ich mich inzwischen mit osmanischen Emotionen auskenne, merke ich nach dem anfänglichen Schreck schnell, dass es sich um einen Freudenschrei handelt – und erkenne die Ursache: Aylin hat ihre Großtante Emine entdeckt, die in der Nähe von Antalya wohnt und uns heute im Hotel besuchen kommt.

Nach einer langen Begrüßung, in der sowohl ich als auch

meine Eltern ausgiebig in beide Backen gekniffen werden, berichtet meine Mutter schnell über die sexuellen Schwierigkeiten von Kerstin und Jörg, was zu einer erneuten peinlichen Pause führt, in der sich Großtante Emine hastig Luft zufächert. Sie hat zwar zehn Jahre in Deutschland gelebt, aber die Offenheit meiner Mutter ist ihr augenscheinlich sehr fremd, und sie fragt sich wohl gerade, in was für einer obskuren Sekte ihre Großnichte da gelandet ist. Doch plötzlich hält sie inne und redet mit einer Reibeisen-Stimme, die sie in einem Bonnie-Tyler-Imitatorinnen-Contest locker unter die Top 3 befördert hätte:

»Allah Allah ... Wenn in Zimmer 69 hat besser geklappt, dann geht halt in Zimmer 69. Wo ist Problem?«

Tja, Großtante Emine bevorzugt die schlichte Lösung. Und ich erinnere mich an gestern Abend: Wenn selbst ein DIN-Normbesessener Schwabe dort erotische Abenteuer erlebt, wird dieses Zimmer vielleicht tatsächlich von irgendeinem Liebeszauber durchweht.

Zwei Stunden später – Großtante Emine hat sich nach einer weiteren Backenkneif-Orgie, in die jetzt auch das Ehepaar aus der Eifel mit einbezogen wurde, verabschiedet – sind Aylin und ich auf unserem Zimmer, um uns strandfertig zu machen, als wir folgenden Dialog aus Zimmer 69 hören:

»Das ist doch verrückt, Kerstin! Was, wenn wir erwischt werden?«

»Brummselbärchen, ich bin nicht über zwei Balkone geklettert, um jetzt zu kneifen.«

»Aber was, wenn das Paar zurückkommt?«

»Tja, dann, äh ... Ist doch erregend, dass wir erwischt werden könnten, oder?!«

»Also, ich weiß nicht, das ist doch irgendwie ein bisschen krank, ich meine ... Kerstin, hör auf, dich auszuziehen, ich ...«

»Oh Jörg, komm her, ich will dich!«

»Aber ...«

»Na los!«

Aylin winkt mich zur Tür und flüstert:

»Ich glaube, wir sollten jetzt gehen.«

Ich flüstere zurück:

»Aber du weißt, wie laut unsere Zimmertür ist. Wenn wir jetzt gehen, kriegen die beiden vielleicht Panik und haben dann bis zu ihrem Lebensende nie wieder Sex.«

»Aber so kriegen wir alles mit. Gestern kannten wir sie nicht, da war es okay. Aber jetzt ... das ist peinlich.«

»Wir wissen doch schon, dass sie seit Jahren sexuell frustriert sind. *Das* ist peinlich. Jetzt haben sie Sex – das ist doch eher erfreulich ...«

Aylin schaut mich mit einem lächelnden Kopfschütteln an und setzt sich auf die Bettkante. Im Nachbarzimmer redet Kerstin Jörg gut zu:

»Na los, Brummselbärchen – lass uns nicht nachdenken! Lass es uns einfach tun!«

»Tja ... wahrscheinlich hast du recht ... Die Notwendigkeit zu entscheiden reicht weiter als die Möglichkeit zu erkennen!«

Anschließend sind nur noch Stöhnlaute zu hören, die sich langsam steigern und nach einigen lauten Schreien von befriedigtem Keuchen abgelöst werden. Ich nicke beeindruckt: Großtante Emines Rat hat tatsächlich geholfen. Vielleicht auf eine Art, die Emine nicht im Kopf hatte, aber: Wer heilt, hat recht.

In diesem Moment hören wir, wie die Tür des Nachbarzimmers geöffnet wird, und nach einem kurzen spitzen Aufschrei erklingt eine schwäbische Männerstimme:

»Was haben Sie in unserem Bett zu suchen? Das ist Hausfriedensbruch.«

Nun ist Jörgs Stimme zu hören:

»Tja, das ist jetzt etwas schwer zu erklären. Also: Wir haben Zimmer 71, aber das ist die Postleitzahl von Böblingen ...«

Eine schwäbische Frauenstimme unterbricht:

»Das stimmt nicht ganz. Böblingen hat 71032. Das weiß ich, weil meine Schwester Ursula da wohnt.«

»Aber warum liegen Sie in unserem Bett?«

»Wie gesagt, wir haben Zimmer 71, aber auf Zimmer 69 hatten wir vor zehn Jahren ... äh ... also, Geschlechtsverkehr. Und, nun ja, auf Zimmer 71 klappte es irgendwie nicht, und deshalb, äh ...«

»... hatten wir heute richtig geilen Sex. Wuhuuuuuuu! Los, sag es doch, Brummselbärchen! Wir hatten noch nie so geilen, animalischen, wilden, ungehemmten ... SEX!!! Na los, sag es!«

»Äh, ja, was, äh, meine Frau damit sagen will, ist, dass ... äh ... also ... Kerstin, vielleicht ist es besser, wenn du dir erst mal was anziehst, weil, tja ...«

»So. Ich hole jetzt den Sicherheitsdienst.«

Ich rufe durch die Wand:

»Nicht nötig. Die beiden hatten wirklich keine kriminelle Absicht.«

Aylin schaut mich kurz entsetzt an, dann lacht sie und ruft hinterher:

»Das kann ich bestätigen. Jörg und Kerstin sind wirklich nett!«

»Was? Wer spricht da, Gisela?«

»Ich glaube, das kommt aus dem Nachbarzimmer ...«

Eine Stunde später, nachdem Aylin und ich den Streit auf Zimmer 69 erfolgreich schlichten konnten, sitzt das Ehepaar Grundmann gemeinsam mit den Hausfriedensbrechern auf einen Versöhnungscocktail an der Strandbar; meine Eltern besichtigen das archäologische Museum von Antalya, und ich sitze mit Aylin am Strand, wo wir gemeinsam aufs Meer schauen. Knapp zwanzig Meter entfernt hat das Ehepaar aus der Eifel zwei Liegestühle ergattert:

»Dat Meer is' ja schon ziemlich groß, Lisbeth ...«

»Ja, also, wenn man dat mit dem Ammelbach vergleicht, dann kann man dat gar nit vergleichen.«

»Wobei, der Ammelbach is' auch schön.«

»Dat stimmt, Hartmut. Und man kann leichter drüberspringen.«

»Du sagst et. Praktischer isser auch, der Ammelbach.«

Ich lege meinen Kopf auf Aylins Schoß, und sie streichelt mein Haar.

»Aylin, findest du uns Deutsche eigentlich bescheuert?«

»Wieso?«

»Na ja ... Meine Eltern ignorieren den Traumstrand, um ein dunkles Museum zu besuchen, nur damit mein Vater danach den Türken ihre eigene Kultur erklären kann; meine Mutter plaudert völlig ungeniert über die intimsten Dinge; die beiden da vorne vergleichen das Mittelmeer mit dem Ammelbach; Jörg und Kerstin können nur Sex haben, wenn die Zimmernummer stimmt; der andere Typ kontrolliert in einem antiken Theater die Einhaltung von DIN-Normen; und im Fernsehen machen cholerische Eichhörnchen Karriere. Ich meine: Sind wir nicht irgendwie geisteskrank?«

»Nein.«

»Aber ... wieso nicht?«

»Deine Eltern interessieren sich für Kultur. Ich wünschte, meine Eltern täten das auch ... Deine Mutter kann über schwierige Themen reden. Meine kehrt alles unter den Teppich. Das Ehepaar da vorne liebt einfach sein Leben in der Eifel – ist doch toll, wenn man seine Heimat positiv sieht. Jörg und Kerstin nehmen ihre Liebe nicht für selbstverständlich und arbeiten an ihrer Beziehung. Genau das machst du auch, und dafür liebe ich dich. Und DIN-Normen – find' ich super. Weißt du eigentlich, wie viele ungesicherte Gefahrenquellen es in der Türkei gibt und wie viele Menschen deshalb jeden Tag sterben?«

»Wow. So habe ich das nie gesehen ... Und das cholerische Eichhörnchen?«

»Das hat auch eine sehr positive ... äh ... Nein, *das* ist wirklich geisteskrank.«

Ich küsse Aylin sanft in den Nacken, weil ich weiß, wie sehr sie das mag. Ich bin ihr ehrlich dankbar, dass sie mir immer wieder meine Heimat schönredet. Vielleicht ist es ja auch typisch deutsch, immer über Deutschland zu lästern und sich auf die Schwächen zu konzentrieren. Vielleicht hat mein Vater recht, und wir baden immer noch die Scheiße aus, die die Nazis uns eingebrockt haben. Vielleicht ziehen wir so gerne über uns selbst her, weil wir Angst vor unserer eigenen Stärke haben. Vielleicht macht uns diese Angst ja auch ganz sympathisch. Und vielleicht ist es gut, dass es kaum noch blinden Patriotismus bei uns gibt. Aber vielleicht brauchen wir trotzdem ab und zu jemanden wie Aylin. Jemanden, der unsere positiven Seiten sieht und uns die Erlaubnis gibt, uns endlich so zu lieben, wie wir sind.

Ein Kuss auf meine Stirn holt mich aus meinen Gedanken.

»Du, Daniel ... Das ist jetzt vielleicht eine blöde Frage, aber ... Jörg hat vorhin zu Kerstin so einen merkwürdigen Satz gesagt, bevor sie Sex hatten ... Hast du das verstanden?«

»*Die Notwendigkeit zu entscheiden reicht weiter als die Möglichkeit zu erkennen?!* Das ist ein Kant-Zitat. Jörg wollte damit zum Ausdruck bringen ...«

Ich werde von einem Lachkoller meiner Frau unterbrochen. Aylin kriegt kaum noch Luft, und es dauert eine gute Minute, bis sie wieder sprechen kann:

»Das schafft auch nur ihr Deutschen ... Mit Kant-Zitaten zum Orgasmus.«

ANHANG

Rana – Tempelhure, Kriegsheldin, Mutter

Im Athen des 6. Jahrhunderts vor Christus wird Bauerstocher Rana mit 17 Jahren entführt, um im Tempel des unbarmherzigen Tyrannen Anastasios als eine von 85 Sex-Sklavinnen zu dienen. Aber die stolze Rana verweigert sich Anastasios in der ersten Nacht, woraufhin er sie für eine Woche in den Kerker werfen lässt. Dort bleibt Ranas Wille ungebrochen – nach fünf Tagen hat sie nicht nur einer Ratte erstaunliche Kunststücke beigebracht, sondern auch mit ihrem eigenen Blut als Tinte 42 Gedichte verfasst. Diese beeindrucken Anastasios derartig, dass er, von Tränen überwältigt, Rana um Verzeihung bittet und um ihre Hand anhält.

Rana willigt unter der Bedingung ein, dass Anastasios allen Tempelhuren die Freiheit schenkt. Von nun an führt sie nicht nur den Haushalt und kocht für über fünfhundert Tempelbewohner, sondern wird auch zu Anastasios' wichtigster politischer Beraterin, studiert Architektur und entwirft ein gigantisches Monument, das für alle Zeiten an das Leid der Tempelhuren erinnern soll. In ihrer raren Freizeit verfasst sie einen Dramenzyklus, meißelt Marmorskulpturen und erlernt verschiedenste Kampftechniken.

Als Anastasios bald darauf stirbt, ist Rana im siebten Monat schwanger, übernimmt aber trotzdem die Herrschaft über Athen – was sie natürlich nicht daran hindert, ihre Haushaltspflichten zu erfüllen und die Verfassung so zu überarbeiten, dass die erste Demokratie entsteht.

Als Rana gerade in 150 Meter Höhe einen Steinquader auf das

Tempelhuren-Monument wuchtet, sieht sie in der Ferne, wie sich das feindliche Heer der Spartaner Athen nähert. In diesem Moment setzen die Wehen ein, was Rana die Kraft verleiht, das Athener Heer zusammenzurufen, das sie, nachdem sie sich an einem Seil nach unten geschwungen und schnell den Tempel feucht durchgewischt hat, eigenhändig in die Schlacht führt. Kurz darauf wird Rana von schlechtem Gewissen geplagt, weil sie aufgrund der blutigen Kämpfe und der Presswehen ihre beliebte Gemüse-Fischsuppe nicht so liebevoll würzen kann, wie man es von ihr gewohnt ist.

Während der Geburt, die sie ohne fremde Hilfe bewältigt, wehrt Rana mit dem Schwert drei Spartaner ab und bringt ein verirrtes Lamm zu seiner Herde zurück. Schließlich schlägt sie mit dem Neugeborenen an der Brust allein ein Zehntausend-Mann-Heer in die Flucht, handelt gleichzeitig mit den Spartanern ein Friedensabkommen aus und eilt dann schnell zurück in den Tempel, um endlich die Crème brûlée zu servieren.

Die krakachochstanische Nationalhymne in der Übersetzung von Prof. Heiner Spratz

Vorbemerkungen des Übersetzers:

1. Der vorliegende Text ist der Versuch, dem krakachochstanischen Original so nahezukommen wie möglich. Leider ist es ausgeschlossen, die zarte Poesie der Originallyrik korrekt in die deutsche Sprache zu übertragen, weil das Krakachochstanische außerordentlich bildhaft ist. So gibt es zum Beispiel 135 verschiedene Begriffe für das Wort »Hass«. (Zum Beispiel beschreibt der Begriff »Strujnklep« den Hass auf ein nahestehendes Familienmitglied, während »Brotzlaww« den kollektiven Hass von Blutsverwandten auf ein angeheiratetes Familienmitglied bezeichnet und »Krokachtjr« wiederum den Hass eines angeheirateten Familienmitglieds auf seine Schwiegerfamilie.)

2. Ich habe darauf verzichtet, das Wort »Klokksch« mit »Gott« zu übersetzen, weil die krakachochstanische Vorstellung von Klokksch zu stark von unserem Gottesverständnis abweicht. (Klokksch wird im Prinzip nur als Erschaffer von Krakachochstan gesehen, während der Rest der Welt das Werk von »Rrrrtjolepp« ist, eine Art mystische Mischung aus Teufel, Hure und Geistesgestörtem.)

3. Auch in der durch die Unvollkommenheit der deutschen Sprache limitierten Übersetzung ist die krakachochstanische Nationalhymne noch ein beeindruckendes Beispiel für Lyrik aus der Rachkroljek-Region. Wer aber die volle Schönheit dieses Werkes genießen will, kommt nicht umhin, das Krakachochstanische zu erlernen.

> O Krakachochstan! O Krakachochstan!
> Mittelpunkt der Welt, Ehrenthron von Klokksch'scher Gnade.
> O Krakachochstan! O Krakachochstan!
> Einzig würdige Stätte Klokksch'schen Glanzes.
>
> O Klokksch!
> Gib uns die Kraft, unsere Feinde zu enthaupten.
> Erfülle uns mit Hass, um unsere Gegner zu zerstückeln.
> Schenke uns die Geduld, jedem einzelnen die Eier abzuschneiden.
> *(Das Abschneiden der Eier klingt im krakachochstanischen Original deutlich poetischer: »Kreeklemowli Zabarnek«, Anm. d. Ü.)*
>
> O Krakachochstan! O Krakachochstan!
> Als Klokksch dich erschuf, war er erfüllt von Stolz und Hass.
> *(Hier wird für Hass das Wort »Traaal« benutzt, das einzig dem von Klokksch erfüllten Hass vorbehalten ist. Krakachochstanische Kämpfer, die von Traaal getragen werden, gelten in den alten Mythen als unverwundbar, Anm. d. Ü.)*
> O Krakachochstan! O Krakachochstan!
> Alle anderen Länder sind unwürdig und müssen zerstört werden.
> *(Ich habe »Truklumjek« hier mit »zerstört« übersetzt, obwohl es auch eine sexuelle Konnotation beinhaltet, sodass diese Zeile im Original deutlich augenzwinkernder daherkommt als in der deutschen Fassung, Anm. d. Ü.)*
> O Krakachochstan! O Krakachochstan!
> O Krakachochstan! O Krakachochstan!

O Krakachochstan! O Krakachochstan!
O Krakachochstan! O Krakachochstan!
O Klokksch! O Klokksch!
O Klokksch! O Klokksch!
O Klokksch! O Klokksch!
Hass! Hass! Hass! Hass! Hass! Hass! Hass! Hass! Hass!
Hass! Hass! Hass! Hass! Hass! Hass! Hass! Hass! Hass!
Hass! Hass! Hass! Hass! Hass! Hass!
(Im Original stehen in diesem großen und lyrisch atemberaubenden Finale 24 verschiedene Begriffe, Anm. d. Ü.)

20 Zentimeter –
ein Meilenstein der Pimmellyrik

von Prof. Bertolt Grisnik

> Das sind nicht 20 Zentimeter
> Nie im Leben, kleiner Peter
> 20 Zentimeter sind in Wirklichkeit viel größer
> In der Kürze liegt die Würze
> Doch ich mag es lang und dick
> Und bist du zu kurz gekommen
> Kommst du bei mir nicht zum Flirt
> 17 – sind okay
> 18 – tun nicht weh
> 19 – find ich schön
> 20 – wenn sie steh'n

Dieses Versepos von Möhre, einer der führenden Lyrikerinnen unserer Zeit, ist eindeutig der Epoche des *Ballermann* zuzuordnen. Die bittere Enttäuschung des lyrischen Ichs über die Penisgröße des kleinwüchsigen Peters steht im Mittelpunkt dieser bitterbösen Polemik.

Aus dem schmerzvoll erfahrenen Kontrast zwischen gesellschaftlichen Erfahrungswerten – *In der Kürze liegt die Würze* – und dem subjektivistischen *Ich mag es lang und dick* bezieht das Gedicht seine ebenso substanzielle wie gleichsam subtile Grundspannung.

Die poetische Durchschlagskraft dieser lyrischen Anklageschrift offenbart sich auch, wenn die Autorin auf *dick* das Reimwort *Fick* radikal verweigert. So enttäuscht Möhre die Erwartung des Rezipienten ebenso, wie sie selbst von Peters Penisgröße enttäuscht wurde – eine richtungweisend geniale Analogie!

Das Stilmittel der assoziativen Reim-Verweigerung wurde bereits in den späten Siebzigerjahren von einem Vorläufer der *Ballermann*-Bewegung wiederentdeckt – Gottlieb Wendehals:

> Jetzt geht es los mit ganz großen Schritten
> Und Erwin fasst der Heidi von hinten an die *Schulter*

Die assoziative Reim-Verweigerung gilt seit etwa 2003 als eines der zentralen Stilelemente des postmusikalischen Ballermannismus, so auch bei einem der ganz Großen der Epoche, Mickie Krause:

> Zehn nackte Friseusen
> mit richtig feuchten *Haaren*
> (...) Es gibt fünfzigtausend Hasen,
> die woll'n mir alle einen *erzählen*

Dasselbe Stilprinzip finden wir auch bei der Kölner Lyrikergruppe *De Räuber* – ein Name, der sich vermutlich auf das gleichnamige Drama von Friedrich von Schiller bezieht:

> Am Eigelstein es Musik
> am Eigelstein es Tanz
> da packt dat dicke Rita
> den Fridolin am ... Eigelstein es Musik

Hier wurde das Reimwort nicht nur ausgetauscht, sondern radikal entfernt. So erscheint anstelle des Schwanzes ein lyrisches Loch, das betroffen macht.

Aber auch der *Ballermann* und der Karneval beziehen sich immer nur auf den Urvater der assoziativen Reim-Verweigerung, Johann Wolfgang von Goethe:

In *Faust I* verweigert er auf den Satz *Vom Eise befreit sind Bäche und Wälder durch des Frühlings holden belebenden Blick* das Wort *Fick* ebenso wie Möhre gut 200 Jahre später. Aber zurück zu den 20 Zentimetern:

> 19 – find ich schön
> 20 – wenn sie steh'n

WENN! Während sich die ersten zehn Zeilen ausschließlich mit der Länge und der Dicke des männlichen Genitals auseinandersetzten, bringt die Autorin erst hier, in der finalen elften Zeile, auf subtilste Weise den sinnlich-sexuellen Aggregatzustand des besungenen Objekts ins sardonische Spiel.

Doch: was ist denn mit 16? Was ist oder wäre möglich mit 21? Mit diesen unausgesprochenen Fragen entlässt uns die Autorin gleichsam unter das ständig schwingende Damoklesschwert unserer unsicheren Existenz.

Songtext – Betroffenheit auf Kos

Anmerkung: Dieser Song, der in seiner musikalischen Umsetzung stark an das Werk von Roland Kaiser erinnert, wurde geschrieben, um Intellektuellen und Alt-68ern einen Zugang zum Genre des Schlagers zu ermöglichen.

Vorausgegangen war ein Streit mit meinem Vater. Er hatte gesagt, dass wir Deutschen mit unserer Vergangenheit uns so eine oberflächliche Gefühlsduselei wie Schlager gar nicht erlauben können, woraufhin ich erwiderte: »Och komm, zwei Weltkriege angefangen, dafür 1982 Grand-Prix-Sieg mit *Ein bisschen Frieden* – gleicht sich das nicht irgendwie aus?«

Tja, das fand er nicht – und der folgende Text war mein Versöhnungsangebot.

    Die Sonne sinkt tiefrot ins Meer hinein
    Dann stellt sich zartes Sternenfunkeln ein
    In der Lagune so tiefblau
    Liegt sie bei mir, diese Frau
    Schwarzes Haar, und ihre Haut unendlich weich
    Und dabei denke ich ans Dritte Reich

    <u>Refrain</u>
    Betroffenheit auf Kos
    Demut und Sand so fein
    Und ich erzähl nur dem Wind

Dass wir Mörder sind
Komplexe im Mondenschein

Schuldgefühle im Sand
Mit dir Hand in Hand
Schäm ich mich am Traumstrand
Für unser Vaterland

Am Horizont ein Fischerboot so weit
Doch auf 'ner Palme sitzt ein Kakadu
Der uns den Völkermord verzeiht

<u>Bridge</u>
Ich will vor Scham vergehn
In Athen
Wenn ich nach Kreta fahr
Steh ich als Täter da
Vor dem Taurusbergmassiv
Denk ich an Schuld im Kollektiv
Im Paradies von Malibu
Gibt mein Gewissen niemals Ruh

(Repeat Refrain)

Dank

Ich habe im Laufe dieses Buches einige fiktive Menschen präsentiert: Hartmut und Lisbeth Breuer, Friedemut Honkenberg, Tanja Stortz alias Sheila Moonshine oder Lucy Spiriakis bzw. Melissa Bolschowa, Jörg und Kerstin Gröning, Gisela und Heinz Grundmann, Gaby Haas und natürlich Daniel & Aylin. Sie begleiteten mich beim Schreiben und wurden zu den besten imaginären Freunden, die ich je hatte.

Nun möchte ich einige real existierende Menschen vorstellen, ohne die dieses Buch nicht möglich gewesen wäre:

Meine Frau Hülya Dogan-Netenjakob. Ihr liebevoll-distanzierter Blick auf die Deutschen hat mich zu diesem Buch inspiriert. Sie ist immer die Erste, die meine Arbeit zu Gesicht bekommt. Dabei schafft sie es, sich für meine Texte zu begeistern und doch, wenn nötig, den Finger in die Wunde zu legen. Ihre Liebe gibt mir jeden Tag Kraft. Und wenn sie Fahrradfahrer darauf hinweist, dass sie auf der falschen Seite fahren, spüre ich, dass auch Türken die Flagge der deutschen Kultur hochhalten können.

Mein Lektor Martin Breitfeld gab den entscheidenden Anstoß, dieses Buch zu schreiben. Er unterscheidet sich in zwei Punkten von einem Fernsehredakteur: 1. Er vertraut mir; 2. Er respektiert mich. Außerdem beherrscht er die seltene Kunst, Kritik so vorsichtig zu formulieren, dass selbst sensibelste und neurotischste Autorenseelen keinen Schaden nehmen. Ich danke auch allen anderen Mitarbeitern von Kiepenheuer&Witsch, die für dieses Buch gearbeitet haben, vor allem für die Wertschätzung. (Nicht nur, weil mein Porträt in der Galerie der Verlagsautoren in die Nähe von Helmut Schmidt gehängt wurde.)

Etwa die Hälfte des vorliegenden Materials basiert auf Sketchen, Texten oder Ideen, die ich im Laufe der letzten zwanzig Jahre produziert und für dieses Buch in eine andere Form gebracht habe. Ich hatte in dieser Zeit das Glück, immer wieder mit großartigen Koautoren zusammenarbeiten zu dürfen. Drei von ihnen haben Spuren in diesem Buch hinterlassen:

Thomas Lienenlüke – er hat in zehn Sekunden mehr lustige Einfälle als ein SAT1-Redakteur in seinem ganzen Leben, und er kann das alles auch noch intelligent zu Papier bringen. Mit ihm zusammen habe ich mein erstes Bühnen-Solo *Multiple Sarkasmen* geschrieben. Die Texte »Independence Day«, »Die Welt in sieben Tagen« und »20 Zentimeter« sowie die Einleitung zu Kapitel 7 und das Telefonat mit dem »Verein Deutscher Terrorfreunde« entstanden unter seiner Mithilfe; zum einen Teil unter Alkoholeinfluss auf Lanzarote, zum anderen Teil nüchtern (!) in Amsterdam.

Mit Sylke Lorenz habe ich einige Wochen hysterisch kichernd vor einem Laptop im Garten ihres Eifel-Hauses verbracht. Dabei sind die ursprünglichen Versionen von »Deutschland gegen Armenien«, »Emotionale Gefühle«, »Ziehung der Lottozahlen« und »Kultur in Flammen« entstanden. Ihr besonderes Gespür für die absurden Schrulligkeiten menschlichen Benehmens macht sie zu einer großartigen Humoristin. Da verzeihe ich ihr sogar, dass sie mich für schwul hält, seit ich, von ihrem Gäste-WC kommend, den betörenden Duft ihrer Lavendel-Cremeseife gelobt habe.

Dietmar Jacobs hat den Text »Independence Day« mitentwickelt. Er ist wie Thomas Lienenlüke einer der profiliertesten Kabarett-Autoren Deutschlands, ich arbeite auch ungeheuer gerne mit ihm zusammen – und das, obwohl wir dann die meiste Zeit mit der Stimme von Jochen Busse sprechen. Was besonders peinlich wird, wenn wir uns in einem Restaurant treffen. Wir sind befreundet, obwohl er Fan von Borussia Mönchengladbach ist – was zeigt, wie tolerant wir beide sind.

Außerdem danke ich dem Ensemble der Kölner *Stunksitzung*,

das meinen Texten seit fast zwanzig Jahren eine Bühne bietet und mich immer wieder mit Ideen und Anregungen versorgt – zum Beispiel, einen Text über die kölsche NSA oder reiche Grüne zu schreiben. Die *Stunksitzung* ist einer der raren Orte, wo die Prinzipien Demokratie und Gleichheit tatsächlich konsequent gelebt werden – womit ich nach einigen Jahren Psychotherapie auch umgehen kann.

Zu guter Letzt danke ich meinen Eltern. Sie haben mein Deutschlandbild geprägt, meine humoristische Sicht auf die Dinge immer liebevoll gefördert und mir Toleranz vermittelt. Aber vor allem: Wenn sie mich nicht gezeugt hätten (angeblich mit großer Freude in Köln-Kalk), wäre dieses Buch nie geschrieben worden!

Weitere Titel von Moritz Netenjakob bei Kiepenheuer & Witsch

Moritz Netenjakob. Macho Man. Roman. Taschenbuch. Verfügbar auch als eBook

Moritz Netenjakob. Der Boss. Roman. Taschenbuch. Verfügbar auch als eBook

Von den 68ern erzogen, lebte Daniel dreißig Jahre als Weichei. Jetzt verliebt er sich in eine Türkin, die bezaubernde Aylin. Aber wie überlebt ein Frauenversteher in einer Welt voller Machos? Moritz Netenjakob zündet in seinem rasanten Comedyroman ein Gagfeuerwerk ohnegleichen.

Aylin hat endlich Ja gesagt. Daniel ist am Ziel seiner Träume. Aber auf das, was jetzt passiert, hat ihn niemand vorbereitet: Plötzlich hat er 374 türkische Familienmitglieder. Figuren zum Liebhaben und ohne Ende geniale Pointen – Moritz Netenjakob erzählt so witzig und warmherzig vom deutsch-türkischen Kulturclash, dass man am Ende selbst eine türkische Familie haben möchte.

Leseproben und mehr unter www.kiwi-verlag.de

Hatice Akyün. Verfluchte anatolische Bergziegenkacke.
Taschenbuch. Verfügbar auch als eBook

Wutausbrüche und Liebeserklärungen – Hatice Akyün geht den Dingen auf den Grund. Mit Ironie, Temperament und Witz schreibt sie über ihren deutsch-türkischen Alltag, das Leben und die Politik in einem vielschichtigen und bunten Deutschland. Dieses Buch versammelt ihre besten Kolumnen aus dem Berliner Tagesspiegel.

»Ein Spagat zwischen zwei Kulturen. Mit viel Humor schafft sie so Verständnis für beide Seiten.« *Hamburger Morgenpost*

Leseproben und mehr unter www.kiwi-verlag.de

Frank Goosen. Sommerfest. Taschenbuch.
Verfügbar auch als eBook

Stefan muss zurück nach Bochum, um das Haus seiner Eltern zu verkaufen. In zwei Tagen soll alles abgewickelt sein. Doch in der alten Heimat trifft er auf alle, mit denen er aufgewachsen ist: Omma Luise und Tante Änne, Toto, den Versager, Diggo, sein Herrchen, Frank, den Statthalter, Karin, die Verwirrmaschine, kleinkriminelle Kumpels, Berufsjugendliche, Provinzsirenen. Und Charlie. Mit keiner Frau verbindet Stefan so viel – und wegen keiner Frau ist er so viele Jahre einem Ort ferngeblieben ...

Leseproben und mehr unter www.kiwi-verlag.de

Mark Welte. In die Füße atmen. Roman. Taschenbuch.
Verfügbar auch als eBook

Jan und Lina träumen von ganz unterschiedlichen Dingen: Er von ihr – und sie von der Schauspielschule. Als Lina den Sprung auf die Schauspielschule schafft, ergattert auch Jan dort einen Platz. Stück für Stück kämpft er sich an seine große Liebe heran. Und dabei kann er alles brauchen, was er auf der Schauspielschule lernt: fechten, flirten und in die Füße atmen.

Leseproben und mehr unter www.kiwi-verlag.de